BEYAZ ZAMBAKLAR ÜLKESİNDE

GRIGORIY PETROV

KORİDOR YAYINCILIK - 72

ISBN: 978-9944-983-99-0

YAYINEVİ SERTİFİKA NO: 16229

MATBAA SERTİFİKA NO: 19039

BEYAZ ZAMBAKLAR ÜLKESİNDE

Grigoriy Petrov

Yayın yönetmeni: Erdem Boz

Editör: Zübeyde Abat

Rusçadan çeviren: Elnur Osmanov

Baskı: Ekosan Matbaacılık, İstanbul

EKOSAN MATBAACILIK

Maltepe Mah. Hastaneyolu Sok. No: 1 (Taral Tarım Binası)

Zeytinburnu - İstanbul

Cilt: Ekosan Matbaacılık, İstanbul

Koridor Yayıncılık, İstanbul, 2016

KORİDOR YAYINCILIK

Maltepe Mah. Davutpaşa Cad. MB İş Merkezi

No: 14 Kat: 1 D: 1 Zeytinburnu / İstanbul

Tel.: 0212 – 544 41 41 / 544 66 68 / 544 66 69

Faks.: 0212 – 544 66 70

info@koridoryayincilik.com.tr

BEYAZ ZAMBAKLAR ÜLKESİNDE

GRIGORIY PETROV

Rusçadan çeviren:
Elnur Osmanov

KORİDOR

Grigoriy Spiridonoviç Petrov
(26 Ocak 1866 - 18 Haziran 1925)

ÖNSÖZ

18 Haziran 1925 tarihinde Paris yakınlarında bulunan Maison de Santé adlı klinikte Rus göçmen Grigoriy Spiridonoviç Petrov hayata gözlerini yumdu. Göçmen gazeteleri bu olaya fazla ilgi göstermezken, sadece Paris'te yayınlanan "Son Haberler" adlı gazetede, Petrov'un hayatının son dönemlerini geçirdiği Yugoslavya'da yaptığı çalışmalarla ilgili kısa bir yazı çıktı. Hayatının Rusya'da geçen yılları birkaç kelime ile anlatılmış ve kendisi "ünlü gazeteci ve yazar", "eski din adamı" olarak tanıtılmıştı.

Oysa ölümünden sadece on yıl önce Grigoriy Spiridonoviç Petrov'un ünü bütün Rusya'ya yayılmıştı. Ülkenin her tarafında verdiği konferanslara çok sayıda hayranı katılmakta, kitap ve makaleleri kapışılmaktaydı. Destansı hayat öyküsü, rejimin zulmüne uğramış bir kahraman imajı, ateşli vaazları ve coşkulu kişiliği – bütün bunlar Petrov'u halkın gözünde bir ilah haline getirmişti. Bir hayranı kendisine gönderdiği mektupta "Petrov, bu ismi taşıdığı ve kendisini Rus gibi hissettiği sürece halkımız onu unutmayacak" diye yazmıştı.

Ölüm, Petrov'un kitleleri etkisi altına almış olan inişli çıkışlı hayatına son noktayı koydu. Onun hikayesi, hem anavatanı Rusya'da hem de hayatının son yıllarını geçirdiği Yugoslavya'da halkın bitmeyen sevgisiyle yoğrulmuştu. Yine de, hayata veda etmeden kısa bir süre önce yayınlamaya fırsat bulduğu kitabı, ilerleyen yıllarda ününü ülke sınırlarının dışına taşıyarak onu ölümsüzleştirecekti. Finlandiya'yı konu alan Beyaz Zambaklar Ülkesinde adlı bu kitap Yugoslavya, Bulgaristan ve özellikle de Türkiye'de büyük yankı uyandırdı. 1923 yılında "Zidari Jivota" (Hayatın Mimarları) ismiyle Sırpça basılan kitap Bulgarcaya çevrilerek 1925 yılında, yazarın ölümünden sonra bu dilde de yayınlanmıştır. Kitap Bulgarca "V stranata na belite lilii" (Beyaz Zambaklar Ülkesinde) adıyla yayınlanmış olup, bu isim daha sonra diğer dillere yapılan tercümelerde kullanılmıştır.

Unutulmuş bir yazarın yıllar önce kaleme aldığı, eskimeye yüz tutmuş bir kitap. Aradan bunca zaman geçtikten sonra söz konusu kitabı tekrar gündeme getirmek, müsveddelerini bulmak için yoğun çaba göstermek ve metin üzerinde çalışarak, yayına hazırlamak hangi ihtiyaçtan kaynaklanmaktadır? Küçük, fazla bilinmeyen bir kuzey ülkesini konu alan sade ve hafif duygusal bir eser günümüzde kimin ilgisini çekebilir, çağdaş okuyucuyu hangi yönüyle etkileyebilir?

Bu soruyu yanıtlayabilmek için kapsamlı bir değerlendirmeye ihtiyaç bulunmakta olup, kitabın önsözünde bu değerlendirmelere yer verilmektedir. Kitap ve onun şaşırtıcı hikayesi, bazı Balkan ülkelerinin kaderine etkisi ve tabii ki, yazarının kişiliği ve yaşamının bundan sonra dikkatlerden uzak kalmaması gerektiği düşüncesindeyiz. Ayrıca, kitabın ana fikrini teşkil eden her insanın "yaşam mimarı" olması gerektiği düşüncesi, yazarın bir vatandaş olarak toplumsal sorumluluklarına coşkuyla sahip çıkması ve kötülüklerden arınmış, mükemmel bir dünyanın kurulacağına olan sonsuz inancı günümüz dünyasında en çok ihtiyaç duyduğumuz değerlerin başında gelmektedir.

M. Vituhnovskaya

Grigoriy Petrov Hakkında

Grigoriy Spiridonoviç Petrov 26 Ocak 1866'da Petersburg'a bağlı küçük bir kasaba olan Yamburg'da dünyaya geldi. Kendisi, soyunu kısaca "orta sınıftan gelen bir şahsın, çocukluğunda ise bir çobanın oğlu" olarak ifade etmişti. Başka kaynaklara göre ise Petrov'un babası küçük bir tüccardı ve misafirhane işletmeciliği yapmaktaydı. Petrov'u iyi tanıyan Maksim Gorki yazarın çocukluk yıllarıyla ilgili olarak şunları yazmıştı:

"Kendisi bir meyhanecinin veya büfecinin oğlu olup, çocukluğunda küfürden başka bir şey duymamış ve sarhoş insanlar dışında birilerini görmemiştir."

Eğitimine Narva Lisesi'nde başlayan Petrov Petersburg'a yerleştikten sonra burada önce ruhban okulunu, ardından 1891 yılında ilahiyat akademisini bitirdi. Papaz olduktan sonra eğitimcilik mesleğini seçen Petrov Mihaylovsk Topçu Okulu, Paj Askeri Okulu, Politeknik Enstitüsü, Aleksandrovsk Lisesi ve Petersburg'un diğer birkaç lisesinde konferanslar vermeye başladı. Genç ve yetenekli papaz zamanla başkentte aranan ve saygı duyulan bir vaiz olarak tanındı. Parlak vaazları ve halka açık konferanslarının ünü bütün Petersburg'a yayılmıştı. Sahip olduğu hitabet yeteneği, açık fikirleri ve konuşmalarında hayati önem taşıyan konuları ele almasıyla dikkatleri üzerine çekmekte ve halk tarafından çok sevilmekteydi.

Petrov'un birkaç halka açık konferansına katılan filozof Vasili Rozanov, yazar hakkında kaleme aldığı hayranlık dolu makalede aşağıdaki hususları özellikle belirtmişti:

"Eğitimli ve kültürlü, hem de sadece akademik kültürle sınırlı kalmayıp, Avrupa kültürünü de benimsemiş birisi olarak, üzerinde durduğu konuları ve yaptığı konuşmaları sıradan halkın anlamakta zorlanabileceği her türlü ifade ve sözcüklerden arındırma cesareti göstermişti.

Petrov'un çok sayıdaki hayranları arasında, o dönem Rusya'nın en etkili ve güçlü şahsiyetlerinden birisi olan Maliye Bakanı Kont S. Y. Vitte de bulunmaktaydı. Kont, hatıralarında kurucusu olduğu Petersburg Politeknik Enstitüsü'nü ziyaret etme kararı aldıktan sonra Petrov'un verdiği bir konferansa katıldığını anlatıyor. Elbette, Vitte ilahiyat alanında bir konferansa katılmayı özel olarak planlamamıştı, fakat Petrov konuşma yaparken bütün öğrencilerin dersleri bırakarak onu dinlemeye gittiğini, bu nedenle de diğer konuşmacıların konferanslarına ara verdiğini anlattılar kendisine. Vitte "Bu konferans, şüphesiz, hayatımda dinlediğim en iyi konferanslardan biriydi" diye yazmıştı.

Hitabet kabiliyeti ile birlikte, edebi yeteneğe de sahip olan Petrov'un sade ve aynı zamanda da heyecanlı bir üslupla yazılmış kitapları halkın farklı kesimleri tarafından okunmaktaydı. Rozanov'un "Taşralı bir yakınım onun kitapları ile dolu kolileri memleketine taşımaktan yorulduğunu söyledi, zira bu kitaplara ardı arkası kesilmeyen büyük bir talep var" sözleri bunun kanıtıdır.

Rozanov, bu konudaki değerlendirmelerini "Kitap piyasasına sadece Maksim Gorki ve Tolstoy'un hakim olmadığını, aynı zamanda, Petersburg'da en çok rağbet edilen ve sade halkın sevdiği bir vaizin, Petrov'un da bu piyasada söz sahibi olduğunu rahatlıkla söyleyebiliriz" sözleri ile sürdürmektedir.

Petrov'un cazip kişiliğinin ve halk arasındaki popülerliğinin sırrı neydi? Şüphesiz, hitabet yeteneği konuşmalarının çok rağbet görmesini sağlayan en önemli etkendi. Rozanov, ilerleyen dönemlerde Petrov ile ilgili hayal kırıklığına uğrayacak olsa da, şu hususu belirtmeden geçememiştir:

"Başarısının sırrı size özel bir şeyi fısıldar gibi söyleyen, aynı zamanda hem otoriter, hem de etkileyici sesinin sihirli tınısında gizliydi. Bence, Abşalom da böyleydi."

Sıradan insanlarla ve halkın temsilcileriyle onların anlayabileceği dilde konuşması da göz ardı edilmemesi gereken bir konudur. Fakat başvurulan yöntem ve alınan tedbir ne olursa olsun, Petrov'un halk nezdinde sahip olduğu sevgi ve saygıyı doğurması için yeterli olamazdı. Bu açıdan, kendisinin konuşmalarının içeriği ve dile getirdiği hususlar daha önemliydi.

Petrov, Rusya'nın toplumsal hayatında yaşanan durgunluğu şiddetle eleştirmekte ve halkın yaşantısının zorluğundan yakınmakta; toplumun ileri görüşlü, aydın kesimini halkın refahı ve ülkenin kalkınması için çalışmaya ve hayatlarını bu amaca adamaya davet etmekteydi. Petrov'un bir biyografisinde yazar şöyle diyordu: "O, hayatı yeniden inşa etmek gerektiğine insanları ikna etmek için yorulmadan çabaladı." Yazılarında da konuşmalarında da Petrov Rusya'da hayat şartlarının kötü olduğunu, halkın fakirlik ve cehalet içerisinde, zavallı bir yaşam sürdüğünü dile getirerek, ülkenin bütün bilinçli güçlerinin vatanın iyiliği için durmadan çalışması gerektiğini tekrarlamaktadır. Bir yazısında şöyle demiştir:

"Anavatandaki yaşam tarzına baktığınızda, büyük bir halkın sahip olduğu güçle örtüşmeyen başarısızlık, eksiklik, geri kalmışlık ve tembellik görürsünüz. Bu durum karşısında yüksek sesle 'Artık işe koyulmanın vakti geldi!' demelisiniz. Hem öğrenmek hem de öğretmek zorundayız! Daha çok kişiyi çalışmaya davet etmeliyiz, çünkü yapılacak iş çok, çalışan sayısı az. Çalışmak için taze güce ihtiyacımız var... Gönlünüzdeki ıstırapla, halkın içinde bulunduğu sefaleti, asırlardır süregelen karanlığı, sahipsizliği, öksüz bir çocuğun acizliğini andıran zayıflığı ve güçsüzlüğü dışa vuruyorsunuz. Çok sevdiğiniz halkınızla ilgili kurduğunuz hayaller ise eminim çok farklıdır."

Bütün bu fikirler – halkın eğitilerek, kültürel açıdan geliştirilmesi, 'taze güçlerin çalışma hayatına dahil edilmesi' ve toplumun eğitimli kesimlerinin halkın bilinçlenmesine hizmet için seferber edilmesinin gerekli olduğu düşüncesi – çalışmaya başladığı ilk dönemlerden itibaren Petrov'un en çok önem verdiği ve üzerinde durduğu konuların başında gelmekteydi. Konuşma ve yazılarında tarih ve siyasetten edebiyat ve sanata kadar çeşitli alanlarda farklı konuları ele alsa da, çalışmalarının odak noktasında her zaman tek bir konu bulunmaktaydı; bu konuyu, günümüz yazarının diliyle, "Rusya'yı kalkındırmak için neler yapmamız gerekiyor" şeklinde ifade edebiliriz. Hayatının bu ilk dönemlerinde şekillenen düşünce ve yaklaşımları daha sonra da değişmeyecekti. Nitekim, 'Beyaz Zambaklar Ülkesi'ni zihninde tasarlarken bu fikirleri tekrar ele alarak, çalışmalarının merkezine yerleştirmişti.

Petrov'un düşünce ve önerilerinde yeni bir şeyler olmadığını, zira o dönemde Rus toplumunun büyük kısmının değişim talepleri ile hareketlenmeye başladığını ve liberal aydın kesimin halkın refahı için çalışma isteği ile dolup taştığını biliyoruz. Fakat Ortodoks bir papazın ağzından bu kadar ateşli vaazların dökülmesi, en önemlisi ise, ülkesinin içinde bulunduğu durum nedeniyle hissettiği samimi ve gerçek acının konuşmalarına yansıması, Petrov'u dinleyen hemen herkesin kendisinin birer hayranına dönüşmesi sonucunu doğurmaktaydı. Rozanov makalesinde papazın konuşmasından heyecanlanmış bir generalin sözlerini örnek vermektedir:

"Daha birkaç yıl öncesine kadar bütün Rusya halkı boş zamanlarında meyhaneleri doldurmuş, avazı çıktığı kadar bağırarak sarhoş şarkıları söylüyordu. Kilisede yapılan ayinler dışında, hiçbir yerde din adamına rastlayamazdınız. Peki, şimdi? Bakın, halk koşarak buraya gelmiş, insanlar bir saatten fazladır ayakta bekliyor. Hiç kimse oturmak istemiyor, homurdanıp söylenen yok. Ve bütün bunlara birkaç basit ama eğitici kelime duymak için katlanıyorlar."

Daha mesleğini icra etmeye başladığı ilk dönemlerden itibaren kilise Petrov'un alışılmışın dışında ve farklı vaazlarını hoşnutsuzlukla izlemekteydi. Kendisi bu durumu "K. Pobedonostsev'in emri ile, verdiğim konferanslar 1903 yılından itibaren özel sansüre tabi tutulmaya başlanmıştı. Ben de o zaman halka açık konuşmalarıma getirilen bu kısmi yasağa tepki olarak, bütün eğitim kurumlarında ve kilisede üstlendiğim görevlerden ayrıldım. Kilise kadrosundan çıktım ve 1907 yılına kadar, papaz cüppesini taşımaya devam ederek, hiçbir yerde görev yapmadım" cümleleri ile özetlemektedir. Petrov ile kilise arasında sonraki yıllarda da devam edecek olan ihtilaf, muhtemelen o andan itibaren başladı ve büyüyerek, nihayet, 1908 yılında unvanının geri alınmasıyla sonuçlandı.

İlk baskısı 1898 yılında yapılan ve daha sonra Rusya'da 20. baskıya ulaşarak, birçok dile tercüme edilen 'Hayatın Temeli Olarak Kutsal Kitaplar' adlı eseri bu süreçte önemli rol oynadı. Maksim Gorki, Çehov'a yazdığı mektuplarda yazarına bütün Rusya'da büyük şöhret getiren söz konusu kitapla ilgili hayranlığını dile getiriyordu:

"Kitap, temiz ve derin bir inancı yansıtan büyük bir ruhu barındırıyor. Bu kitabı bir papaz yazmış, hem de papazların hiç yazmadığı gibi yazmış."

Kilisenin bir papazın kaleme aldığı böyle bir eseri kabullenmesi, tabii ki mümkün değildi.

Petrov'un kilisede yenilenmiş liberal hareketin lideri olarak yer alması, Sinod ile olan çatışmasında etkili oldu. Günümüz araştırmacılarından S. L. Firsov bu durumu "20. yüzyılın başlarında G. Petrov'un kilisenin yenilenmesi girişimlerinde oynadığı rolü özellikle vurgulamak gerekir, nitekim, parlak bir yazar ve iyi bir hatip olarak, kendisi devrim yıllarında aşırı solcu olarak ün kazanmıştı" sözleriyle ifade etmektedir. Petrov'un "yenilikçi" yaklaşımları, hiç kuşkusuz, ihtilafın daha da derinleşmesi ve resmi soruşturmanın hızlandırılarak, din adamı saflarından kovulması ile sonuçlanmıştır.

Aziz Sinod'un tutanağına göre, Petrov "Ortodoks kilisesinin öğretilerine ters düşen ve Tanrı tarafından seçilerek, görevlendirilmiş otoritelere karşı saygısızca yaklaşımlar içeren görüşleri yaymakla" suçlanmaktaydı. Papazın kendini savunmak için Metropolit Antoni'ye hitaben yazdığı ve daha sonra ayrı bir broşür olarak basılan mektup bütün ülkede büyük ses getirmişti. Söz konusu mektupta Petrov, durağan ve yeni gelişmelere kapalı yapısı, siyasi iktidara bağımlı hale gelmesi nedeniyle Rusya'da kiliseye karşı uzun süredir var olan ve giderek artan memnuniyetsizliğe dikkat çekmekteydi.

Petrov'un maruz kaldığı baskı ve zulüm arttıkça, ünü daha da yayılmaktaydı. 1907 yılının başlarında "zararlı yayıncılık ve yazarlık faaliyetleri" nedeniyle "kilise korosunda görev yapmak üzere" Lujsk Kazası'nda bulunan İoan – Bogoslov Çeremenets Manastırı'na üç aylık sürgüne gönderildiği zaman, kendisini tren garından kalabalık bir hayran topluluğu yolcu etmişti. Biyografisinde, uğurlamanın büyük bir gösteriye dönüştüğü belirtilmişti. Manastırda bulunduğu süre zarfında kendisine "geçmiş olsun" dileklerini iletmek ve hayır duasını almak için sayısız hayranı akın akın ziyaretine gelmekteydi. Manastırın misafirhanesinde kalan Neyman isimli bir öğrencinin bıraktığı "Geldim, gördüm, konuştum, mutluyum" şeklinde bir not Petrov'un şahsiyetine duyulan saygıyı ifade etmesi açısından çok anlamlıdır. Unvanı geri alındıktan sonra ise haksızlığa uğramış, fedakar ve mücadeleden yılmayan birisi olarak sahip olduğu itibar erişilmez bir noktaya ulaşmıştı. Bir gazeteci kendisine hitaben şunları yazmıştı: "Siz, tıpkı kahraman bir savaşçı gibi, gerçeği sonuna dek savunmak ve ona sadık kalmak yeminine bağlı kaldınız. Sinod'un alçakça bir tavırla sizi karalamaya çalışmasının sadece bir tek sonucu olabilir: Bu çabalar sizin hayat öykünüzün örnek bir yaşam şekline dönüşmesine vesile olacak ve Rusya'ya uzun yıllar anılacak faydalı ve güzel bir efsane kazandıracaktır. Siz güce, iradeye ve mizaca sahipsiniz. Takdire şayan bir cesaret sahibisiniz."

Rus kültürünün önde gelen temsilcilerinin büyük kısmı, kendisi için aynı zamanda zafer dönemi olan sürgün günlerinde Petrov'a destek vermekteydi. Vasili Rozanov, Maksim Gorki, Vasili Nemiroviç-Dançenko ve diğer birçokları çeşitli yollarla kendisine olan destek ve hayranlıklarını ifade ediyorlardı. İlya Y. Repin tarafından yapılan Grigoriy Petrov portresi bu desteğin en iyi örneklerinden biridir.* Ünlü ressam 1899 yılından itibaren Finlandiya'nın küçük bir tatil yöresi olan Kuokkala'da (şu an Leningrad Vilayeti'nin Repino kasabası) yaşamaktaydı. Ressamın "Penates" adlı malikanesinde misafir olan arkadaşları arasında Grigoriy Petrov da bulunmaktaydı. Yıllar sonra, muhaceret döneminde Petrov'a yazdığı ve günümüze kadar ulaşmış tek mektup olma özelliği taşıyan mektubu, usta sanatçının kendisine büyük saygı ve hayranlık duyduğunu ortaya koymaktadır. Repin tarafından 1907 yılında, başka deyişle, Petrov'la ilgili soruşturma ve baskıların çok

* Grigoriy Petrov'un İ. Repin tarafından yapılmış resmi Penza kenti Sanat Müzesi'nde muhafaza edilmektedir.

yoğunlaştığı bir dönemde yapılan resim, takibe maruz kalan din adamının Avvakum'u anımsatan özelliklerini (etkileyici bakışlar, derin bir inanç ve heyecanlı ruh hali) yansıtması açısından dikkat çekmektedir.

Ününün en çok arttığı 1907 yılında Grigoriy Petrov II. Dönem Duma'ya vekil seçildi, fakat manastıra kapatılmış olması Duma faaliyetlerinde yer almasını engelledi. Unvanının alınmasının ardından kendisine, yedi yıl süreyle Moskova ve Petersburg'a giriş yapma ve bu şehirlerde yaşama yasağı getirildi. 1908 yılından itibaren Petrov devamlı surette ikamet yerini değiştirirken, bazen Finlandiya'da bazen de Kırım'da yaşamak zorunda kaldı. Yazar, bu yıllarda bir taraftan sık sık yurtdışına çıkarken, diğer yandan da yorulmak bilmeden ülkeyi dolaşmakta ve Vladivostok'a kadar gittiği birçok şehirde konferanslar vermekteydi. Gazetecilik ve yazarlık kendisinin başlıca iştigal alanına dönüşmüştü, nitekim, "Russkoe Slovo" (Rus Sözü) adlı gazetenin hemen hemen her sayısında çeşitli konuları kapsayan makaleleri yayınlanmaktaydı.

Devrim yıllarına kadar olan dönemde Grigoriy Petrov sürekli polis gözetimi altında yaşadı. Çeşitli vilayetlerin jandarma birimlerinin kendisinin konuşmaları ve eğitim çalışmaları ile ilgili Polis Departmanı'na ilettiği bilgilerin yer aldığı birkaç kalın dosya Rusya Federasyonu Devlet Arşivi'nde muhafaza edilmektedir. Polis memurları Petrov'un verdiği konferansların içeriğini detaylı ve özenli bir şekilde ortaya koyduktan sonra, fikir birliği ile bu konuşmaların kışkırtıcı, hükümet ve kilise karşıtı olduğunu ifade etmektedirler. Kendisinin herhangi bir şehirde ortaya çıkması, her seferinde toplumsal bir hareketliliğe neden olmakta, konuşmaları büyük bir ilgi ve coşkuyla karşılanmaktadır. Örneğin, 1914 yılının Mart ayında Saratov Jandarma İdaresi Müdürü'nün ilettiği rapordan bir bölüm Petrov'un konferansları sırasında dinleyicilere hakim olan büyük coşkuyu ve bunun sonucu ortaya çıkan atmosferi çok çarpıcı biçimde ortaya koymaktadır:

"Konuşmasının son kısmında Petrov ateşli bir şekilde gençlere seslenerek, onları yorulmadan kötülükle mücadele etmeye ve geçiş döneminde oluşan elverişli koşullardan yararlanmak suretiyle, daha iyi bir hayat kurmaya çağırdı: "Siz nasılsanız, Rusya da öyle olacaktır. İşe önce kendinizden başlayın, binayı sonra inşa ederseniz. Serflik döneminden miras kalan kölelik ve esaret hissi bizi ezmektedir, boğuluyoruz, ruh ve şevkini kaybetmiş bir topluluk olarak, parmağımızı bile kıpırdatmadan ve risk almadan bir şeyler elde etmeye çalışıyoruz. Yeni bir hayat kurmak istiyorsak, bunu çıplak elle yapamayız."

Albay rütbeli polis memuru sözlerini şöyle sürdürüyordu:

"Etkili bir anlatımla, diğer devletlerin yönetim şekli ve yaşamından çok sayıda örnekler vererek yaptığı konuşmayı kalabalık büyük bir dikkat ve ilgiyle dinliyordu. Bir ara, coşkunun daha da arttığı bir anda, kendisi Gorki'yi övmeye başladı. O an görevli polis memuru Petrov'u uyarmak istedi, fakat daha ağzını açmaya fırsat bulamadan kalabalık tarafından yüksek sesle protesto edildi, hatta ıslıklandı. Konferans bittikten sonra coşkulu bir şekilde tezahürat yapan kalabalık konuşmacıyı omuzlarına alırken, polisi bir kez daha şiddetle protesto etti. Anlaşılan, Petrov'un konuşması kendilerini çok heyecanlandırmıştı."

Hiç şüphesiz, Petrov'un konferansları herhangi bir devrimci söylem, mevcut düzenin yıkılmasına yönelik çağrı ve isyana teşvik gibi unsurlar içermemekteydi. Bütün fikirleri o dönemde yaygın olan ideallerle örtüşmekte ve bu çerçevenin dışına çıkmamaktaydı. Söz konusu idealler halkın eğitim ve kültür seviyesinin yükseltilmesi, Batılı ülkelerin modelini örnek alan sınai ve ekonomik modernizasyon ve toplumsal yaşamın kötülüklerden arındırılarak, temizlenmesi gibi konuları kapsamaktaydı. Bu açıdan, Petrov yazılarında aşırı alkol tüketiminin önlenmesi konusunu özellikle ön plana çıkarmaktadır. Elde ettiği başarının temelini oluşturan başlıca etken, yazı ve konuşmalarında üzerinde durduğu konuların o dönem Rusya'da mevcut olan genel koşullar ve toplumsal durumla büyük ölçüde örtüşmesidir. Petrov, bir deniz kabuğu misali, yaşadığı dönemin uğultusunu içine çekerek, bunu çalışmalarına yansıtmakta, yaptığı konuşmalarda toplumsal hayatın bütün alanlarında görülen tıkanıklık, acizlik ve nefret belirtilerini ve yenilenme ihtiyacını, buna duyulan özlemi dile getirmekte, toplumun duygu ve düşüncelerine tercüman olmaktaydı.

* * *

Grigoriy Petrov'un özel hayatıyla ilgili fazla bilgi yoktur. Vefat eden nişanlısının kız kardeşi Mariya Kapitonovna (1874-1948) ile evlendiğinde yaşı daha çok gençti. Anlatılanlara bakılırsa, aile hayatları ve evlilikleri sorunsuz değildi, ama Petrov oğlu Boris'i çok seviyordu (iç savaş yıllarında Denikin ordusunda hizmet eden oğlunun savaşta hayatını kaybetmesi kendisi için büyük bir yıkım olmuştu). Karı koca arasındaki karşılıklı soğukluğun ne zaman ortaya çıktığını söylemek zor olsa da, Petrov'un unvanının alınması sırasında ayrı yaşadıkları tahmin edilebilir. Tıp mesleğini seçen Marina Kapitonovna 1908 yılında Petersburg Kadın Tıp Enstitüsü'nden mezun olduktan sonra profesörlüğe kadar yükselmiş ve Akademik İ. P. Pavlov'un en yakın çalışma arkadaşı ve yardımcısı olmuştur.

Uzun bir aradan sonra, devrimin hemen öncesinde

Narva'da tanıştığı ve o zaman genç bir kız olan Zinaida İvanovna Krasnova (1899-1975) Petrov'un ikinci eşi olacaktı. İlk karısıyla resmi olarak boşanmadıkları için Petrov ve Zinaida İvanovna nikahsız yaşamaya başladılar. Devrimin ardından ve Petrov'un ülkeyi terk etmesinin hemen öncesinde 1919 yılının sonbaharında, Kiev'de kızı Marina dünyaya geldi. Evlilik soyadı Konrid olan ve 1950'li yıllardan 2002 yılına kadar Münih'te yaşayan Marina Grigoryevna Petrova, babası ve onun hayat hikayesi, özellikle de göç dönemi yaşamı ile ilgili çok değerli bilgi ve anıları bizimle paylaştı, kendisine şükran borçluyuz.

Petrov'un Gönüllüler Ordusu'na katıldığına dair bilgiler de mevcuttur. Nitekim, 1920 yılının Mayıs ayında Bolşevik gazetesinde "Grigoriy Petrov Beyazlar'ın Hizmetinde" başlıklı küçük bir yazı yayınlandı. Yazıda şöyle denmekteydi: "Tanınmış bir isim olan Grigoriy Petrov, Beyazların geri çekilmesi öncesinde Kuzey Kafkasya ve Kuban'da devrim karşıtlarını öven konferanslar vermiştir." Kızının da dünyaya geldiği Kiev'de bir süre bulunan Petrov, şehrin Bolşeviklerin eline geçeceğinin anlaşılması üzerine ailesinden ayrılarak, Denikin ordusunun ardından Kırım'a gitti. Kızı, babasının ailesini bırakmak istemediğini, fakat Bolşevikler tarafından hapse atılma ve zulme uğrama tehlikesinden çok korkan karısının uzun ikna çabaları sonucu bu adımı attığını hatırlıyor. Zinaida İvanovna ve küçük Marina da Kiev'i terk ederek Narva'ya, akrabalarının yanına gittiler.

Beyaz Ordu birliklerinin Kırım'ı terk etmeye başladığı 1920 yılının sonlarında Petrov da vatanından ayrılmak zorunda kaldı. Bulgar arkadaşı ve tercümanı Dinyo Bojkov anılarında, Beyaz Ordu'nun Kırım'dan çekileceğinden Petrov'un son anda haberdar olduğunu ve bu nedenle ülkesini "yalın ayak ve çıplak" halde, başka deyişle, cebinde beş kuruş para olmadan ve hatta yedek elbise bile temin edemeden apar topar terk etmek zorunda kaldığını anlatıyor. Vapurla İstanbul'a kadar gelen Petrov daha sonra Gelibolu'daki mülteci kampına, buradan ise İtalya'nın Trieste kentine gitti. Yazılarını okuyan Yugoslavların kendisiyle iletişim kurmasının ardından, Yugoslavya Hükümeti tarafından Belgrad'a davet edildi. Grigoriy Petrov'un ikinci, muhacir hayatı da böylece başlamış oldu.

Grigoriy Petrov'un Narva'da yaşayan ve kendisinin yanına yerleşebilmeleri için gerekli iznin çıkmasını bekleyen karısı ve kızına yolladığı birkaç kartpostal günümüze kadar ulaşmıştır. İlk kartpostalda şu cümleler yer almaktaydı:

"Zinulya, 1921 yılının 1 Ocak günü parasız, iç çamaşırsız, ayağımda yırtık çizmelerle, bir sefil gibi Belgrad'a vardım. 26 Ocak 1921 tarihinde 2 numaralı lisede Rus dilinde verdiğim konferans karşılığında kazandığım 300 Dinar ile sefaletten kurtulma yolunda ilk adımımı attım. 2 numaralı lisenin müdürü çok iyi bir insan ve mükemmel bir öğretmen."

Bu ilk konferans Petrov için yeni bir yükseliş döneminin başlangıcı oldu. Kaçarken malvarlığını, birikimini, Kırım'daki yazlığını, en önemlisi ise, bütün Rusya'ya yayılmış şöhretini ve dinleyici-okuyucu kitlesini, kısacası her şeyini kaybeden yazar, Rusya'da olduğu gibi, hızlı ve ani bir şekilde tekrar yükselmeye başladı. Fakat bu sefer karşısındaki okuyucu ve dinleyici başkaydı. Petrov, Rus göçmen topluluğu ile her türlü işbirliği olanağını göz ardı ederek, yüzünü kararlı bir şekilde Yugoslav ve Bulgar dinleyici ve okuyuculara çevirdi.

Kuşkusuz, Petrov'un Rus göçmenlerinin kültürel ve siyasi hayatında yer almak istememesinin başlıca nedenlerinden biri kendisini bu ortama yabancı hissetmesiydi. Çevresinde kendisiyle aynı düşünceleri paylaşan ve Rusya'nın başına gelen faciayı kalbinde hisseden insanlara rastlayamayan yazar, Yugoslavya'daki Rus göçmen topluluğunun çekirdeğini oluşturan monarşi yanlılarından özellikle uzak duruyordu.

Petrov'un göçmen monarşistlerle ilgili kendine has görüşlerini Rus devriminin sebeplerini konu alan "Hastalığın Temel Nedenleri" adlı yarım kalan makalesinde bulabiliriz. Makalede yer alan fikirlere örnek olarak, aşağıdaki satırlar gösterilebilir:

"Burada, yuvalandıkları başlıca ülke olan Sırbistan'da sayıları yirmi bini bulan Rus monarşistlerle ilgili çok şey söylemek istemiyorum. Olayları anlayabilme konusunda bu insanlar kesinlikle birer umutsuz vakadır. Monarşi fikrine yaklaşım açısından baktığımızda, "Sırp" monarşistleri "Tanrım, beni dostlarımdan koru, düşmanlarımla kendim baş ederim" deyimindeki 'dostlardan' farksızdırlar. Kendilerini Rus monarşistleri olarak tanıtan bu adamlar herkesi suçlarken, kendi açgözlü ihtiraslarını ve geçmişte yaptıkları zorbalıkları hiç hatırlamazlar. Aydınları, Yahudileri, Masonları, Hür Masonları, hatta Deccal'ı bile suçlarlar. Eğer Rus zorbaların en çok sevdiği konuşmacıyı şahsen dinlememiş olsaydım, birilerinin Belgrad Bilimler Akademisi'nin duvarları arasında, Rus devriminin sorumlusu olarak Deccal hakkında tam iki saatlik bir konuşma yapabileceğine kesinlikle inanmazdım. Görünen o ki, Ruslar monarşist değiller, Rus monarşisinin açgözlü zorbaları ise kamuoyunu yanıltma çabası içerisindedirler. İnsanları yanlış yönlendirmeyi ve böylece, Rusya'nın çöküşünün baş sorumlularını, kendi yırtıcı ve başına buyruk zorbalıklarını kamuoyundan gizlemeyi amaçlamaktadırlar."

Petrov, daha önceki olaylardan dolayı patlamaya hazır bir volkana benzeyen ve sabrı tükenen halkın kızgınlığını Ekim devriminin başlıca nedeni olarak görmekteydi. Kendisi bu konuda şunları yazmıştır:

"Lenin ve Bolşevizm Rusya'nın başına gelen facianın sorumluları değil, halkın hastalıklı ruhunun tezahürü ve sonucudur. Halk kitleleri onun peşinden gittiler, çünkü kendilerini esir almış hain, karanlık ve kinci duygu ve güçlerin Lenin'in şahsında vücut bulduğunu gördüler. Lenin ve Lenincilik – Rus halkının bedenini ve ruhunu saran kötü huylu bir yaradır."

Petrov'un Rusya'da olup bitenlerle ilgili düşüncelerinde karamsarlık hakimdi, zira vatanının kısa süre içerisinde iyileşeceğine inanmıyordu. Buna karşılık, gurbette yaşadığı yıllarda kaleme aldığı yazılar ve yaptığı konuşmaların yeni bir umutla – kendisine kucak açan Yugoslavya ve ona manevi olarak yakın bulduğu Bulgaristan'ın kalkınacağı inancı ve umuduyla – dolu olduğunu görebiliriz. Petrov'un idealleri değişmemişti, sadece bunların uygulama alanı farklıydı. Bu kez vaazları ile yeni yaşam mimarları olarak gördüğü Yugoslav ve Bulgarlara hitap ediyordu.

O dönem hayatının sonuna yaklaşmakta olan Grigoriy Petrov'un dört yıldan biraz fazla ömrü kalmıştı. Bu süre zarfında hayal bile edilemeyecek kadar çok iş yapmayı başardı. Bütün Yugoslavya'yı baştan sona dolaşarak, yaklaşık 1500 konferans verdi. Önceleri Rusça konuşsa da, Sırpçayı öğrendikten sonra konuşmalarını bu dilde yapmaya başladı. Konferanslarında çok çeşitli dinleyici kitlelerine hitap ederken, birkaç kez de Müslüman kadınlara kadının dünyada ve toplumda üstlendiği rolü konu alan konferanslar vermişti.

Onun konuşma yaptığı salonlar tıklım tıklım dolardı. Marina Grigoryevna Konrid'in hatıraları bunun kanıtıdır:

"Babam nadiren eve gelirdi, sürekli konferanstan konferansa koşardı. Zinaida İvanovna ile ben sık sık babamla birlikte seyahat ederdik, o zaman daha çocuktum."

Ayrıca, babasının konferanslarının eşi benzeri görülmemiş

bir başarıyla gerçekleştiğini anlatan Marina Konrid, bir keresinde konuşmasının ardından dinleyicilerin Petrov'u omuzlarına aldığını ve kendisinin, babasını alıp bir yere götürdüklerini düşünerek çok korktuğunu söylüyor.

Petrov'un Yugoslavya'da elde ettiği başarı ve artan popülerliğinin başlıca nedeninin, Rusya'da olduğu gibi, burada da dinleyici ve okuyucuların kalbine hitap eden konulara değinmesi olduğu belirtilmektedir. Kendisi, konuşmalarında vatanı gerçek anlamda sevmenin ne demek olduğunu anlatarak, hayatın mimarı, toplumsal yaraları iyileştiren bir tabip ve halkın eğitilerek, kültürel gelişmişlik düzeyinin artmasına katkıda bulunacak bir öğretmen olmak için nasıl yaşamak gerektiğinden bahsederdi. Konuşmaları ve yazıları insanların kalbini, değişimlerin gerçekleşebileceğine olan umut ve ülkede yaşam koşullarının iyileştirilmesinin halkın elinde olduğu ve bunun için her bir vatandaşın sorumluluk alması gerektiğine dair inançla doldurmaktaydı.

Petrov ailesi 1923 yılının sonunda bir araya gelebildi. O zamana dek Belgrad'da yaşayan Grigoriy Petrov, çocuğunun temiz hava soluyarak, doğal bir ortamda büyüyebilmesi için ailesiyle beraber Belgrad yakınlarında bulunan Pançevo kasabasına taşınmayı tercih etti. Kızı Marina Grigoryevna aile içindeki sıcaklığın hiç azalmadığını, babasının çok sayıda dost ve hayranının evlerinde özenle misafir edildiğini anlatıyor.

Bu dönemde yazarlık faaliyetlerine devam eden Petrov daha çok gazetelere makale yazarken, kitapları Sırp ve Bulgar dillerinde yayınlanmaktaydı. Bu yayınların bir kısmı yaptığı konuşmaların yazıya dökülerek, tashih edilmiş metinlerinden oluşmaktaydı. Elle yazılmış metinler Bulgaristan'a gönderildikten sonra yazarın eski ve sadık dostu Dinyo Bojkov bu metinleri Bulgarcaya çevirerek, yayınlanmasını sağlamaktaydı. Bojkov hatıralarında, Petrov'un yaklaşık 50 kitabını yayınladığını söylüyor. Bulgarca basılan fakat Rusça henüz gün yüzüne çıkmamış bu çalışmaların müsveddeleri halen Bojkov'un torunu tarafından Sofya'da muhafaza edilmektedir.

'Beyaz Zambaklar Ülkesinde' Petrov'un son kitaplarından biridir. Kitabın 1923 yılında bitmesinin hemen ardından Sırpça baskısı yayınlandı. Bulgarca baskısı ile ilgili çalışmalar sürdüğü sırada Grigoriy Petrov ciddi şekilde hastalandı. Aile arasında yapılan istişarede, durumu hızla ağırlaşan hastayı Fransa'da bulunan ve Petrov'un yakın arkadaşı Profesör İvan Pavloviç Aleksinski'nin de görev yaptığı Maison de Santé adlı kliniğe yatırma kararı alındı. Yola çıkmadan hemen önce Grigoriy Petrov, kaleminden çıkan son çalışmayı – "Bulgar Gençliğine" başlıklı mektubu önce kendisi yazmaya, bir süre sonra ise söyleyerek yazdırmaya çalıştı. Mektup aşağıdaki gibi bitmektedir:

"Değerli gençler, sizinle çok şey konuşmak isterdim, fakat şu an çok ağır, ölümcül bir hastalığa yakalandım ve önümüzdeki günlerde riskli bir ameliyat için Paris'e gideceğim."

Daha sonra ise Bojkov'a hitaben şunları söylemektedir:

"Değerli dostum, artık konuşacak gücüm bile kalmadı... Size ayrıca yeni bir kitapçığımı, önemli ilaveler yapılmış haliyle Rusça gönderiyorum, burada çok kısa bir süre önce yayınlandı ve büyük başarı elde etti... 'Zambaklar'ı almadım henüz, Paris'e göndermenizi rica ederim. Sizi kalpten seven G. Petrov, 3 Haziran, Pançevo."

Dinyo Bojkov Bulgarca yayınlanmış 'Beyaz Zambaklar Ülkesinde' kitabını Fransa'ya göndermiş olsa bile, Petrov bu kitabı görmeye fırsat bulamadan, ameliyatın hemen ardından vefat etti. Ameliyat sırasında kendisinin tedavisi mümkün olmayan kanser hastalığına yakalandığı tespit edilmişti. Vasiyeti üzerine, yazarın naaşı Pançevo'ya gönderildi. Bir süre sonra Sırbistan'ın kuzeyinde bulunan Novıy Sad kentine taşınan Zinaida İvanovna kocasının küllerini burada, Uspenski Mezarlığı'nda toprağa verdi.

Yugoslavya'da iktidara gelen komünist rejimden kaçan aile İkinci Dünya Savaşı'nın ardından, 1950'li yıllarda Münih'e sığındı. Zinaida İvanovna, kızı Marina ve kocası Pavel Konrid'den oluşan aile büyük sıkıntılarla karşılaşırken, Marina ve Pavel Münih'in merkezinde posta pulu ticareti ile uğraşan ve daha sonra uzun yıllar işletecekleri bir dükkan açtılar. Zinaida İvanovna 1975 yılında hayatını kaybetti. 1981 yılında ise Marina, babasının küllerinin defnedildiği Uspenski Mezarlığı yönetiminin bölgede yeniden düzenleme çalışması yaptığını ve bu çerçevede, Petrov'un mezarının bulunduğu kısmın yıkılacağını öğrendi. Bunun üzerine Marina Grigoryevna babasının mezarını Almanya'ya nakletti.

Grigoriy Petrov'un kabri bugün Münih'teki Ostfriedhof Mezarlığı'nda bulunmaktadır.

Grigoriy Petrov ve Finlandiya

Beyaz Zambaklar Ülkesinde Finlandiya'yı konu edinmektedir. Kitapta bataklık ve kayalıklar arasında yer alan, doğal kaynak fakiri bu küçük ülkenin ayağa kalkarak, yoksulluktan kurtulması ve siyasi, ekonomik ve kültürel açıdan gelişmiş bir refah toplumuna dönüşmesinin hikayesi anlatılmaktadır. Petrov'un görüşüne göre, bu başarı "hayatın mimarları", başka deyişle ülkenin çalışma şevki ve heyecanıyla dolup taşan, bencillikten uzak insanları, yorulmak bilmeden halkın eğitimine katkıda bulunan toplum önderleri sayesinde elde edilmiştir. Aslında bu insanlara, Finlandiya halkına ve yurtseverlerine olan hayranlık duygusu kitabın bütününde hissedilebilmektedir.

Okuyucu, haklı olarak, "Neden Finlandiya?" diye sorabilir. Tarihte benzer şekilde etkileyici bir gelişme kaydederek, yüksek kalkınmışlık ve refah düzeyine ulaşan başka ülkeler yok mu? Nitekim Petrov kendisi de devrim önceki yazılarında defalarca Hollanda, Çekoslovakya, Almanya ve diğer ülkelerin tecrübesine başvurmuş ve bu ülkeleri Rusya için örnek olarak vermiştir. Fakat kaleme aldığı en samimi, duygu dolu ve ciddi fedakarlıkların ürünü olan kitabında özellikle Finlandiya örneğini ele almaktadır. Bunu izah etmek zor değildir. Bir yandan, Grigoriy Petrov Finlandiya'yı diğer ülkelere göre çok daha iyi tanıyordu, çünkü uzun süre bu ülkede yaşamış ve her tarafını baştan başa dolaşmıştı. Fakat diğer, belki de en önemli neden, kendisinin Finlandiya'ya karşı her zaman hissettiği samimi hayranlık, sıcaklık ve yakınlık duygusudur. Yazarın Suomi'ye (Finlandiya) karşı beslediği bu özel duyguların temelinde neyin yattığını okuyucuya izah etmek gerektiği kanaatindeyiz.

Grigoriy Petrov'un yanı sıra, 20. yüzyılın başlarında dönemin liberal Rus aydınlarının neredeyse tamamı küçük özerk bölge olan Finlandiya'ya hayranlık ve sempatiyle yaklaşmaktaydı. 1809 yılından itibaren Rus İmparatorluğu'nun bir parçası olan Finlandiya, aynı zamanda kısmi bir özerkliğe de sahip olup, bölgenin eski İsveç döneminden kalma Anayasası ve kendi kendini yönetme hakkı bulunmaktaydı. 19. yüzyılın sonlarına doğru Finlandiya Büyük Prensliği fiili olarak kendi para birimi, vatandaşlığı, gümrük sistemi ve yönetim kurumlarına sahip ve Batı Avrupa örneğine göre şekillenmiş bir devlete, başka deyişle "devlet içinde devlete" dönüşmüştü. Rusya liberalleri için bu bölge düzenli, kültürlü, hukuka ve yasaların üstünlüğüne saygının geçerli olduğu ve Rusya'nın da ulaşmak için çaba göstermesi gerektiğini düşündükleri toplum modeli olan Avrupa'nın minyatür bir örneği gibiydi. Bir araştırmacının çok doğru olarak ifade ettiği gibi, "Özerk Finlandiya, kapsayıcı seçim mevzuatı ve zorlu doğal ve tarihi koşullarda elde ettiği önemli iktisadi başarılarıyla, Rusya İmparatorluğu ile keskin bir tezat oluşturmaktaydı".

19. yüzyılın sonu – 20. yüzyılın başlarında iktidar çevrelerinin Finlandiya'nın özerkliğini kaldırmaya yönelik bazı adımlar atması sonucu "Finlandiya meselesi" ile ilgili Rusya kamuoyunda yaşanan tartışmalar özellikle sertleşti. Finler için sıkıntılı geçen bu yıllar Fin tarih yazımında "baskı dönemi" olarak adlandırılmıştır. O dönemde İmparatorluk yönetimi Finlandiya'nın sahip olduğu hakları kısıtlamak için birçok alanda baskı ve sindirme politikaları uygulamaktaydı. Nitekim özerk bölgenin hukuk sistemi ve mevzuatı imparatorluk mevzuatına bağlı hale getirildi, Fin Parlamentosu'nun rolü azaltıldı ve Fin ordusunun lağvedilmesi için adımlar atıldı. Hükümetin aldığı bu tedbirler Finlandiya'da şiddetli protestolara neden olurken, bölgede aktif Ruslaştırma politikaları uygulayan General Vali N. İ. Bobrikov'un öldürülmesi bu protestoların en önemli sonucu olarak tarihe geçti.

Rusya kamuoyunda Finlandiya meselesiyle ilgili ciddi bir ayrışma ortaya çıkmıştı. Aşırı sağcılar, milliyetçiler ve "17 Ekim Birliği" yandaşları Finlandiya karşıtı kampı oluştururken, bu kampın en önemli temsilcisi 1906-1911 yılları arasındaki dönemde Başbakan ve İçişleri Bakanı olarak devlet yönetiminde yer alan Pyotr Arkadyeviç Stolıpin idi. Sağcı basında her gün Finlandiya'yı hedef alan alaycı ve iğneleyici yazılar yayınlanırken, milliyetçiler Devlet Duması'nda aktif bir çalışma başlattılar. Bu gruba sol partilerin ve sağduyulu düşünebilen devlet memurlarının bir kısmının temsil ettiği Finlandiya yanlısı kamp karşı koymaktaydı. Finlandiya'nın özerkliğinin en büyük savunucuları Rus liberalleri idi. Devrim öncesi dönemde liberal Rus basını Finlandiya'yı konu alan iyi niyetli ve övgü dolu yayınlarla doluydu.

Grigoriy Petrov da bu bakımdan istisna değildi. Kendisi Finlandiya'yı savunmak amacıyla birkaç makale ve "Bataklıklar Ülkesinde" adlı bir kitapçık kaleme almıştı. Makalelerin adları da çok anlamlıdır – "Kuzeyin Pygmalionları", "Kültür Köşesi", "Kültürel Çalışma Diyarı"... Petrov makalelerinde Finlandiya'yı sevgi dolu sözlerle anlatmakta, ülkenin ulaştığı eğitim ve kültür düzeyi, iyi organize edilmiş ve düzenli toplumsal yapısı, her tarafta gözlemlenebilen temizlik ve insanlarının dürüstlüğü karşısında hayranlığını ifade etmektedir. Aşağıdaki satırlar Petrov'un konuyla ilgili yazılarından bir örnektir:

"İşte, Rusya'nın toplam nüfusunun sadece ellide birini oluşturan bu bir avuç vatandaşımız, hem de ülkemizin en zor ve elverişsiz koşullara sahip bir köşesinde, o kadar iyi bir düzen oluşturmuşlar ki, insan bakınca imrenmeden edemiyor.

Ülkede her şey küçük: Şehirler küçük, ülkenin sahip olduğu kaynaklar az. Buna rağmen, erişilen refah düzeyi küçümsenmeyecek kadar ileri boyuttadır. Rusya'da görmeye alıştığımız düzensizlik, köhnelik, bakımsızlık ve kirlilikten burada eser bile yok. Petersburg'dan 3,5 saatlik mesafede, Vyborg'dan başlayarak, insan çok farklı bir ülkede bulunduğu hissine kapılıyor."

Rus liberallerin birçoğu gibi, Petrov da Finlandiya'nın anayasal düzenine özel bir hayranlık duymaktaydı. Kendisi "Bataklıklar Ülkesinde" adlı kitabında bu konuyla ilgili aşağıdaki satırları yazmıştır:

"Neva sahillerinden iki saatlik mesafede, Petersburg'un kapılarının yakınında ve Rusya'nın, tabiri caiz ise, tam önünde Ruslar için çok çekici ve baştan çıkarıcı olan bir örnek,

anayasal düzen başlamaktadır. Finlandiya, tıpkı gürbüz ve güçlü kuvvetli bir çocuk gibi, bütün zindeliği ile önümüzde durmakta, bu resmin altında ise, ilanlarda olduğu gibi, 'Ben çok iyi besleniyorum, kendi kendini yönetme özgürlüğüm var. Bizde halk kendisini temsil eden yöneticileri doğrudan seçmekte olup, kendi küçük ülkesinin gerçek sahibi konumundadır' sözleri yer almaktadır.

Gıpta edilecek kadar düzenli ve gelişen Finlandiya'nın hemen yanı başında anavatan Rusya, tıpkı kaderine terk edilmiş, pejmürde bir hasta gibi, fakir, perişan, dağınık, cahil, aklı tutulmuş ve bütün iradesi elinden alınmış bir halde hayatta kalma mücadelesi vermektedir. Finlandiya'nın zinde bir sesle söylediği 'Ben Anayasa'da yer alan tariflere göre hazırlanmış sağlıklı besinler tüketiyorum' sözleri karşısında bitkin, hukuksuz ve Anayasa'ya sahip olmayan Rusya, üzgün ve kederli bir halde 'Beni de beyaz kayın lapasıyla beslemişler' diyebilmektedir."

Petrov Finlandiya'nın özerkliğini savunmak için çeşitli gerekçeler öne sürmektedir. Bu gerekçeler hayli basittir – ülke çok küçük olduğu için Rusya'dan ayrılmak istemeyecektir; Finlandiya ayrılmak istediğine dair herhangi bir istekte bulunmamaktadır; Finlandiya karşıtı bir kampanya sadece Finleri kızdırmaya ve imparatorluk yönetiminden nefret etmelerini sağlamaya yarar. Fakat liberal aydınların birçoğu gibi, Petrov da "anayasal düzene sahip bir vadi" konumundaki bu ülkenin yıkılarak, Finlandiyalıların kültürel çalışma ve emeklerinin ürünü olan kazanımların yok edilmesinden büyük endişe duymaktaydı. Buna kesinlikle izin verilmemesi gerekirdi, çünkü Finlandiya Rusya için canlı bir örnek, model alınması gereken bir ülkeydi. Petrov bu düşüncelerini şöyle ifade etmektedir:

"Unutulmamalıdır ki, bataklıklar arasında yükselen taş-

lar diyarı olan Suomi gibi bir ülkede kültür tohumları saçmak ve bunları koruyarak büyütmek çok zor, elde edilen başarıları yerle bir etmekse kolaydır. Büyük bir ülke olan vatanımız Rusya ise benzer kültür vadileri açısından son derece fakir konumdadır, bu durum hem merkez hem de eyalet bölgeleri için geçerlidir. Bu nedenle Finlandiya konusunu ele alırken ve bu alanda çözümler geliştirirken, dikkatli ve temkinli olunması en akıllıca davranış olacaktır. Rusya ile kıyaslandığında Finlandiya çok küçük kalmaktadır ve bu nedenle Rusya için herhangi bir tehlike arz etmesi mümkün değildir."

Petrov'un Finlandiya'da bulunduğuna dair günümüze ulaşan gerçek bilgi ve kanıt çok azdır. Birbiriyle bağlantılı olmayan birkaç arşiv belgesi ve Petrov'un kendi makaleleri dışında, elimizde kaynak olarak sadece kendisinin Bulgar arkadaşı Dinyo Bojkov'un hatıraları bulunmaktadır. Bu kaynaklardan elde ettiğimiz bilgilere göre, başkentte yaşama imkanından mahrum edilen Petrov ikamet yeri olarak Petersburg'a daha yakın ve kültürel hayatın canlı olduğu bir şehir olan Vyborg'u seçti. Bojkov da kendisini ziyaret etmek için Petersburg'dan buraya geliyordu.

Petrov'un Finlandiya konusunda derin ve çok yönlü bilgilere sahip olması misafirini hayretler içinde bırakmıştı. Kendisi ülkenin tarihi ve bugünü, Fin halkının milli değerleri, Fin edebiyatı ve sanatı konusunda Bojkov ile saatlerce sohbet ederdi. Misafirine müzeleri, tiyatroları ve resim galerilerini gezdiren Petrov Helsinki'nin sanat müzesi olan Ateneum'da her bir resimle ilgili geniş bilgi vererek, eserin öyküsünü ve ressamın hayatını detaylı bir şekilde anlatırdı. Bojkov her defasında kendisinin olağanüstü hafızasına hayran kalıyordu, zira Finlandiya ile ilgili zikrettiği çok sayıda ismi ve anlattığı sayısız olayı ezbere hatırlıyordu.

Petrov kitabında Finlandiya'yı baştan sona dolaştığını anlatırken, kitabın içeriği de, hiç şüphesiz, bunu doğrular niteliktedir.

Okuyucu kitabın sayfalarında Fin tarihi ve kültüründe önemli rol oynamış çok sayıda şahsın hayatını, somut tarihi olayları, ülkenin şehirlerini, mimari eser ve anıtları, okulları, müze ve resim eserlerini anlatan bilgiler bulacaktır. Petrov'un daha önceki yayınlarından alıntı yaparak derlediği bu bilgilerin önemli kısmı tamamen gerçektir. Fakat kitapta devrim öncesi dönemde Finlandiya tarihinde yaşanmamış birçok olay da yer almaktadır. Anlaşılan o ki, Petrov 1914 yılına doğru, Birinci Dünya Savaşı'nın başlamasının ardından Finlandiya'yı terk etmiş ve aradan geçen 10 yıllık dönemde yaşanan çalkantılı ve trajik olaylar birçok konunun hafızasından silinmesine neden olmuştur.

Mesela, Petrov tarafından yaratılan Snelman karakteri gerçeklerle fazla örtüşmemektedir. Elbette, Snelman'ın Finlandiya tarihinde ve Fin ulusal devletinin şekillenmesinde oynadığı müstesna rol herkesçe bilinmekte olup, bu husus kitabın yazarı tarafından da vurgulanmaktadır. Fakat Snelman'ın gerçek faaliyetleri ve kişilik özellikleri aslında tamamen farklıydı. Bu değerlendirme kitaptaki diğer karakterler için de geçerlidir. Petrov'un yarattığı hayali karakterler: tüccar Yarvinen, yaptıklarından pişmanlık duyan bir suçlu olan Karokep, papaz McDonald, aslında birkaç tarihi şahsiyetin kişilik özelliklerini yansıtan figürlerdir. Yazar kitabında belgesel tarzı bir anlatıma sadık kalmak için çaba gösterse de, aslında kitabın üslubu çok farklıdır. "Beyaz Zambaklar Ülkesinde" Petrov'un uzun süre yaşadığı ve iyi bildiği gerçek Finlandiya'yı tanınmayacak kadar farklı bir şekilde tasvir etmektedir.

Hikayede yazarın hayal gücü ile gerçek olaylar birbirine geçmekte, Fin tarihinin gerçek çizgileri belir-sizleşmektedir.

On yıllık süre zarfında Petrov Finlandiya ile ilgili birçok gerçeği unutmuş olabilirdi, fakat yine de, yarı unutulmuş olayları temel alarak bu kadar tutarlı, iyi tasarlanmış ve inandırıcı bir resim ortaya koyabileceğine inanmak çok zordur. Konu aslında farklıdır, nitekim, Petrov'un anlattığı Finlandiya, erişmek için bütün ülkelerin çaba göstermesi gereken ideal bir devlet yapılanmasını, "vaat edilen toprakları" andıran güzel bir hayali temsil etmektedir. Kitabı oluşturan hikayeler, kalbi vatan ve halk sevgisi ile dolu, temiz ve aydın insanların ülkelerinin kalkınması için nasıl fedakarca çalıştıklarının anlatılması amacıyla kaleme alınmıştır.

Ne olursa olsun, "beyaz zambaklar" efsanesinin temelinde gerçeklik yatmaktadır, zira Finlandiya'nın tarihsel gelişiminin ana resmi Petrov tarafından doğru bir şekilde çizilmiştir. Fin halkının milli uyanışı ve binlerce Finlinin ülkelerinin kalkınması için verdiği samimi ve fedakarca mücadele ile ilgili anlatılanların temelini gerçek olaylar teşkil etmektedir. Ayrıca, "hayatın mimarları" olarak tanımladığı Finlandiya vatandaşlarının azimli ve gayretli bir şekilde çalışarak müreffeh, özgür ve kalkınan bir ülke kurdukları gerçeği de açıkça ortadadır. Petrov kitabında bu ideal devleti anlatmaktadır. Gerçek hayatta bu süreçlerin nasıl geliştiği konusu bir sonraki bölümde ele alınmaktadır.

Finlandiya

Tam altı asır boyunca İsveç yönetiminde yer alan Finlandiya bu dönemlerde özerklikten yoksundu. Bölgede İsveç yasaları, İsveç yönetimi ve yönetim kurumları geçerliydi. Tek resmi dil İsveççe olup, Fince sade ve avam halkın dili diye tabir edilerek küçümsenmekteydi. Fin dilinde gazete ve edebi eserler yoktu, bu nedenle, Fin edebi dili de tam olarak şekillenmemişti. İsveç kültürü ülkede hakim konumdaydı.

1809 yılında Rusya'nın egemenliği altında geçtikten sonra

Finlandiya, özel yasalarla yönetilen Büyük Prenslik statüsü kazandı. Ülkenin kendi yasama (Sejm) ve yürütme (Senato) organları vardı ve bu kurumların sosyal ve ekonomik konularda karar alma yetkisi bulunmaktaydı. Rus İmparatorunun bölgedeki temsilcisi olan General Vali'nin ikametgahı yeni başkent Helsinki'deydi. Fin ordu birlikleri birkaç on yıllık dönem için lağvedilirken, İsveç döneminde oluşturulan adalet sistemi devam etmekteydi. Hatta İsveç para birimi 1840 yılına kadar, Rus Rublesi ile birlikte dolaşımda kalmıştı.

Gerek Finlandiya gerekse de ülkenin nüfusunu oluşturan Finler ve İsveçliler için yeni ve psikolojik açıdan zor bir dönem başlamıştı. Yüzyıllar boyunca kendilerini İsveç Krallığı'nın bir parçası olarak görmeye alışmış bu halklar aniden ortaya çıkan yeni koşullar karşısında kimlik ve aidiyet algılarını yeniden idrak etmek durumunda kaldılar. Finlerin durumu daha zordu, nitekim, kendilerini hiçbir zaman İsveçli olarak görmeseler de, sonuç olarak Finlerde ulusal bilinç tam olarak şekillenmemişti. "Birinci milli uyanış" olarak nitelendirilen dönemin önde gelen temsilcilerinden Adolf Ivar Arwidsson bu durumla ilgili kısa ve öz olarak şu değerlendirmede bulunmuştu:

"Biz İsveçli değiliz, Rus olmak da istemiyoruz, o zaman Finlandiyalı olalım."

Fakat Finlandiyalı olabilmek ve tek bir ulusal kimlik kazanmak için çok çalışmak gerekirdi.

"Birinci milli uyanış" hareketinin öncüleri, daha yolun başında halkı kenetleyen başlıca unsurun dil olduğu gerçeğinin farkına varmışlardı. Arwidsson bu konuda aşağıdaki satırları kaleme almıştı:

"Her şeyden önce, anadilimize saygı göstermeli ve onu korumalıyız; dilimiz yaşadığı sürece biz de bir halk olduğumuzu hissedeceğiz. Atalarımızın dili yok olursa, halk da tükenir ve yok olur."

Fakat başlıca konu dili sadece korumakla yetinmeyip, daha da geliştirmek, en önemlisi, statüsünü yükselterek, Büyük Prensliğin resmi dili konumuna getirmekti. Bu görevi, Fin ulusal kimliği ve devlet geleneğinin yaratıcıları olarak nitelendirilen "İkinci milli uyanış" hareketi temsilcileri üstlendi.

"Birinci milli uyanış" döneminin önde gelen bazı temsilcilerinin Turku Üniversitesi'nden atıldığı 1822 yılında, onların başlattığı çalışmaları devam ettirerek, sonuca ulaştıracak olan birkaç öğrencinin aynı üniversiteye girmesinin sembolik bir anlamı vardır. Bu öğrenciler Elias Lönnrot, Johan Ludvig Runeberg ve Johan Vilhelm Snelman'dan başkası değildi. Elbette, Fin ulusunun "yaratıcılarından" oluşan grup daha büyüktü ve yeni şahısların katılımı hesabına giderek genişlemekteydi. Fakat özellikle bu üç kişi – Lönnrot, Runeberg ve Snelman – milli uyanışın önderleri olarak bugün de Finlandiya'da saygıyla anılmaktadır. Bu çerçevede, Johan Snelman'ın hayatı ve çalışmalarını gözden geçirmeden önce, kendisinin düşünce ve mücadele arkadaşı olan Runeberg ve Lönnrot'u okuyucuya takdim etmek önem arz etmektedir.

1802 yılında doğan Elias Lönnrot, yaşça Snelman ve Runeberg'den biraz büyüktü. Etnik köken olarak Fin olan Lönnrot, öğrencilik yıllarından itibaren Fin halk şiirinin cazibesine kapılmış ve bütün hayatını bu eserlerin derlenerek, yayınlanmasına adamıştı. Milli duygu ve düşüncelere sahip her insan gibi, Lönnrot da bir ulusun doğuşu ve şekillenmesi için olmazsa olmaz koşulun, halkın tarihi ve kültürel değerlerini benimsemesi ve bunlara sahip çıkması olduğunun farkındaydı. Bunu sağlayacak en önemli unsur ise milli destanlardı. Lönnrot bu düşüncelerden yola çıkarken, ünlü Kalevala destanının yazmalarını toplayarak, tasnif etmek ve yayınlamak gibi şerefli bir görevi de üstlenmiş olacaktı.

Tıp eğitimi almış ve Doğu Finlandiya'da bulunan Kajaani

kentinde bölge doktoru olarak çalışan Lönnrot, her yıl milli destanla ilgili kaynak toplamak ve araştırma yapmak amacıyla seyahate çıkardı. "Kantele" adlı ilk halk şiiri derlemesini 1831 yılında kendi imkanlarıyla yayınlarken, bunu 1835 yılında ilk kez yayınlanan ve 1849 yılında ikinci baskısı yapılan "Kalevala" izledi. Lönnrot tarafından derlenerek yayına hazırlanan ve Fin halkının eski tarihini anlatan yazmalardan oluşan Kalevala'nın ilerleyen dönemlerde ulusun bütünleşmesini sağlayan başlıca halkaya dönüşeceğini ifade etmek abartı olmayacaktır. Halk destanının gün yüzüne çıkması, ilk andan itibaren Finler tarafından çok büyük ulusal bir gelişme olarak değerlendirildi. Fin halkı bir bütün olarak şekillenen tarihi ve kültürel değerlerine kavuşurken, Fin dili sanat ve kültür dili olarak önem kazandı. Finlandiya Edebiyat Topluluğu Başkanı Y. G. Linssen 1836 yılında yaptığı bir konuşmada bu hususu şöyle dile getirmişti:

"Milli edebiyatımız sınırsız ölçüde zenginleşmekle birlikte, neredeyse Avrupa çapında önem kazandı. Bugün Fin edebiyatının emekleme dönemini geride bıraktığını rahatlıkla söyleyebiliriz. Bu yazmalara sahip olan Finlandiya kendi kendine 'Artık benim de bir tarihim var' diyebilmektedir."

"Kalevala" Lönnrot'un en önemli çalışmasıydı, fakat yaptıkları sadece bununla sınırlı kalmadı. 1884 yılında vefat eden Lönnrot'un hayatı boyunca çalışarak topluma kazandırdığı eserler arasında "Kanteletar" isimli Fin lirik şiir derlemesi, çok sayıda Fin atasözü ve Büyük Fince – İsveççe Sözlük de bulunmaktadır. Lönnrot'un çalışmaları Fin dili, kültürü ve edebiyatının gelişme yolunda dev bir adım atmasını sağlarken, Fin halkı kendi dil ve kültürlerinin hem kendi ülkelerinde hem de dünyada tam anlamıyla yaşama ve gelişme hakkına sahip olduğunun farkına vardı.

Şair Johan Ludvig Runeberg (1804-1877), Lönnrot ve

Snelman'dan farklı olarak, Fin değildi ve Fin dilini de bilmiyordu, fakat bu durum kendisinin Fin milli uyanış hareketinin en aktif temsilcilerinden birisi olmasını engellememişti. Runeberg bu anlamda aslında istisna değildi, zira Finlandiya'daki İsveçli elit tabakanın birçok temsilcisi Fin tarzı düşünce yapısına sahipti. Bu insanlar, ülkede milli devletin kurulması ve devlet geleneğinin şekillenmesinin, sadece Fin halkının bir ulus olarak gelişmesiyle mümkün olabileceğinin farkındaydılar. Snelman'ın çağdaşı olan Finli "hayat mimarlarının" büyük kısmı Finlandiya'yı kendi anavatanları olarak kabul eden İsveçlilerdi.

Runeberg eserlerinde romantik bir Finlandiya tablosu çizerken, ülkenin sade halkından övgüyle bahsetmektedir. Ülkenin temel gücünü ve toplumsal dayanağını teşkil eden Fin köylüsü Runeberg'in şiirlerinde ilk kez "vatandaşlık hakkı" elde etmektedir. Şairin en önemli eseri olan "Saariyarvili Paavo" adlı şiir, Fin halkına has en iyi milli özellikleri – dürüstlük ve çalışkanlığı hayat ilkesi edinen, yaptıklarıyla topluma öncülük eden köylülere adanmıştır. Fakat Runeberg'in belki de en ünlü eseri 1848 yılında yayınlanan ve Rusya ile İsveç arasında 1808-1809 döneminde yaşanan savaşı konu alan "Subay Stol'un Öyküleri" adlı çalışmasıdır. Şiirde Finlandiya'nın İsveç'ten ayrılmasıyla sonuçlanan ve bu anlamda İsveç için utanç verici olan savaş romantik bir dille anlatılırken, Runeberg özellikle savaşa katılan Finli asker ve sade köylüleri yüceltmekte ve kendilerinden büyük bir övgüyle bahsetmektedir. Runeberg'in şiirlerindeki romantik ve idealist karakterler gerçek hayattan uzak olsalar da, parlak zekaları ve anlamlı hayat tarzları Fin halkının ulusal bilincinin gelişmesi ve milli gurur duygusunun güçlenmesinde büyük rol oynamıştır. Finlerin ulusal kimliği halk destanı "Kalevala" ve Runeberg'in şiirlerindeki vatansever karakterlerle yakından bağlantılıdır.

Lönnrot, Runeberg ve diğer birçok aydın farklı ve özel bir toplumsal ortamın doğmasına vesile oldular. Bununla birlikte, yaptıkları çalışmalarla, ulusun ve ulusal bilincin şekillenerek güçlenmesi ve ülkenin ekonomik ve kültürel açıdan gelişmesinin hayati öneme sahip, zaruri konular olduğuna dair düşüncelerin yaygınlaşmasına büyük katkıda bulundular. Johan Vilhelm Snelman bu düşünce ve beklentilerin siyasi anlamda ve hükümet düzeyinde somutlaşmasını ve ulusal romantizmin daha gerçekçi bir zemine dayanmasını sağladı. Kendisinin Fin devlet sisteminin şekillenmesi yönünde verdiği uzun soluklu, tutarlı ve inançlı mücadele çağdaşlarının büyük takdirini kazanırken, bugün de Finlandiya tarihinin en önemli ve saygın şahsiyetlerinden birisi olarak anılmaktadır.

Johan Vilhelm Snelman

Johan Vilhelm Snelman 1806 yılında Finli bir ailenin çocuğu olarak dünyaya geldi. İsveçliler döneminde Finlandiya'da sık sık yaşandığı gibi, Fin soyadının yerini İsveç soyadı aldı ve Virkkunen ailesi Snelman ailesine dönüştü. Daha sonra bir "yaşam mimarı" olacak çocuğun babası gemi kaptanıydı. Snelman'ın Stockholm yakınlarında demirlemiş Patience adlı Finlandiya gemisinde doğmuş olması, bir anlamda kendisinin fırtınalı hayat denizinde yol alabilmek için dalgalara karşı verdiği mücadeleyi, Fin tarihinde üstlendiği kılavuzluk görevini ve aynı zamanda İsveç kültürüne olan yakın bağlılığı simgelemektedir. Aile içerisinde günlük konuşma dili olarak İsveççe kullanılmaktaydı. Snelman Finceden çok daha iyi bildiği bu dili bütün hayatı boyunca anadili olarak kabul etti.

Hayatının ilk yedi yılını Stockholm'de geçiren küçük Johan İsveç'in başkentine karşı beslediği sıcak duyguları her zaman kalbinde taşımıştır. İlerleyen dönemlerde İsveç karşıtı görüşlerinden dolayı kendisine yöneltilen eleştirilere yanıt olarak şunları dile getirmişti:

"Küçük yaşta terk ettiğim Stockholm'ü aradan bu kadar zaman geçtikten sonra ilk gördüğümde gözyaşlarıma hakim olamadım. Ben İsveç'e karşı nasıl kötü duygular besliyor olabilirim?"

Finlandiya'nın Rusya idaresine geçmesinden sonra, İsveç'le bağlantılı olan birçok Fin ailesi bu ülkelerden birisini vatan olarak seçmek durumunda kalmıştı. Finlandiya'yı tercih eden Snelman ailesi 1813 yılında ülkenin kuzeybatı kıyısında bulunan Gamla-Karleby adlı küçük sahil kentine taşındı.

Snelman 1822'de okulu bitirdikten sonra Abo şehrinde* yer alan ve ülkede tek olan üniversiteye gitti. Yukarıda da belirtildiği gibi, kendisiyle aynı dönemde Runeberg ve Lönnrot da bu üniversiteye kayıt yaptırdılar. Her üçü de varlıklı olmayan, sıradan ailelerin çocuklarıydı ve eğitim hayatları zorluklarla doluydu. Başlangıçta din adamı olmayı hedefleyen ve ilahiyat bursu alan Snelman, yine de geçim sıkıntısı yüzünden özel dersler vermek zorunda kalıyordu. Din bilimi konusundaki hayal kırıklığı giderek artan Snelman yeni bir meslek seçti ve filozof olmaya karar verdi.

1827 yılında Abo şehrinde çıkan büyük yangında üniversite binasının yanmasının ardından okul Helsinki'ye taşındı. Diğer öğrencilerle birlikte Helsinki'ye yerleşen Snelman 1832 burada felsefe alanında master derecesi aldı. Fakat ne kendisi ne de onunla aynı düşünceleri paylaşan arkadaşları yaşamlarını sakin ve huzurlu bir meslek olan akademik kariyerle sınırlandırmak istiyorlardı. Bunun yerine, Finlandiya'nın ulusal kalkınmasını

* Abo, Turku kentinin İsveççe ismidir. (Çev. N.)

amaçlayan düşüncelerini hayata geçirmek ve ülkede yaşanan süreçleri aktif bir şekilde etkileyebilmek için çaba gösteriyorlardı. Bu çabaların doğal sonucu olarak, tahminen 1830 yılında, birçok yetenekli genç bilim adamının üyesi olduğu "Cumartesi Derneği" adlı bir oluşum faaliyete başladı. Dernekte toplanarak tartışmalara katılanlar arasında filozof Snelman, dilbilimci Kastren, botanikçi Tengstrem, Doktor Sheman ve daha sonraki dönemlerde Fin bilim dünyasının gururu olan birçok diğer genç insan bulunmaktaydı. Burada siyaset, kültür ve edebiyat üzerine tartışmalar yapılırken, somut fikirler de ortaya atılmakta ve bunların bazıları hayata geçirilmekteydi.

Örnek vermek gerekirse, yeni tür eğitim kurumlarının oluşturulması düşüncesi Cumartesi Derneği'nde gündeme gelmişti. Bu düşünceden yola çıkılarak kurulan Helsinki Lisesi'nde uygulanmasına izin verilen yeni eğitim öğretim yöntemleri ilerleyen dönemlerde gerçekleştirilen okul reformunun temelini oluşturacaktı. Derneğin başlıca girişimlerinden birisi olarak 1831 yılında kurulan "Finlandiya Edebiyat Topluluğu" yeni Fin edebiyatının şekillendirilmesine yönelik çalışmaların merkezi haline gelmişti.

Akademik çalışmalarını da aralıksız sürdüren Snelman, Hegel felsefesine merak sardı ve bu felsefeyi geliştiren tezini savunarak üniversitede doçent oldu. Ortaya çıkan yeni çalışma olanaklarından heveslenerek felsefe üzerine bir dizi konferans da verdi, fakat bu konferanslar çok zor konuları kapsadığı için öğrencilerin birçoğu işlenen konuların içeriğini anlamakta zorlanıyordu. İlk yazı denemelerine o yıllarda başlayan Snelman; Runeberg ve Frederick Signeus'la ortak kaleme aldığı dergi makalelerinde Fin edebiyatının bağımsız gelişmesi gerektiği düşüncesini savunmaktaydı.

Savaşçı bir kişiliğe sahip olan Snelman haklı olduğunu

düşündüğü konularda kesinlikle taviz vermezdi. Bu huyu nedeniyle daha ilk günlerden itibaren üniversite yönetimi ile arasında birçok konuda uyuşmazlık çıkmıştı. O dönem hem üniversitelerde hem de Fin toplumunun genelinde durgunluk hakimdi (o yıllarda tahtta bulunan Çar I. Nikola'nın ülkede polis devleti kurduğunu okuyucuya hatırlatalım); bu kapsamda liberal düşünceler acımasızca susturulmakta, entelektüel hayatın bütün alanlarında sıkı bir sansür uygulanmaktaydı. Muhalif saflarda yer alan Snelman'ın tavır ve davranışları üniversite yönetiminin kendisine karşı duyduğu hoşnutsuzluğun zaman zaman daha da artmasına neden oldu. Bunun sonucu olarak altı aylık süreyle doçentlik görevinden uzaklaştırılma, hatta itaatsiz davrandığı için para cezası gibi cezalara maruz kaldı. 1839 yılının sonlarında Finlandiya'yı terk eden Snelman 1842 yılına kadar Stockholm'de yaşadı ve bu dönemde Danimarka, Almanya ve İsviçre'yi dolaştı.

Snelman İsveç'te yaşadığı yıllarda bu ülkenin hareketli siyasi ve toplumsal hayatında aktif şekilde yer alırken, edebiyat çevrelerinde de bilinen bir isim oldu. Bu dönemde anavatanı Finlandiya'nın durumuna ilişkin kapsamlı değerlendirmelerde bulunan Snelman geleceğe dönük çalışma programını da belirledi. Bu program İsveç'teki arkadaşlarından birisine yazdığı mektupta kısa ve net bir şekilde ifade edilirken, mektupta aşağıdaki ifadeler dikkat çekmektedir:

"Ülkemizdeki eğitimli kesim (bu ifadeyle Snelman İsveçli elit tabakayı kastetmektedir – M. Vituhnovskaya) halkın okumamış kısmının (Finler) manevi ve fiziki açıdan gelişmesi konusuna az bile olsa ilgi göstermemektedir. Etrafında gördüğün yönetici konumundaki kişiler arasında halkın fakirliğinden etkilenen ve bunu dert edinen birisini görebiliyor musun? Üniversitelerde çalışan şahıslardan hangisi Fin köylüsünün eğitim ve kültür düzeyinin yükseltilmesi konusuna kafa yormak ve bu alanda bir şeyler yapmak istiyor? Ben daha vatanının çıkarları ile maaş, madalya ve diğer şeyler arasında seçim yapmak durumunda kalınca vicdan kavramını unutan sayısız insanı saymıyorum bile. İşte bu nedenle eğitimli kesimi temsil edenler arasında vatansever kimseye rastlayamazsın. Bu insanların halk arasından çıkması lazım. Halkın geleceğinden kaygı duymayan başka bir ırkın temsilcisi vatansever olamaz. Buradan çıkaracağımız sonuç: Finlandiya zorla hiçbir şey elde edemez, onun tek kurtuluşu eğitimdir."

İsveç basın ve yayın organlarında sık sık yazıları yayınlanan ve felsefe çevrelerinde tanınan bir isim haline gelen Snelman kendisinin en önemli eseri olarak gördüğü "Devlet Öğretisi" adlı çalışmayı Stockholm'de tamamladıktan sonra burada yayınladı. Fakat rahat yaşam şartlarına ve Lund Üniversitesi'nde kürsü başkanı olarak akademik kariyerini sürdürebilme olanağına rağmen vatanına dönmeyi tercih eden Snelman 1842 yılında Helsinki'ye gelerek, burada hayatını düzene koyma çabalarına girişti. Fakat ne gençler arasında sevilen bir kişilik olması ne de bilim adamı ve yazar olarak kazandığı ün üniversite yönetiminin kararını etkileyebildi. Kendisi hâlâ tehlikeli liberal görüşlere sahip birisi olarak görülüyor, yazılarının yayınlanması ve üniversitede yasal açıdan kendisine ait olan göreve gelmesi engelleniyordu. Bunun üzerine Snelman uzak bir bölgede yer alan Kuopio'da lise müdürlüğü görevini kabul etmek zorunda kalarak 1843 yılında bu kente taşındı.

Snelman o dönemde yaklaşık iki üç bin nüfusa sahip, yol bulunmadığı için ülkenin diğer bölgeleri ile bağlantısı olmayan ve postanın haftada bir geldiği bu küçük şehirde aktif ve çok yönlü bir çalışma başlattı ve bu çalışmalar sayesinde ünü bütün Finlandiya'ya yayıldı. Onun girişimleri sonucu Kuopio'da aralarında Fin dilinde eğitim veren ilk halk okulunun da bulunduğu birkaç yeni okul açılırken, iki ulusal gazete yayın hayatına başladı. Aralarında "Çiftçinin Dostu" isimli gazete, o dönem ilkede Fin dilinde çıkan tek gazeteydi. Hedef okuyucu kitlesi sade halk olan ve onun bilgi ve kültür düzeyinin yükseltilmesini hedefleyen gazetede ziraat konuları ve hayatın diğer alanlarına ilişkin temel bilgiler yer almaktaydı. Çiftçinin Dostu daha sonra Fin dilinde yayınlanan diğer gazetelere örnek teşkil etti.

Snelman'ın İsveç dilinde yayınladığı "Sayma" adlı diğer gazetenin toplum hayatına etkisi ise daha fazla oldu. Okuyucu kitlesini İsveççe okuyabilen eğitimli kesimin oluşturduğu gazete, ülkede toplumsal konuların açık bir şekilde tartışıldığı ilk basın organı olma özelliğine sahipti. Sayma gazetesi Finlandiya'ya has olan sorunların hemen hepsiyle ilgilenirken, gazetenin sayfalarında sanayi, ticaret, ziraat, ormancılık, eğitim, kültür ve diğer alanlarda yazılar çıkmaktaydı. Snelman'ı (dolayısıyla da kendisinin yayınladığı gazeteyi) en çok düşündüren konular arasında Finlandiya'da ulusal sanayinin geliştirilmesi, milli eğitim sisteminin kurulması ve Fin dilinin statüsü ön sıralarda bulunmaktaydı. Sayma gazetesindeki yazıların büyük kısmı da bu konularla ilgiliydi.

Snelman tarafından çıkarılan gazete aynı zamanda kendisi için fikirlerini halka duyurma aracına dönüştü. Fin toplumu, ulusal devletin kuruluşuna ilişkin Snelman'ın hazırladığı programdan ilk kez bu gazete aracılığıyla haberdar oldu. Sekiz yüz kişinin biraz üzerinde abone sayısı bugünkü değerlendirmelere göre fazla olmasa da, Snelman'ın fikirleri her bir eğitimli insana ulaşarak hararetli tartışmalara neden olmakta, en önemlisi ise, insanların düşüncelerine hitap ederek, çalışma arzusu doğurmaktaydı. Bu anlamda Snelman'ın yazarlık faaliyeti hayati bir öneme sahipti, zira kendisi tarafından kaleme alınan yazılar hayatın yeni "mimarları" için ilham kaynağı olmakta, milli düşünceye sahip sağlam nesillerin yetişmesini sağlamaktaydı.

Elbette, yazarlık mesleği de Snelman'a birçok düşman kazandırmıştı. Hatta arkadaşları ve çevresinde bulunan insanlar arasında bile kendisine muhalif olan kişiler vardı. Bu kişilere göre, Finler hiçbir zaman kültürlü ve gelişmiş bir ulus olamayacak, kendi dillerini koruyup geliştiremeyecek ve milli edebiyatlarını yaratamayacaktı. Fakat muhalif görüşlü olsalar da, bu insanların Snelman'a karşı yaklaşımları, kendisine hâlâ kuşkuyla ve düşmanca bakan siyasi otoritelerin yaklaşımından daha dostaneydi. Toplumun içinde bulunduğu durgunluğun devam ettiği bir dönemde sansür organları tarafından yapılan birkaç uyarının ardından, 1846 yılının Aralık ayında Sayma gazetesi kapatıldı.

Sonraki on yıllık dönem Snelman'ın hayatının belki de en sıkıntılı dönemi oldu. Helsinki'ye taşınması yaşamında ve kariyerinde beklediği gelişmeleri beraberinde getirmezken, üniversitenin felsefe kürsüsüne bu kez de atanamadı ve talip olduğu diğer görevleri elde edemedi. Bütün ülkede tanınan bir yazar ve filozof bir tüccarın yazıhanesinde müdür yardımcısı olarak çalışmak zorunda kaldı. İki yıl boyunca çalıştığı firmanın ticari yazışmalarını yürüten Snelman sıradan bir büro çalışanının işini yapıyordu. Kendisi, gerek Rusya'da gerekse de Finlandiya'da köklü değişikliklerin yaşandığı 1850'li yılların ortalarına kadar toplumsal faaliyetlerden uzak kalarak, sessiz ve kapalı bir hayat sürdü.

Çar I. Nikola'nın 2 Mart 1855 tarihinde vefatının ardından liberal düşüncelere sahip ve reform yanlısı bir şahıs olan Çar II. Aleksandr genç yaşta tahta çıktı. Bu olay gerek Rusya'nın gerekse de Finlandiya'nın tarihinde yeni ve aydınlık bir dönemin başlangıcı oldu. Rusya'yı kölelik düzeninin ayıbından kurtararak, ülkede yenilik ve reform politikaları uygulamaya başlayan "Kurtarıcı" Çar aynı zamanda Finlandiya özerk bölgesi için faydalı birçok çalışmada bulundu. Kendisinin iktidarda olduğu dönemde Finlandiya Parlamentosu ülke meselelerini görüşmek üzere yeniden toplanmaya başlamış, Fin dili devlet dili statüsü elde etmiş, ülkenin ekonomik ve kültürel hayatı gelişme yönünde önemli bir ivme yakalamıştı. Finlilerin minnettarlığı sınır tanımıyordu. II. Aleksandr 1 Mart 1881 tarihinde öldükten sonra halkın topladığı paralarla Helsinki'nin merkezinde, Senato Meydanı'nda kendisi için bir anıt yapıldı.

Daha veliaht olduğu yıllarda birkaç kez Finlandiya'da bulunan Aleksandr bu ülkenin sorunlarını iyi biliyordu. Snelman'ın bazı eserlerini okumuştu ve Helsinki Üniversitesi'ndeki durumdan haberdardı. Üniversitelerde özgür bir ortamın oluşturulması ilk icraatlarından biriydi ve benzer süreçler Rusya'da da yaşanmaktaydı. 1856 yılının Ocak ayında Snelman felsefe profesörlüğü görevine atandı. Öğrenciler bu olayı kutlamak için büyük bir etkinlik düzenlediler ve onur konuğu olarak Runeberg'i de kutlamalara davet ettiler.

Bu andan itibaren Snelman'ın Finlandiya'daki sosyal konumu giderek tamamen değişti. Bir zamanlar siyasi otoritelerin gözünden düşmüş, mevcut düzen için tehlike arz eden ve bu nedenle de istenmeyen birisi olarak görülen Snelman sonraki yıllarda üniversite öğrencilerinin saygı duyduğu bir hoca, önde gelen gazeteci-yazar ve Finlandiya'nın toplumsal hayatındaki yenilikleri savunan düşünce önderi olarak saygınlık kazandı. Edebiyat Gazetesi'nde çıkan her yazısı dikkatle takip edilirken, üzerinde durduğu konuların birçoğu yavaş yavaş hayata geçirilmekteydi. Örneğin, kendisi Finlandiya'da demiryollarının inşa edilmesi düşüncesini aktif şekilde savunurken, bunun sonucu olarak ülkenin her tarafında demiryolu yapımı hız kazandı. Genç neslin eğitimi ve halk okullarının geliştirilmesi konusunda birkaç makale yazdıktan sonra bu okullarda reform çalışmalarına başlandı. Snelman birçok yazısında Fin dilinde edebi eserlerin ve tarih alanındaki ilk araştırmaların yayınlanmasını desteklemekteydi.

1863 yılında II. Aleksandr'ın şahsi isteği üzerine Snelman senatörlük görevine atandı. Bu gelişme 1809 yılından beri toplanmayan Finlandiya Parlamentosu'nun ilk toplantısı ile aynı tarihe denk gelirken, Büyük Prensliğin kendi kendini yönetim ilkesine dayalı özerkliği de tam anlamıyla yeniden hayata geçmişti. Senato bünyesinde yer alan Finansal Denetim Departmanı Başkanı görevine getirilen Snelman, görevde bulunduğu süre zarfında halkı için önemli çalışmalar yapma olanağı elde etti.

Kendisi en önemli reformlardan birisi olan ve yirmi yıllık geçiş döneminin ardından Fin dilinin İsveç dili ile birlikte resmi dil statüsü kazanmasını öngören dil reformunu hazırladı. 1 Ağustos 1863 tarihinde II. Aleksandr tarafından imzalanan dil reformu kararı Finliler tarafından büyük bir coşkuyla karşılandı. Bunun yanı sıra, 1865 yılına doğru kendisinin hazırlayarak hayata geçirilmesini sağladığı para reformunun ardından Finlandiya ulusal para birimine kavuştu. Finlandiya'da demiryolları ağının kurulması, basın özgürlüğü ile ilgili yasanın kabul edilmesi çalışmalarında aktif rol alan Snelman'ın girişimleri sonucu Senato Fin dilinde yazılan en iyi edebi eserler için ödül tesis etti.

Elbette, Snelman'ı Finlandiya'nın kalkınması için yalnız başına mücadele eden bir savaşçı olarak takdim etmek doğru olmayacaktır. Bu, her şeyden önce, kendisi ile aynı görüşleri paylaşan ve omuz omuza mücadele eden diğer şahıslara karşı saygısızlık olurdu. Ayrıca, ülkede ekonomik ve sosyal alanlarda gerçek kalkınma hamlesi Snelman'ın 1868 yılında Senato'daki görevinden ayrılmasından sonra başlamıştır. Nitekim 1870'li yıllarda ziraat, sanayi ve özellikle de orman ürünleri tedariki gibi faaliyet alanlarında yaşanan görülmemiş büyüme ülkenin ekonomik kalkınmasının da temelini oluşturmuştur. 1879 yılında kabul edilen ve Finlandiya vatandaşlarının çeşitli mesleklerle serbest bir şekilde iştigal etmesine olanak sağlayan girişimcilik ve seyahat özgürlüğü ile ilgili yeni mevzuat bu süreçte önemli rol oynamıştır. Aynı yıl içerisinde ülkede sağlık ve sosyal güvenlik sisteminin temelini teşkil eden yeni yasalar çıkarılmıştır. Finlandiya'nın iktisadi kalkınma sürecinin bu denli ivme kazanmasını sağlayan hazırlık çalışmalarına Snelman'ın yaptığı katkı, tabii ki, çok önemlidir.

Senato'daki görevini bıraktıktan sonra Snelman toplumsal faaliyetlerden uzaklaşmamış, sadece çalışmalarının şekli değişmiştir. 1869 yılından itibaren Ziraat Kredi Kurumu Başkanı görevini icra etmeye başlayan Snelman bu kuruluşu içinde bulunduğu zor koşullardan kurtararak düzlüğe çıkarmıştır. 1870 yılında Finlandiya Edebiyat Topluluğu Başkanı seçilmiş ve bu görevi 4 yıl sürdürmüştür. Ayrıca, milletvekili ve yazar olarak, siyasi ve ekonomik konularda yapılan tartışmalarda aktif olarak yer almıştır.

Finli öğrenciler Snelman'ın doğum günü olan 6 Nisan'ı her yıl şarkı ve konuşmalar eşliğinde kutlamayı gelenek haline getirirken, kendisi bu konuşmalara her zaman yanıt verirdi. Snelman'a hitaben yapılan bu konuşmalar ve kendisinin yanıt niteliğinde olan konuşması yayınlanır ve halk tarafından büyük bir dikkat ve saygıyla okunurdu. Son konuşmaları olarak da nitelendirilebilecek bu konuşmalarda Snelman gençlere seslenerek, onları vatan için faydalı olacak çalışmalar yapmaya ve bu yönde kendilerini hazırlamaya çağırıyor, izlenmesi gereken yol ve yöntemlere ilişkin tavsiyelerde bulunuyor veya kendisinin mücadele dolu gençlik yıllarını anlatıyordu. Gençliğe hitaben yaptığı bu konuşmaları, hayatı boyunca yetiştirmeyi arzuladığı ve bunun için büyük çaba gösterdiği "yaşam mimarlarına" yönelik veda konuşması olarak da kabul edebiliriz.

1 Temmuz 1881 tarihinde hayata gözlerini yuman Vilhelm Johan Snelman'ın cenaze törenine yüzlerce kişi katıldı. Hayatta kalan az sayıdaki fikir ve mücadele arkadaşlarından birisi ve aynı kuşağın temsilcisi yazar Zacharias Topelius törende yaptığı konuşmada aşağıdaki fikirleri dile getirmişti:

"Kendisi bayrağının yanında şehit olan bir halk savaşçısıydı. Hayatı gençliğinden itibaren bilgi, kalkınma, özgürlük, vatan, hak ve adalet uğruna verdiği mücadeleyle geçti. Açık fikirli ve güçlü bir iradeye sahip bu insanı Tanrı'nın bize şimdi - bu tür şahsiyetlere en çok ihtiyacımız olan bir dönemde göndermiş olması – hiç şüphesiz ki, tesadüf değildir. Kendisi küllerinden yeniden doğan bir halkın hayatında yaşanması kaçınılmaz olan mücadele sırasında, böylesi bir kırılma döneminde yaşadı. Gençliği halkın içindeki gizli gücün uyanmaya başladığı bir döneme, olgunluk çağı bu uyanışın giderek geliştiği, yaşlılığı ise yeni dünyaya ait düşüncelerin hayatımıza hızla yerleştiği yıllara denk gelmiştir. Süratle değişen zamanın taleplerine uyum sağlayarak, bir fikir hareketine önderlik etmek sadece güçlü iradeye sahip insanların yapabileceği bir şeydir.

... Sahip olduğu bütün bilgi ve yeteneğini hayatta sık sık karşılaştığımız adaletsizlik, yalan ve adiliklerle, ayrıca, insan iradesi üzerinde yıkıcı bir iz bırakan ilgisizlik illetiyle mücadeleye adayan, her zaman ileriye bakan bu insana, bu korkusuz savaşçıya ihtiyacımız vardı. Bir ulus olarak varlığımızın temelini teşkil eden düşüncenin – kendi geleneklerine ve vatanına sadık, bağımsız bir ulus olma fikrinin – bilinçaltımıza yerleşmesi için onun güçlü iradesine, engel tanımayan ve mücadeleden vazgeçmeyen büyük hayat enerjisine ihtiyacımız vardı.

... Vatanı ve halkının şerefi için, geçmiş ve gelecek için, hak ve adalet için onuruyla mücadele eden büyük savaşçı, elveda sana! Kendi içinde birlik ve beraberlik olmuş Fin halkı ve Finlandiya adına senin hatıran önünde saygıyla eğiliyorum.

... İnsan ömrü çok kısa ve fanidir, senin yaptıkların ise asırlar boyunca yaşayacaktır. Elveda sana!"

Finlandiya Johan Vilhelm Snelman'la bu şekilde vedalaştı, fakat kendisini hiçbir zaman unutmadı. Fin halkı minnettarlık duygusu ile beslenen güçlü bir hafizaya sahiptir. Fin devletinin kuruluşu, Fin halkının birliği ve kendine has kültürünün yaşatılması yolunda durmadan mücadele eden Snelman'ın hatırası ülke vatandaşlarının hafizasında kuşaktan kuşağa geçerek yaşamaktadır. Johan Vilhelm Snelman'ın ülkesine kazandırdığı ve bağımsızlığı simgeleyen eserlerden birisi olan Finlandiya Milli Bankası'nın önünde kendisi için yapılmış bir anıt yükselmektedir.

Şüphesiz, Snelman'ın kişiliği Grigoriy Petrov için ilham kaynağı olmuştur. Kendisi, herhangi bir ülkede yaşanacak değişimlerin öncülüğünü Snelman gibi bencillikten uzak, risk ve engellerden korkmayan "yaşam mimarlarının" yapması gerektiğinin farkındaydı. Rusya'da, kendi vatanından umudunu kestikten sonra ise Yugoslavya ve Bulgaristan'da bu tür insanların ortaya çıkmasını istiyordu. Elbette, Petrov'un kitabında Snelman'ın şahsiyeti gerçek hayatta olduğundan hayli farklı şekilde takdim edilmektedir. Yazar seçmiş olduğu karakteri idealize etmekte, kendisini halkın ateşli bir sözcüsü ve neredeyse bir vaiz olarak göstermektedir. Halbuki Snelman benzer bir işle hiç uğraşmamıştır. Bu noktada, Petrov'un hayalindeki karakterin gerçek hayattaki özelliklerinden uzaklaşarak, yazarın kendisine daha çok benzediğini ve "Beyaz

Zambaklar Ülkesinde" kitabındaki Snelman karakterinin büyük ölçüde yazarın kendi kişiliğini yansıttığını düşünüyoruz. Fakat bu o kadar önemli bir mesele değil. Daha önce Grigoriy Petrov'un Finlandiya ve bu ülkenin kurucusu olan büyük şahsiyetleri anlatan ütopik bir hikaye, bir masal yarattığını söylemiştik. Fakat asıl hayret verici olan Petrov tarafından yaratılan bu efsanenin daha sonra ete kemiğe bürünerek, canlanması ve bazı efsanelerde olduğu gibi, gerçeğe dönüşmesidir. "Beyaz zambaklar ülkesi" efsanesinin Yugoslavya, Bulgaristan ve Türkiye'de toplumsal gelişmelerde kılavuz görevi üstlenmesinin hikayesi aşağıda anlatılacaktır.

Balkanlar ve "Beyaz Zambaklar Ülkesinde" Kitabı

"Beyaz Zambaklar Ülkesinde" Bulgaristan'da çevrilerek yayınlanmasının hemen ardından çok büyük rağbet gördü. Dönemin Eğitim Bakanı M. Yovov kitaba yazdığı önsözde Finlandiya modelinin toplumsal sorunların çözümü için ideal bir örnek teşkil ettiğini belirtmişti. Dinyo Bojkov hatıralarında "1925-1930 yılları arasında dönemde Bulgaristan'ın "Grig-Petrov" ülkesine dönüştüğünü" yazmıştı. 1926 yılında kurulan "Grigoriy Petrov Kültür Derneği" adlı oluşumun tüzüğünde derneğin temel amacı "Grigoriy Petrov'un fikirlerinin kendi ülkelerinde yayılması ve hayata geçirilmesi" olarak belirtilmişti. Bulgaristan'da 14 kez basılan kitap her bir vatandaşın okuması gereken bir ders kitabı olarak kabul görmekteydi.

1920-1930'lu yılların Bulgar aydınları Petrov'un kitabından fazlasıyla etkilenmişlerdi. Bir araştırmacı yaşlı Bulgarların "hâlâ bu kitabın sihri altında olduğunu" belirtmektedir. Kendisi ile yaptığımız sohbette Bulgar gazeteci Sanko Jivkov,

"Beyaz Zambaklar Ülkesinde" adlı kitapla ilk tanışmasını ve eserin kendisi üzerinde bıraktığı izlenimleri duygusal sözlerle anlatmaktaydı. Gazeteci ve yazar olan Sanko Jivkov'un yayınlanan çalışmalarının önemli bir kısmı Petrov'un kişiliği ve düşüncelerini konu almaktadır.

Petrov'un kitabı ve düşünceleri Yugoslavya'da da benzer etki doğurmuştu. Buna örnek olarak, 1941 yılının başlarında Yugoslavya Gençlik Birliği "Sokol" (Şahin) tarafından yayınlanan "Grigoriy Petrov: Yaratıcı Gücün Havarisi" adlı kitabı gösterebiliriz. "Şahinler", yazarın dul eşine hitaben yazdıkları mektupta "Birliğimizi bu kitabı çıkarmaya iten temel neden Grigoriy Petrov'un büyük fikirleri ve yüce öğretisinin toplumun geniş kesimleri, özellikle de gençler arasında yayılması arzusudur" diyorlardı.

Fakat kitapla ilgili en çarpıcı olaylar Türkiye'de yaşanmıştı. Türkçeye Bulgarcadan çevrilen kitap 1928 yılında İstanbul'daki kitapçılarda yerini aldı. O yıllarda kırılma döneminden geçen ülkede Mustafa Kemal Atatürk'ün önderliğini yaptığı çağdaşlaşma süreci yaşanmaktaydı. Petrov'un kitabının Atatürk'ün eline nasıl geçtiği bilinmemektedir. Fakat okuduktan sonra o kadar etkilenmişti ki, kitabın ülkedeki bütün eğitim kurumlarının, özellikle de askeri okulların ders programına dahil edilmesini emretti. Türk subayları ülkelerinde "hayatın yenilenmesi" çalışmalarında rehber olarak kabul edilen "Beyaz Zambaklar Ülkesinde" kitabını uzun yıllar boyunca zorunlu kaynak eser olarak okudular. Kitap Türkiye'de, her baskısı 12 bin ila 25 bin arasında olmak üzere, en az 16 baskıya ulaştı. Baskılardan birinin önsözünde "Beyaz Zambaklar Ülkesinde" adlı kitabın Türkiye'de çağdaş Türkçe ile yayınlanan kitaplar arasında en çok okunan eser olduğu ifade edilmektedir.

Kitabın nispeten geç – 1978 yılında – yayınlanan Fince

baskısının önsözünde bu konuda ilginç bir örnek yer almaktadır. 1960 yılında General Cemal Gürsel önderliğinde gerçekleşen askeri darbeden birkaç ay sonra, darbe sürecinde yer alan subayların dünya görüşünü ve eğitim seviyelerini değerlendirmek üzere bir anket yapıldı. Ankette yer alan sorulardan birisi "Sizi en çok etkileyen kitap hangisidir?" şeklinde olup, ankete katılan subayların büyük kısmı bu soruya "Beyaz Zambaklar Ülkesinde" cevabını vermişti.

Görüldüğü gibi, Petrov'un kitabı birçok ülkede uygar ve çağdaş ulusal devletin kurularak, geliştirilmesi için uyulması gereken kesin bir reçete olarak değerlendirilmiştir. Fakat gerçek hayatta Petrov'un fikirlerinin kendi kendine sonuçlar vermediği kanısındayız, nitekim, ekonomik ve kültürel atılımın gerçekleşmesi için, her şeyden önce, bir ülkede tutarlı ve iyi düşünülmüş devlet politikalarının uygulamaya konması gerekmektedir. Aksi takdirde, gayretli insanlar tarafından kişisel çabalar ve emek sonucu elde edilen başarılar, tıpkı suyun kumda kaybolması gibi, yok olup gidecektir. Tarih bu konuda sayısız örnekle doludur.

Yine de, Petrov'un kitabı büyük önem taşımaktadır. Kendi düşüncelerini yaymak için yorulmadan çalışan bir fikir insanı, yüksek ikna yeteneğine sahip, ateşli bir hatip ve yetenekli bir yazar olan Grigoriy Petrov dinleyici ve okuyucularına çok önemli bir fikir aşılamaktaydı: İnsanlar ülkelerinin geleceğine dair taşıdıkları kişisel sorumluluğun bilincine varmazlarsa, ülkelerin kalkınması ve refaha kavuşması da mümkün olmayacaktır. Her bir insan gerçek vatandaş, "yaşam mimarı" olmalı – Petrov'un bütün çalışmalarının ana konusu budur. Devrimden önce, Rusya'nın değişeceğine olan inancını henüz kaybetmediği bir dönemde yazdığı makalesinde şunları söylüyordu:

"Eski Rusya kendi eski kurallarıyla, Ruslara has olan ve asırlardır süregelen tembellik, sefahat ve durgunluk dolu hayat tarzıyla kendi kendini tüketmiştir. Önümüzdeki dönemde yeni Rusya için toplumun bütününü kapsayan çalışma ve eğitim seferberliğine ihtiyaç vardır. Kendi hayatını dolu dolu yaşamak isteyen, aynı zamanda da Rusya'nın sahip olduğu imkan ve yeteneklerin bütün parlaklığı ve ihtişamı ile ortaya çıkması için çaba gösteren herkesin, her bir vatandaşın aralıksız olarak, coşkuyla ve yorulmadan çalışması gerekir."

Gurbette yaşadığı dönemde Petrov'un çalışmalarının konusu ve ruhu değişmemiş, bu kez Yugoslavya ve Bulgaristan gençliği kendisi için umut kaynağı olmuştur. Son çalışması olan "Bulgar Gençliği" adlı eserde aşağıdaki satırlar yer almaktadır:

"Dünya tarihinde görülmemiş deprem ve sarsıntıların, dev bir ülkenin çöküşünün ve büyük hayallerin yıkılışının canlı şahidi olarak, vatanınızın kurucuları görevini üstlenecek olan sizlere sesleniyorum:

Milli servetin, halk vicdanı ve millet aklının kurucusu olabilmek için çaba gösterin. Hayatta istediğiniz mesleği seçebilirsiniz; örneğin profesör, doktor, işçi, bilim insanı, tüccar, subay, din adamı, memur, köylü veya bakan olabilirsiniz, bu sizin yeteneklerinizle ve şartların uygun olup olmamasıyla ilgili bir durumdur. Fakat şunu hiçbir zaman unutmayın: Vücudunuz, aklınız ve ruhunuzun sahip olduğu bütün gücü vatanınıza ve halkınıza adamalısınız."

"Beyaz Zambaklar Ülkesinde" kitabının yazılarak, yayınlanmasının üzerinden yaklaşık seksen yıl geçmiştir. Bulgarca, Sırpça, Türkçe, Arapça ve Fince yayınlanan bu kitap, nihayet, Rus okuyucusunun da karşısına çıktı. Bolşevik iktidarı döneminde Rusyalı okurlarla buluşabileceğinden umutlu olmasa da, kitabın yazarının bunu çok istediği kuşkusuzdur. Bugün zaman ve koşullar değişmiş olup, gerek Petrov'un hatırasının gerekse de kitabının vatanına geri dönmesi imkanı doğmuştur.

Bu kitaptaki birçok şey eskimiş olabilir, üslubu ve ruhu zaman zaman saf ve basit görünebilir. Fakat kitabın ana fikrini ve özünü teşkil eden düşüncenin – ülkenin kalkınması ve refaha kavuşması yollarının araştırılması gerektiği düşüncesinin hiçbir zaman eskimeyeceği kanısındayız. Petrov'un kitabında tasvir edilen ideal devlet, Finlandiya, diğer birçok ülkenin kendi yolunu çizmesini sağlayan işaret yıldızı, iyi planlanmış bir refah toplumu ve neredeyse "vaat edilmiş toprak" olarak karşımıza çıkmaktadır. Bulgarlar, Sırplar ve Türklerin yıllar boyunca Petrov'un "yaşam mimarları olun" çağrısını tekrarlamaları ve bunu hayata geçirmek için çaba göstermeleri, şüphesiz, boşuna değildir. Bu fikirlerin günümüz dünyası için somut bir anlam ve önem ifade edip etmediğine ve tarihin tozlu sayfalarına karışıp karışmayacağına ise kitabın okuyucuları karar verecektir.

M. Vituhnovskaya

Grigoriy Petrov

– FİNLANDİYA –
BEYAZ ZAMBAKLAR ÜLKESİNDE

1

Mene, Tekel, Peres

Birkaç yıl önce* Moskova'daki Büyük İmparatorluk Tiyatrosu'nun duvarlarında beklenmedik bir şekilde büyük çatlaklar belirdi. Temelden çatıya kadar uzanan bu çatlaklar yüzünden kocaman binanın çökerek, hem içeride hem de bina yakınında bulunan insanların enkaz altında kalması tehlikesi ortaya çıkmıştı. Binanın temeli boyunca birkaç yerde toprağı kazarak, bu çatlakların nedenini araştırmaya başladılar. Ortaya şu sonuç çıktı: İmparatorluk Tiyatrosu'nun taştan yapılmış dev binası çürük ve parçalanmakta olan ahşap bir temel üzerinde yükselmekteydi.

Yüz sene önce bu dev bina inşa edilirken toprağa büyük kalın kazıklar çakılarak, bunların üzerine kalın meşe kirişler atılmış, yüksek taş duvarlar bu kirişler üzerine inşa edilmişti. O dönemin standartlarına göre benzer temel yeteri kadar sağlam kabul edilmekteydi.

Tiyatro bu temel üzerinde yüz sene durabilse de, zamana karşı daha fazla direnemedi. Kalın kirişler çürürken, duvarlar eğilmeye ve çatlamaya yüz tuttu. Duvarların çökme tehlikesi üzerine, ne yapılması gerektiği tartışılmaya başlandı.

* Kitabın ilk yayımlanma tarihi (1923) göz önünde tutulmalıdır. (Ed.N.)

Bina tamamen yıkılmalı mıydı? Mühendisler farklı bir karar alarak, çürümüş kirişleri tedricen, bölüm bölüm büyük granit bloklarla değiştirmeye başladılar ve bu yolla binanın temelini baştan sona değiştirdiler. İmparatorluk tiyatrosunun dev binası yeni bir temele kavuştu ve bugün de bu temel üzerinde sağlam bir şekilde durmaktadır.

Devletlerin tarihi ve halkların yaşam öyküsü de Moskova'daki İmparatorluk Tiyatrosu'nun inşasına benzer. Devlet yapısının eskimiş ve çürümeye başlamış temelleri, geçmiş dönemlerde etkili olan yönetim şekilleri bugün anlamını yitirmiş ve işleyemez hale gelmiştir. Bilge bir atasözü "Yeni dönem beraberinde yeni şarkılar getirir" demektedir. Değişen ve yenilenen nesiller yeni anlayışlar, gayeler ve taleplerle gelmektedir. Bu yeni nesil insanlara geçerliliğini çoktan kaybetmiş yönetim şekilleri zorla dayatılamaz; yeni nesillerin hayatının temelini mantıklı, adil ve sağlam bir devlet yönetimi esasına göre şekillendirmek gerekmektedir.

Bazı ülkelerde devlet yöneticileri bu şekilde hareket etmektedirler. Akil ve adaletli yönetim şekillerini zamanı gelince, sert ve kapsamlı önlemlere başvurmadan, sakin bir şekilde uygulamaya koyarlar. Fakat diğer ülkeler halkın yönetimi ve kültürel gelişimi alanında ilerici adımların tedricen ve kesintisiz bir şekilde atılmasının gerekliliğini anlamamakta veya anlamak iste-memektedirler. Devlet yapısını teşkil eden duvarlar dağılarak çatlamakta, bu çatlaklar giderek büyümektedir. Fakat kimsenin buna dikkat ettiği yok. Temeli eskilere dayanan, kudretli devletlerin duvarları çatlamakla kalmayıp, bu devletler bir süre sonra yıkılmaktadırlar. Eski İran, Türkiye, Avusturya, nihayet, eski ve büyük Rusya ve kadim Almanya – Bismark'ın ve Wilhelm'in Almanya'sı da bu kaderi paylaştılar.

Kutsal Kitap'ta anlatılan bir hikayeye göre; kudretli, aynı

zamanda da sert ve acımasız bir hükümdarın sarayının duvarlarında alev saçan bir yazıyla şu kelimeler belirir: Mene, Tekel, Peres.

Bilge Daniel bu kelimelerin anlamını izah ederek, yazının korkunç bir kehanet ve hayat gücünü yitiren eski devletin kaçınılmaz sonunun habercisi olduğunu söyler.

Eski Roma, Philip ve Dük Alba'nın büyük İspanya monarşisi, XIV. ve XV. Louisler'in Fransa monarşisinin acı kaderi, Romanovlar Rusyası, Hohenzollernler Almanyası ve Habsburglar Avusturyası'nın başına gelen facialar – bütün bunlar tarihin alevle yazılmış yazıtlarıdır: Mene, Tekel, Peres! Düşüncesiz olmayın! Solucanlar gibi kendi küçük işleriniz ve önemsiz kaygılarınızın çevresine üşüşerek, bunların arasında kaybolmayın! Devletinizin temellerini nasıl sağlamlaştırabileceğinizi, halkınızın eğitim ve kültür düzeyini nasıl yükseltebileceğinizi düşünün!

Tarih bazı devlet ve halkların kaderiyle ilgili sert hükümler verirken, diğer devletlerin örneğinde bizlere ders vermekte; toplumsal hayatın temellerinin nasıl ve hangi yöntemlerle sağlamlaştırılacağını, halk kitlelerinin eğitilerek, iki ayaklı hayvan sürüsüne veya büyük bir karınca yuvasına dönüşmelerinin nasıl engellenebileceğini ve insanların, aklın hakim olduğu, mutlu bir hayatın yaratıcısı olan sanatkar gibi yetiştirilmeleri için hangi yolun izlenmesi gerektiğini göstermektedir.

2
Kahramanlar ve Kitle

Gerek bazı ülkelerin dağılması veya büyük sarsıntılara maruz kalmasının acı örnekleri, gerekse de diğer halkların iyi bir düşüncenin ürünü olan uyumlu ve düzenli hayatına dair mutluluk öyküleri sadece devleti yöneten şahısların – bakanlar, krallar veya milletvekillerinin – icraatlarının sonucu değildir. Bunlar her vatandaşı ilgilendiren meselelerdir. Erkek ya da kadın, genç ya da yaşlı, şehirli ya da köylü, kas gücüyle ya da beyin gücüyle çalışan herkes bu meseleleri düşünmelidir.

Ülkelerin güçlü veya zayıf, halkların gelişmiş veya geri kalmış olmasının altında yatan tek neden yöneticinin adil veya yetersiz olması değildir. Yönetici nasıl biri olursa olsun – iyi veya kötü, kahraman veya zalim – her zaman kendi halkının canından bir candır, onun bir parçası, ruhunun yansımasıdır. Halk nasılsa, onu yönetenler de öyledir. Bu yüzden de her halkın hak ettiği iktidarlara ve yöneticilere sahip olduğu eskiden beri söylenegelmektedir.

Birçok insanın maalesef anlamakta zorlandığı bu önemli gerçeği ispat etmek ve daha da geliştirmek için felsefi ve tarihi anlamı olan eski bir tartışmayı hatırlatmama izin verin.

Soru: Halkların tarihinin yaratıcısı kimdir? Devletlerin ve

bütün insanlığın kaderinde hayati öneme sahip olan büyük olayları kimler harekete geçirerek, yönlendiriyor? Belli kişiler veya İngiliz düşünür Carlyle'in dediği gibi, büyük şahsiyetler ve kahramanlar mı? Yahut bütün halkın ortak çabası, halk kitlelerinin sahip olduğu coşkulu veya pasif ruh hali mi?

Carlyle, "Kahramanlar" adlı dikkate değer kitabında kahramanlık kültü ve kültürünü övmektedir. Ona göre halk kitleleri cansız bir balçık yığını olup, heykeltıraş eli dokunmadığı sürece öyle kalacaktır. Fakat sonunda bir sanatkar, büyük bir şahsiyet ve kahraman – Sezar, Napolyon, Büyük Petro, Sokrates, Hazreti Muhammed – ortaya çıkar ve bu balçık yığınını eline alarak, ona çeşitli şekiller verir. İnsanlar ve kitlelerden istediğini yaratır.

Cengiz Han milyonlarca Moğol'u Asya steplerinden toplayarak, onların önderliğini yapar ve Çin, Hindistan, İran, eski Rusya gibi ülkeleri fetheder.

Amiens'li Peter bütün Katolik Avrupa'yı Kudüs'ü Müslümanların elinden kurtarmak için ayağa kaldırır. Luther Reform Hareketi'ni başlatırken, Neronlar ve Caracallalar eski Roma'nın sonunu getiren şahıslar olarak tarihte yerlerini alırlar. Bismark'ın ve Hohenzollern'in politikaları Almanya'yı korkunç sarsıntılara sürükler.

Kısacası, Carlyle'in yaklaşımına göre, bir halkın ve hatta bütün insanlığın tarihini belli kişiler ve güçlü iradeye sahip dâhi insanlar, başka deyişle, Kahramanlar – Ramsesler, Romullar, Themistoclesler, Lutherler, Bismarklar vs. şahsiyetler şekillendirir.

Lev Tolstoy aksi yönde görüş belirtmektedir. Ona göre, hayatı yaratan, yönlendiren ve bütün olayların nitelik ve akışını belirleyen güç belli kişiler, Napolyonlar değil, halk kitleleridir.

Carlyle halk kitlelerinin yere düşmüş saman çöpü olduğunu, bu çöpün yanıp kül olacağını veya çürüyerek, gübreye dönüşeceğini söylüyor. Büyük insanlar ve kahramanlar ise gökten düşerek bu çöpü tutuşturan şimşek gibidir.

Lev Tolstoy farklı bir tablo çizerek, şunları belirtmektedir: "Denizde yüzmekte olan büyük bir gemiyi hayal edin. Hareket halinde olan gemi, önünde kuvvetli bir akıntı oluşturmaktadır. Bu akıntının gemiyi arkasından sürüklediğini söyleyecek birileri çıkar mı? Herkes akıntıyı geminin yarattığının ve ileriye doğru hareket ettirdiğinin farkındadır. Burada itici güç gemidir, akıntı ise yüzmekte olan geminin gücünü yansıtan bir sonuçtur.

Halkların gelişimi de bu şekildedir. İçinde hareket gücünün ortaya çıkarak, artmaya başladığını hissettiği an halk ileriye doğru hareketlenecek, kendisi yürüyecek, önündeki akıntıyı da iterek hareket ettirecektir. Halk kendi içerisinden, onun istek ve duygularına tercüman olacak önderler çıkaracaktır."

"Savaş ve Barış"ın yazarı, Carlyle'in Kahraman'ı şimşekle kıyasladığını bilseydi, muhtemelen şunları söylerdi:

"Büyük şahsiyet – Kahraman, gerçekten de şimşektir, fakat halk kitleleri bir balçık veya ot yığını değildir. Halk, içinden şimşeğin çıktığı bir buluttur. Bulut elektrik yükü ile dolduğu zaman şimşek çakar. İçerisinde elektrik olmayan bulutsa sadece su buharı birikintisidir, şimşek çaktırmaz. Halk da bulut gibidir – kimliğinde kahramanlık ve büyüklük ruhu yaşayan bir halk büyük insanlar ve Kahramanlar da yetiştirebilir. Sadece soğuk bir sisten ibaret olan halk kitlelerinin şimşek çaktırmasını ise hiçbir güç sağlayamaz.

İlk bakışta, tarihte kahramanların rolüne ilişkin bu iki yaklaşım (şahsiyet – Kahraman ve halk – kitle) arasında herhangi bir uyum olduğu kesinlikle söylenemez. İki görüşün birbirini tamamen dışladığını düşünerek, ya Carlyle'in ya da Lev Tolstoy'un haklı olduğu şeklinde bir sonuca varmak çok olasıdır.

Carlyle ve Tolstoy'un fikirleri arasında tezat varmış gibi görünse de, aslında bu iki görüş birbiriyle çelişmeyip, tam aksine, birbirini tamamlamaktadır. Bu konuyla ilgili değerlendirme yapılacak olursa, kullanılması gereken bağlacın "ya/ya da" değil, "hem/hem de" olması gerekmektedir.

Hem Carlyle hem de Tolstoy doğruyu söylüyorlar. Bu iki görüş aynı madeni paranın iki yüzü, tek ve büyük bir gerçeğin iki değişik ifadesi gibidir. Kahramanlar kitleye ilham vererek, onu ateşlerken, bu ateşin kaynağı halk kitlelerinin içinden çıkan alevin kendisidir.

Bir büyüteç düşünün, özel yöntemle yapılmış olup, bu sayede dağınık güneş ışınlarını aynı noktada toplayabilmektedir. Sonuçta binlerce güneş ışınının enerjisinin odaklandığı tek bir nokta ortaya çıkar. Bu parlak nokta ağacı, taşı ve demiri yakabilir.

Halkın içinden çıkan her büyük şahsiyet yakıcı güce sahip birer büyüteçtir. Bu büyüteç halkının en güçlü yönlerini ve zekasını kendi kişiliğinde birleştirerek, hem kendi halkını hem de diğer halkları temsil eden milyonlarca insanı ateşlemektedir. Fakat gökyüzü bulutluysa ve atmosferde güneş ışınları yoksa, hiçbir büyüteç kar tanelerini eritmeye ve bir damla suyu ısıtmaya muktedir olmayacaktır.

İsviçre peyniri sadece dağlardaki otlarla beslenen, Hollanda peyniri ise bu ülkenin zengin meralarında otlayan ineklerin sütünden elde edilmektedir. Bu peynirler üretildikleri ülkelerin rayihası, özüdür. Napolyon Fransa'da doğabilirdi, fakat barışsever Çin'de bir Napolyon dünyaya gelemezdi. İngiltere doğanın temel kanunu olan "yaşam mücadelesi" öğretisinin yaratıcısı Darwin'i, Rusya ise kötülükle mücadele edilmemesi gerektiği fikrini savunan Lev Tolstoy'u yetiştirdi. Başka türlü de olamazdı zaten.

Her zaman ve her yerde böyledir. Almanya'yı Dünya Savaşı'na sokan etken II. Wilhelm değildi; bunun nedeni Almanya'nın kaba ve vahşi ruhunun Bismark, Wilhelm, Hindenburg ve Rohrbach gibi şahsiyetlerde tecelli etmesiydi. Roma'yı Neronlar, Caracallalar ve Commoduslar dağıtmadı; aksine, uzun ve yıkıcı savaşlar nedeniyle ruhu cılızlaşmış, maneviyat yoksunu Roma halkı ahlak yoksunu tiranları ve cellatları iktidarın zirvesine çıkardı. Her konuda ihtiraslı olan İspanya tarihe Loyola'yı ve engizisyonu "hediye ederken", Almanya bir taraftan Kant'ı, diğer taraftan ise Krupp'u yetiştirdi.

Her halkın içinden hem büyük şahsiyetler hem de aşağılık insanlar çıkabilmektedir. Bunlardan hangisinin iktidara geleceğini belirleyen temel etken halk kitlelerine hakim olan ruh halidir. Halkın sahip olduğu değerler nelerdir? Zekası, iradesi ve vicdanı gelişmekte midir yoksa zehirli otlar sarmış gibi, çürüyerek yok mu olmaktadır? Veya zavallı, utanç verici bir mevcudiyet için mi sarf edilmektedir?

Burada hepimizin hayatı ve çalışmaları sorgulanmaktadır aslında. Kendi ülkemizde ne işle meşgulüz, halkımızın kaderinde nasıl bir rol üstleniyoruz?

Güney ülkelerinde mercan adaları bulunmaktadır. Mercanlar özel taş yığınlarıdır. Çok küçük poliplerin vücudundan çıkan minik parçalar gözle görülmeden büyüyerek, üzerinde insanların yaşayabildiği adalar silsilesine dönüşmektedir. Diğer taraftan, güney coğrafyasında insanlar için gerçek bir bela olan küçük karıncalar da yaşamaktadır. Bu hayvanlar evleri ve mobilyaları bile yiyerek, insanları yurtlarından kaçmak zorunda bırakmaktadır.

Ülkemizde yapacağımız işlerin sonucu ve niteliği nasıl olacak – yaratıcı mı yoksa yıkıcı mı?

İki milyon nüfusa sahip küçük ve fakir bir ülke, devletin kudreti, ulusun refahı ve şerefinin belli kişilerin ve yöneticilerin değil, halkın ve vatandaşların iradesine bağlı olduğu gerçeğine en iyi örneği oluşturabilir.

Avrupa'nın kuzey ucunda yer alan bu ülkede iklim serttir: Sık sık yağan yağmurlar, sürekli sis, bazen baharın sonunda bile etkili olan soğuk ve dondurucu hava, Ağustos'ta gelen erken kış. Toprak verimli değil, çünkü ülke sathının büyük kısmı taşlık ve kayalık çorak arazilerden ve alçak, bataklık ovalardan oluşmaktadır. Doğal kaynaklar hemen hemen hiç yok, zirai faaliyet ve çiftçilik çok zor şartlarda yapılabilmektedir. Hiçbir zaman kendi bağımsız devleti olmayan ülke halkı sürekli komşu halkların egemenliği altında yaşamıştır.

Bu ülkenin adı Finlandiya'dır, burası Finlandiyalıların toprağıdır. Finlandiyalılar hararetli bir sevgiyle bağlı oldukları soğuk ülkelerini, Fin dilinde "bataklıklar ülkesi" anlamına gelen Suomi ismiyle anmaktadırlar.

3

İkuynen Taystelu (Sonsuz Mücadele)

Uzun yıllar boyunca, yazın ve kışın, ilkbaharda ve sonbaharda, Finlandiya'nın birçok yerini gezdim. Zengin ve gelişmiş ticaret kentlerinde, ormanlar ve göller arasında kaybolmuş uzak köylerde bulundum. Finlilerin hayatını her yönüyle görerek, günlük çalışmalarını, bayram ve eğlencelerini gözlemledim. Fin müziğini, resim ve tiyatro sanatını, edebiyatını ve mimarisini araştırdım. Gördüklerime hayran kaldığımı açıkça söylemeliyim. Finlandiya'ya her gittiğimde bu ülke gözümde daha da büyüyor, insanları suskun, mahzun görünüşlü ve çalışkan bu küçük kuzey halkına daha fazla saygı duyuyordum.

Bir gün Helsinki'de bulunduğum sırada şehir tiyatrosunda "İkuynen Taystelu" (Sonsuz Mücadele) adlı dört perdelik bir drama oyunu oynandığı haberini aldım.

Afişte yer alan bilgiye göre, oyunun karakterleri Adem ile Havva, Kabil ile Habil ve onların karıları, İblis ve yüz kadar da şeytandan oluşmaktaydı. Tiyatrodaki yerimi aldığım zaman bir papazın dini konulardaki yaklaşımını yansıtan sıkıcı bir hikayeyle karşılaşacağımı sanıyordum. Fakat tam tersi oldu, sahnede oynanan eser derin felsefi ve kültürel anlam içermekteydi.

Yetenekli Finli yazar ve Taystelu'nun da müellifi olan Linnankoski, aynı zamanda kuvvetli ve orijinal bir düşünür olduğunu da ispatlamıştı. Yazar Kabil'i geleneksel ve herkesin kabul ettiği bir şekilde, yani kaba, vahşi, kötü kalpli ve kardeş katili birisi değil, olumlu bir karakter olarak ele almaktadır. Nitekim Linnankoski'nın eserinde Kabil her türlü zulme karşı koyan, hayattaki baskılara karşı yılmadan mücadele eden bir Prometeus kimliğine bürünmektedir. Kabil hayatın getirdiği acılar karşısında aciz bir sesle meleyen ve kafasını itaatkar bir şekilde darbelere hedef eden zavallı bir koyun olmak istemez.

Yaratıcı bir güce ve kudrete sahip olduğunu hisseden ve bu nedenle kendine çok güvenen Kabil, insanlığa ve bütün dünyaya daha iyi bir gelecek sağlamak adına bütün kötü güçlere karşı savaşmaya hazırdır.

Dünyayı titreten yıldırım çaktığında ve bütün gökyüzü şimşeğin ateşiyle yanmaya başladığında herkes dehşet içerisinde titreyerek yere kapanır. Sadece Kabil başını meydan okurcasına kaldırarak, sıkı ve sağlam bir şekilde dik durmaktadır.

Habil'i, kız kardeşlerini ve hatta anne babasını kendinden emin bir sesle azarlamaya başlar:

"Küçük, zavallı solucanlar, siz sadece korkudan titremesini ve yerlerde sürünmesini bilirsiniz. Korkunun çocukları olan sizler dini de daimi bir korku, titreme, şikayet ve sürekli bir şeyler dileme olarak algılıyorsunuz. Sizler ruhen de Tanrı'nın gerçek çocukları olsaydınız, kendiniz de hayatın yaratıcısı olur, yükselirdiniz. Şu an yaptığınız gibi yere kapanmaz, başınızı aşağı eğmezdiniz."

Kendisinden korkan yakınları tarafından anlaşılmayan ve kabul görmeyen Kabil kendi kuşkuları, başarısızlıkları ve giderek artan mahrumiyetleri ile ıstırap çekerek, yalnız başına mücadele eder. Cennetten mahrum edilen aile bireyleri sadece geçmişin hoş anıları ile yaşarken, Kabil aydınlık gelecek hakkında düşünmektedir. Ateşi elde ettikten sonra çocuk gibi sevinçli ve mutludur. Yerinde duramaz, zıplamaya başlar, şarkılar söyler ve ateşe methiyeler dizer:

"Şimdi artık yalnız değilim, yanımda senin gibi kudretli bir güç var. Sen gecenin karanlığını bizler için aydınlatacak, soğuğu kovacak, sert cevherleri eritmemizi sağlayacaksın."

Kabil gelecek konusunda düşler kurar. Kültürün hakim olduğu bir dünya getirir hayaline. Güçlü, gururlu ve yenilmez hisseder kendisini. Her şeye hazırdır, doğanın güçlerine meydan okumaya başlar. Hayatın daha yüksek uygarlık düzeyine erişmek için verilen sürekli bir mücadele olduğunu düşünür ve bu düşünceyi benimser. Ona göre, bu mücadele doğanın sert yüzü ve kendi içindeki kaba ihtiraslara karşı verilen bir savaştır.

Tanrı inancı ve dinin temelinde korku ve kölece bir itaatin mi yoksa aydınlık ve yaratıcı bir gücün mü olduğu konusunda yaptıkları ateşli bir tartışma sırasında Kabil kendini kaybeder ve kardeşini öldürür. İşlediği cinayet kendisini dehşete düşürürken, diğer yandan da kültür ve uygarlık için verilen mücadelenin çok yönlü olması ve insanın hem iç hem de dış dünyasını kapsaması gerektiğini kendisine anlatır. Bu mücadele daimidir, kültürün parlak ışığının insanın iç ve dış dünyasındaki cehalet karanlığına karşı durmadan sürdürdüğü bir savaştır.

* * *

Linnakoski'nin "İkuynen Taystelu" eserindeki Kabil karakterinin edebi eleştirisini ve değerlendirmesini yapmak iddiasında değilim, bu konumuzun dışındadır. Ayrıca, Kabil'i insan uygarlığının ve daimi kültürel mücadelenin önderi olarak

Turku'daki resim müzesinin binası.
(Mimar Gustav Nyström, 1904)

Finlandiya'n›n küçük ve mütevazı liman kenti olan Abo'da ç›plak mermer kaya üzerinde, duvarları ile şehri kuşatan yeni resim müzesi yükseliyor.

göstermenin ne kadar gerçekçi ve inandırıcı olduğu konusuna da girmek istemiyorum. Bizim için önemli olan eserin ana fikridir, bu fikir Kabil tarafından ifade edildiği gibi, başka birisi – tarihte yaşamış gerçek bir şahsiyet veya hayal ürünü bir karakter tarafından da dile getirilebilirdi. İnsan hiçbir zaman ve hiçbir şey için eğilmemeli ve yerlere kapanmamalıdır. İnsan hayatı sürekli bir kültürel gelişim ve yaratıcılık, kendi içinde ve dış dünyada karşılaştığı kaba güçlere karşı verilen daimi mücadeledir.

Fin halkının yaşamı ve hayat şartlarını dikkatli bir şekilde gözlemlemek, "İkuynen Taystelu"da öne çıkan bu ana düşünceyi ve Johannes Linnakoski'nin yarattığı Kabil karakterini daha iyi anlamamıza yardımcı olmaktadır. Linnakoski eserinde Finlandiya'nın ruhunu yansıtmaktadır. Bu ruh, geleceği aydınlatan her bir ışık parçasını ve ülkedeki en ufak medeniyet alanlarını dahi korumak için verilen sert ve kararlı kültürel mücadelenin ruhudur.

Finlandiya'nın küçük ve mütevazı bir sahil kenti olan Abo'da, şehri çevreleyen çıplak granit tepenin sırtında yeni sanat müzesinin binası yükselmektedir. Mimari açıdan büyük bir güzelliğe sahip olan binanın hem iç hem de dış bölümlerinde bulunan her bir çizgi, taş, merdiven korkulukları ve pencere çerçeveleri gözleri okşamakta ve dikkatleri üzerine çekmektedir.

Müzede sadece Finli ressamların eserleri sergilenmektedir. Sayısı fazla olmasa da, müzede bulunan resimlerin sanatsal açıdan ifade ettiği değer Fin sanatının bütünü için bir gurur kaynağıdır. Gerek resimler gerekse de heykeller Finli ressamların sahip olduğu yüksek tekniği ve çalışmalarının derinliğini gözler önüne sermektedir. Müzedeki heykel çalışmaları arasında Vikstrem tarafından yapılmış "Finlandiya" isimli büyük bir heykel özellikle dikkat çekmektedir. Heykel için sade bir karakter seçilmiştir: Genç, güçlü ve cüsseli Fin kadını. Fakat sanatçı bu heykele, benzer çalışmalarda nadir rastlanan büyük bir düşünce ve duygu katabilmiştir.

"Finlandiya"nın bütün vücudu büyük, çok önemli ve aynı zamanda da uzak olan bir şeyle ilgili derin ve ciddi bir düşünceyi yansıtmaktadır. Sol elini indirmiş, gür saçlarının arasında kaybolan sağ eli ise sanki derin düşüncelerden ağırlaşmış kafasının göğsüne düşmesini engellemektedir. Istırap ve keder izleri bulunmayan ve hatta dalgınlıktan bile uzak olan yüz ifadesi sanki geçmişteki bir acının gölgesini taşıyor.

Vikstrem'in "Finlandiyası"nın yüzünde daha önce yaşanmış acıların güçlükle fark edilen izleri var. Bu yüz şu an için mutlu, güçlü ve geleceğinden emin, fakat gençlik döneminde çok ağır, çileli ve korkunç günler geçirmiş bir kadının yüzüdür. O günler unutulmuş da olabilir, ama yaşananlar ülkenin kalbini yakarak, insanlar üzerinde silinmesi zor izler bırakmıştır.

Edelfeldt, Hebhart, Enkkel, Vesterholm, Halonen ve diğer Finlandiyalı ressamlar, kendi küçük ve fakir ülkelerini çok seven bütün Finlandiyalılar gibi, ülkenin sahip olduğu doğal güzellikleri zarif duygularla resme aktarmışlar. Fakat bir ressamın keskin bakışlarına sahip olmalarına rağmen, onlar da bakanların gözlerini ayıramayacağı doğa manzaraları bulmakta zorlanmışlar.

Sessiz, öksüz bir keder ve elim yalnızlık duygusunu yoğun bir şekilde yansıtan Finlandiya doğası insanı titreten ve sarhoş eden sert ihtişam ve renklilikten yoksundur. Yosun tutmuş taşlar, granit kayalar, çam ormanları, kasvetli bataklıklar, solgun yeşil renkli gökyüzü altında uzayıp giden yeşil göller... Finlandiya'da nereye giderseniz gidin, benzer doğa manzaraları ile karşılaşırsınız, önünüze ormanlar ve taşlar çıkar. Her tarafta taş yığınları ve şeker gibi parlayan granit kayalar göze çarpmaktadır. Sonu görünmeyen odun yığınları uzayıp gitmekte, tomruk ve tahta dağları yükselmektedir. Rıhtımlarda içi katran dolu binlerce fıçı birikmiştir.

Ülke yoksuldur, hem de her açıdan. Fakat çalışma enerjisi ve azmi, kendi fakir toprağına olan bağlılık ve sevgi bakımından çok zengindir.

Fin sanatının baş mabedi olan Helsinki'deki Ateneum Müzesi'nde Yarnfeld, Halonen, Blomstedt ve Rissanen'ın birçok tablosuna rastlayabilirsiniz. Bu eserler Finlandiyalıların kendi ülkelerini yaşanabilir kılmak için ne kadar çaba ve emek sarf ettiklerini ve bunu ne pahasına yaptıklarını açıkça ortaya koymaktadır. Birçok resimde aynı manzara görülmektedir – köylüler aileleriyle birlikte arazileri temizleyerek, ekime hazır hale getirmekte, ağaçları keserek yere indirmekte, yerden çıkardıkları ağaç köklerini yakmakta, arazileri ağır taşlardan temizlemekte, taşıdıkları toprağı çıplak granit kayalara dökmektedirler.

Her bir toprak parçasını kullanılabilir hale getirmek birkaç kuşağın emeği sayesinde mümkün olmuştur. Doğa, insanı bataklıklar ve göller arasında uzayıp giden çıplak kayaların üzerine atarak, sanki onunla dalga geçmektedir. Fakat insan doğanın kendisine meydan okuyan ve savaşa davet eden çağrısını kabul etti ve mücadeleyi kazanarak, doğayla alay etmeye başladı.

Finlandiya'nın birçok kentinde sokakta dolaşırken, zeminden yükselen çıplak granit yığınlarına rastlayabilirsiniz. Üst üste yığılmış taşlardan oluşan bu yüksek sırt bazen bütün bir mahalle boyunca uzamaktadır. Hersek'in çıplak tepelerini görenler Finlilerin yaptığı çalışmayı da hayal edebilirler. Bizim Rusya'da Novgorod ve Pskov vilayetlerinde benzer taş yığınları bulunmakta olup, halk bunlara "Şeytanın şekerliği"

Helsinki'deki demir yolu istasyonunun binası.
(Mimar Eliel Saarinen, 1914)

İstasyonun meydandan asaletli ve sade görünüşü hayranlık uyandırıyor. Yapıda bir tane bile kırtasiyecilik işlemesinden eser yok. İçerideki her şey el yapımı: postane, telgraf, bagaj, bilet kasaları...

ismini koymuştur. Finlandiyalılar "şeytan şekerliklerini" park ve bahçelere dönüştürmüşler. Taşların üzerine verimli toprak dökerek, buralara ağaç ekmiş ve çiçek yetiştiriyorlar.

"İkuynen Taystelu"nun yazarı J. Linnakoski "Kabil'i bana verin, ben ilham gücümle onu da değiştirir ve uygarlık için mücadele eden azimli bir insan olmasını sağlarım" demektedir.

"Bizim kısmetimize bataklıklar ve taşlar çıktı, fakat biz onları işledik ve uygar bir ülke kurduk" diyen Finlandiyalılar bunu asırlık bir emek ve azimli çalışma sonucu elde ettiler.

Bütün bu başarılar küçük bir halk, yaklaşık üç milyonluk nüfusa sahip bir vilayet tarafından elde edilmiştir. Söz konusu nüfusun iki milyon üç yüz bini Finlilerden, dört yüz bini ise İsveçlilerden oluşur.

* * *

Suomi'yi tanımaya başlayan bir şahsın imrenmesi gayet doğaldır. Ülkede her şey küçüktür: şehirler küçük, ülkenin sahip olduğu kaynaklar azdır. Buna rağmen, erişilen refah düzeyi küçümsenmeyecek kadar ileri boyuttadır. Rusya'da görmeye alıştığımız düzensizlik, köhnelik, bakımsızlık ve kirlilikten burada eser bile yok. Petersburg'dan 3,5 saatlik mesafede, Vyborg'dan başlayarak, insan çok farklı bir ülkede bulunduğu hissine kapılıyor. Vyborg, Kuopio, Uleaborg, Vaasa ve Tavastgus – sanki geniş bir avuca sığabilecek bu şehirler birer güzel oyuncağa benziyor. Bütün bu evler sergilenmek üzere kartona yapıştırılmış maket izlenimi veriyor.

Sokaklar geniş, temiz ve iyi döşenmiştir. Avlular tertemiz, evlerin içi rahat ve konforludur. Otellerde ve posta istasyonlarında konaklayan misafirler kusursuz temizlik, taze yemek ve bütün diğer olanakları bulabilmekte ve bunları çok ucuza

Helsinki'deki Devlet Tiyatrosu
(Mimar Onni Taryanne, 1902)

Fin Devlet Tiyatrosu – Yeni Fin mimarisinin eseridir.
Finlandiya'nın şehirlerini şimdilerde
yeni binaların mimarileri süslüyor.

elde etmektedirler. Bütün bunların yanı sıra, halkın dürüstlüğü yabancı misafirler üzerinde muazzam bir etki yapmaktadır.

Ülkenin başkenti Helsinki'yi uzun uzun anlatmaya gerek yok. Bizler, Slavlar için bu şehir canlı ve somut bir örnek teşkil edebilir. İnsanı rahatsız eden şatafat, savurganlık ve gösterişten eser bile yok. Şehrin merkezinde, ana meydanda bulunan yeni gar binası, hemen yanı başında yer alan Fin Ulusal Tiyatrosu, sanat okuluyla birlikte Ateneum ve Halk Meclisi binası – her yerde tutumluluk, sadelik, güzellik ve temizlik hakimdir.

Garın meydana bakan bölümü sadeliğin ihtişamını yansıtan güzelliği ile insanı büyülemektedir. Lüzumsuz gösterişe işaret eden en küçük detay bile yokken, rutinlikten de özenle kaçınılmıştır. İçeride her şey – posta, telgraf, bagaj bölümü ve bilet gişeleri – kolayca erişilebilecek bir düzen içerisinde tasarlanmış ve yerleştirilmiştir.

Fin Ulusal Tiyatro binası yeni dönem Fin mimarisinin eserlerindendir. Yeni yapılan binaların mimarisi ülke şehirleri için gurur kaynağıdır. Yeni konutlar, bankalar, tiyatrolar, müzeler, kiliseler, hatta fabrika ve itfaiye binaları birer sanat eseri olarak inşa edilmektedir.

Bu bağlamda, bugünkü Finlandiyalıların Ortaçağ Floransa halkına benzediğini abartısız ve bütün ciddiyetiyle söyleyebiliriz. En sakin ve gözlerden uzak sokaklarında bile, önünde saatlerce durup hayranlıkla bakacağınız olağanüstü güzellikteki eski evlerin bulunduğu tek şehir Floransa'dır. Finlandiya halkı da böyledir.

Tekdüze ve kasvetli taş yığınları, bataklıklar ve ormanlar arasında yaşayan bir halkın bu kadar güçlü ve giderek gelişen güzellik duygusuna sahip olması insanı düşündürmektedir.

Helsinki ve Abo'nun sanat müzelerinin ciddi bir şekilde incelenmesi yerinde olacaktır. Bu müzelerde bulunan sanat eserlerinin sayısı o kadar fazla değil, fakat mevcut eserler çok güzeldir ve yüksek sanat değerine sahiptir. Resim sanatı iyi, heykel sanatı resme göre daha da gelişmiş olup, mimarlık ise hepsinin üzerinde bir noktaya ulaşmıştır. Görünüşe bakılırsa, kuzeyin evladı olan Finlandiyalı işe önce dış duvarlardan başlar, evin iç tasarımı ve döşenmesi ile daha sonra ilgilenir.

Helsinki'de Bulgar bir yazarla birlikteydim. Kendisi meydanın ortasında, Fin Tiyatrosu'nu karşıdan gören bir noktada durarak, binayı uzun süre hayranlıkla seyretti. Daha sonra yapının her tarafını inceledi ve gayriihtiyari bir gıptayla şunları söyledi:

"Evet, işte bunu anlarım: Kendine has bir özelliği var. Şu anda seyretmekten zevk aldığın bu binayı daha sonra da unutamazsın. Bizim Sofya'dakine hiç benzemiyor, orada da büyük paralar harcayarak Halk Tiyatrosu inşa ettiler, fakat dikilen bina daha çok bir sandığa benziyor."

Ayrıca, tiyatro tek örnek değil. Finlandiyalılar isteselerdi, ülkelerinde yükselen ve her biri birer sanat eseri olan binaları tasvir eden büyük bir albüm yaparlardı. Örneğin, Abo'daki sanat müzesi, Tampere'de inşa edilen yeni Protestan kilisesi gibi binalardan insan gözlerini ayıramıyor. Bu yapılar sanatsal açıdan bir bütün olarak değerli olmanın yanı sıra, pencereleri, kapıları, küçük kuleleri, atık-su boruları, köşe ve pervazları, kısacası, her bir bölümü ayrı bir güzelliğe sahiptir. Dış cephedeki her bir taşın işçiler tarafından değil, bir ressamın eliyle konulduğu izlenimi uyanmaktadır.

Abo'da müzenin bulunduğu tepenin zirvesine ulaşım merdivenler aracılığıyla sağlanırken, Tampere'deki kilisenin köşe kısımları küçük duvarlarla çevrilmiştir. Bu duvarlar ve merdivenlerin taş korkulukları yapılış tarzı, taşların dizilişi ve kiremit kaplamasının güzelliği ile insanı etkilemektedir. Bariyerlerin en küçük parçası bile resim veya fotoğraf sanatı için malzeme oluşturacak kadar güzeldir.

Müzenin iç kısmındaki, yüksek bir sanat becerisinin ürünü olan sade ve büyüleyici güzellik daha da etkileyicidir. Ahşap merdivenin her bir basamağı, duvar kaplamaları, resim çerçeveleri, merdiven korkuluklarına yerleştirilmiş minik saksılardan taşan zarif yeşillik – kısacası, her şey çok güzeldir, hem kendi içinde hem de bir bütün olarak.

Bu başarıların ülkenin sahip olduğu asgari olanak ve kaynaklarla elde edildiğini unutmamak lazım. Zira Finlandiya zengin bir ülke olmadığı gibi, vatandaşları da varlıklı değiller. Burada yetenek arayışına çıksanız, umduğunuzu bulamayabilirsiniz, çünkü nüfus üç milyonun altındadır. Yine de, bir bütün olarak ele alırsak, Finlandiya'nın imrenilecek bir refah müzesi olduğu ifade edilebilir.

* * *

Bu başarının sırrı nedir? Yerel halkın çok yetenekli olması mı? En ateşli Finlandiyalı yurtsever bile böyle bir iddiada bulunmayacaktır. Gerek yetenek gerekse de çalışma isteği ve azmi açısından ülkenin Slav nüfusu ne Finlilerin ne de dünyanın herhangi başka bir halkının gerisinde değildir. Aradaki farkın sırrı başkadır.

Farklı çalışma tarzları mevcuttur. Öküzün, arabayı çeken veya sırtındaki yükü taşıyan atın emeği gibi kaba güce dayalı çalışma biçimi ile bilgi ve eğitime dayalı çalışma tarzı çok farklıdır. Bilgi ile beslenen emek on, yüz ve hatta bin kat daha etkilidir.

Baskı altında, isteksizce, tıpkı bir köle gibi ve birileri tarafından zorla yaptırılan işler ve bunun için harcanan emek ağır ve ezici bir emektir. Bir de bunun aksi olan, insanı canlandırarak, tıpkı bir kartal gibi kanatlandıran özgür ve yaratıcı emek var. Rusya'ya bağlı oldukları ilk dönemlerden günümüze dek Finlandiyalıların emeği ile bizimki arasındaki fark işte bu noktada ortaya çıkmaktadır.

Finlandiya'nın az sayıda, taşlı ve düşük verimli tarlaları halkın beslenmesi için yeterli ekmek sağlayamamaktadır. Ülke yüzyıllardır dışarıdan ekmek almakta, bugün de tüketilen ekmeğin yaklaşık üçte birini ithal edilmektedir. Fakat Finlandiya'da açlık ve dilencilik gibi bir durum yoktur.

Bunun yerine, yüzölçümü Bosna veya Dalmaçya kadar olan memlekette bir üniversite, bir teknik okul, 51 lise, 23 meslek ortaokulu, 8 öğretmen okulu, 7 denizcilik okulu, 9 ticaret meslek okulu, 10 teknik okul, 24 ziraat meslek okulu ve kız okulları da dahil olmak üzere, birçok diğer eğitim kurumu faaliyet göstermektedir. Ülkeyi gezerek bu okulları kendi gözleri ile gören ve ülke genelinde nasıl dağıldığını inceleyen birisi kesinlikle daha fazla etkilenecektir.

Okullar sadece dış görünüşü ile değil, aynı zamanda temizliği ve yüksek hijyen koşulları ile de göz doldurmaktadır. Büyük pencereli, yüksek tavanlı sınıflar, geniş koridorlar, mükemmel havalandırma sistemi, rahat ve kullanışlı okul mobilyaları, hareketli oyunların oynanabileceği temiz ve geniş avlular, iyi donanımlı jimnastik salonları ülkedeki okulların sunduğu imkanları özetleyen örneklerdir.

Bu durum Finlandiya'nın tamamı için geçerlidir. Vyborg'da Rusça, Fince ve İsveççe eğitim veren kız okulları, Rus ve İsveç meslek ortaokulları, İsveç ve Fin liseleri ve bir meslek lisesi, gençlerin birlikte eğitim aldığı Fin dilinde eğitim veren bir okul, Rus ve Fin halk okulları, ticaret, denizcilik ve sanat yüksek okulları, kız meslek kursları, İsveç ve Fin hazırlık okulları ve sanat ortaokulu bulunmaktadır.

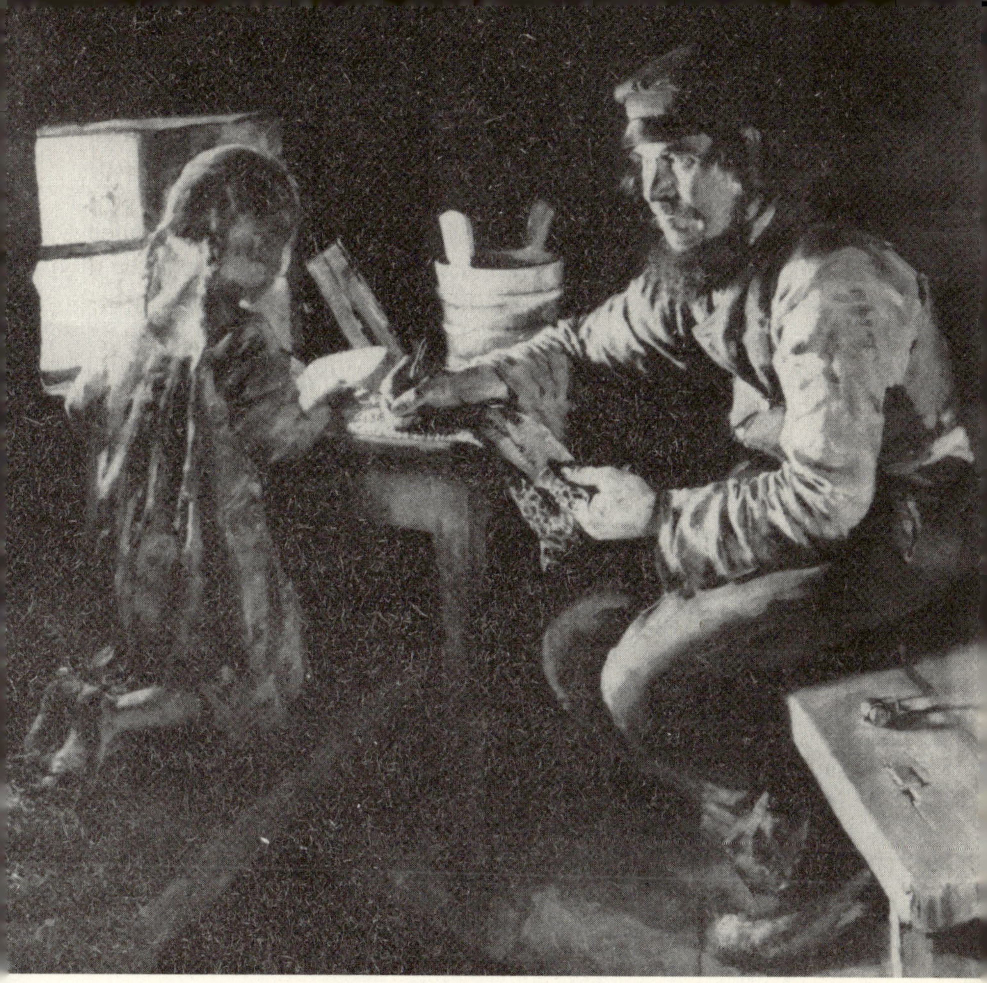

Aksel Gallen - Kallela "İlk Ders" (1889)
(Merkezi El Sanatları Arşivi, Helsinki)

... Fakir balıkçının evi. Yaşlı adam eski balık ağlarını örüyor, tamir ediyor... Yedi yaşındaki minik torun da harfleri zar zor seçerek dedesine kitap okuyor. Evde sadece ikisi var. Yaşlı adam ve torun, her ikisi de kitap okuyor.

On beş bin nüfusa sahip Kuopio'da ruhban okulu, lise, teknik okul, kör, sağır ve dilsizler için okul, sanayi okulu, kız lisesi, ticaret okulu, birkaç halk okulu, kız ve erkeklerin bir arada eğitim gördüğü dokuz senelik İsveç ve yedi senelik Fin okulları faaliyet göstermektedir.

İlk bakışta çok sakin bir eyalet kenti izlenimi uyandıran Tavastgus'un nüfusu yaklaşık altı bindir. Kenti bir ucundan diğer ucuna kadar mesafeyi yürüyerek 7-8 dakikada kat ettiğimi saatime bakarak söyleyebilirim. Şehirde sadece bir otel ve büyük salonunda bazen tiyatro oyunlarının da oynandığı bir restoran var. Buna karşılık, okul sayısı çok olup, bunlar arasında sekiz yıllık erkek lisesi, öğretmen okulu, örmecilik yüksek meslek okulu, Fince ve İsveççe eğitim veren iki kız lisesi, kızlar ve erkekler için iki yüksek halk okulu, ilkokul, işçiler için Pazar günü okulu, "Özgür Kilise" Pazar günü okulu, ıslah okulu, hazırlık okulu, hapishane mahkumları için okul ve Rusça eğitim veren bir okul bulunmaktadır.

Bizde bu kadar okulun bulunduğu altı bin nüfuslu bir kasaba gösterin lütfen!

Abo şehrinde belediyenin yıllık bir milyon yüz elli bin Ruble tutarındaki gelirinin yaklaşık iki yüz bin Rublelik kısmı okullara harcanmaktadır. Okulların donanımı çok iyidir.

Gençliğimde Petersburg liselerinde uzun yıllar öğretmenlik yaptım. Dar ve ağzına kadar dolu olan sınıflarda saat on ikiden sonra nefes almak bile zorlaşıyor, çünkü içeride temiz hava kalmıyor. Dikkati dağılan öğrenciler ders dinleyemiyor, öğretmenler giderek sinirleniyor. Bütün bunlar başkentte olup bitiyor.

Vyborg ve Tavastgus'taki liseler, Helsinki'deki kız okulları ise dış görünüş itibarıyla küçük sarayları andırmaktadır. Okul binaları Finlandiya şehirlerini daha da güzelleştiren yapılar olarak dikkat çekmektedir. Örneğin, Abo'da kanal kıyısında bir tepede bulunan ve şehrin üzerinde yükselen şato görünümlü, kuleli bina denizcilik okuludur. Şehir müzesinin güzel binasına doğru gittiğinizde önünüze içerisi iyi aydınlatılmış bir konak çıkmaktadır. İlk bakışta zevk sahibi bir zenginin eviymiş gibi görünen bu bina da başka bir okula – ticaret okuluna ev sahipliği yapmaktadır.

Vyborg'da geniş pencereli, yüksek tavanlı ve iki sıra pencereye sahip salonları bulunan okul binaları birbirine yakın olup, ayrı bir mahalle oluşturmaktadır.

Okullarda özel ders programı uygulanmaktadır. Bu programa göre, sabah 08:00 – 10:00 arasında yapılan iki saatlik dersin ardından ara verilmekte ve dersler saat 14:00 – 16:00 arasında tekrar devam etmektedir. Bundan dolayı öğrenciler havasız sınıflarda uzun süre oturma eziyetinden kurtulmaktadırlar. Sınıflar her zaman havadar ve ferahtır.

Finlandiyalı gençler boş zamanlarını kışın saatlerce kayak yaparak, yazın ise güreş, yüzme, top oynama ve koşu gibi spor aktiviteleri ile uğraşarak değerlendirmektedirler. Bu sayede gençlerin kasları, göğüs kafesleri, akciğerleri, elleri ve ayakları gelişmekte, vücut sağlığı ve dayanıklılığı artmaktadır.

Finlandiya'da ilkbahardan itibaren sokaklarda yalın ayak dolaşan erkek çocuklara rastlayabilirsiniz. İyi giyinmiş olmaları ayakkabısız gezmelerinin fakirlikten kaynaklanmadığını ortaya koyuyor. Öğrencilere baktıkça insanın içi açılıyor. Bizim çocuklarda görmeye alışık olduğumuz soğuk, bitkin ve hastalıklı yüz ifadesinden eser yok. Çocuklar beyaz mantarlar gibi sağlıklı büyüyorlar ve güzel bir hamurdan özenle yapılmış gibiler.

Finlandiyalılar "Okul bizim temel zenginliğimizdir. Rusların sahip olduğu Ural dağlarının zengin maden yatakları, Sibirya'nın altın rezervleri bizde yok. Tabiat nimetlerini dağıtırken bize cimri davranmış. Bu eksikliği enerjimizle telafi etmek, vatandaşlarımızdan ülkemizin kalkınmasına azami ölçüde katkıda bulunmalarını istemek durumundayız. Fabrikalarda İngiliz çeliğini dayanıklı kılmak için yapılan işlere benzer şekilde, biz de okullarda gençlerimizi güçlü ve dayanıklı olmaları için yetiştiriyoruz. Bataklıklar arasında, taşların üzerinde kurduğumuz, nispeten refah içinde yaşamamızı sağlayan ve Rusya nüfusunun geri kalan bölümü için şimdilik uzak bir hayal gibi görünen bu düzenin temeli okula dayanmaktadır. Okulumuzu elimizden aldığınız an biz de biteriz. Tıpkı mayasız hamur gibi çökeriz" demektedirler.

Ülkede eğitim sisteminin bu kadar gelişmiş ve yaygın olması halkı okumaya teşvik etmekte, gazete ve kitap okuma alışkanlığı artmaktadır.

Abo'daki müzede Aksel Gallen'in fırçasından çıkmış çok güzel bir tablo var. Tabloda çıplak duvarlı, fakir bir balıkçı kulübesi resmedilmiştir. Kulübenin içinde duvara yaslanmış iskemle ve ağaçtan yapılmış bir masa, yerde eski balıkçı ağları, tavandan sarkan bir ağaç parçasına asılmış ve ekmek yerine tüketilen kuru çavdar pideleri. Yaşlı dede elindeki balıkçı ağını örerek tamir etmektedir. Üzerinde sadece bir gömlek olan yedi yaşındaki küçücük bir kız çocuğu iskemlenin üzerine oturmuş ve kelimeleri seçmekte zorlanmasına rağmen, dedesine kitap okumaktadır. Ailenin diğer bireyleri işe gitmiş, evde en küçük ve en yaşlı aile üyeleri kalmıştır. Onlar da zamanlarını kitap okuyarak değerlendirmektedirler.

Her tarafında okullar bulunan ülkede çok sayıda gazete çıkmakta olup, her kasabanın kendi yerel gazetesi var. On sekiz bin nüfuslu Vyborg'da ikisi Fince ikisi de İsveççe olmak üzere, dört gazete yayınlanmaktadır. Köyde neredeyse her bir aile belli gazeteye abonedir.

Bir olayı hatırlıyorum – köylerin birinde fakir ama alışılmış biçimde çok temiz iki kulübe var. Kulübelerin biri ayakları olma-

Tampere'deki katedral (Tammerfors)
(Mimar Lars Sonck, 1907)

Tammerfors'taki yeni protestan kilisesi.
İnsan bakmaya doyamıyor. Binalar sadece bir bütün olarak değil, her bölümü ayrı güzel.

yan, yalnız ve yaşlı bir adama, diğeri ise on yaşındaki kız torunuyla birlikte yaşayan kör ve yaşlı bir kadına aittir. Bu iki yaşlı ve fakir insan ortaklaşa bir gazeteye abone olmuşlar. Her gün postaneye koşarak, gazeteyi alan küçük kız daha sonra kör ninesinin elinden tutarak ayakları olmayan yaşlı adamın evine götürmekte ve burada kendilerine gazeteyi baştan sona okumaktadır.

Bu nedenle Finlandiya'da halkın en alt kesimleri bile ölüm uykusuna yatmadan ve kurumuş ağaç dalı gibi çürümeye yüz tutmadan fikir üretme yeteneklerini geliştirmektedirler. İnsanlar fakirliklerinden utanmadan ve başkalarının söylediklerine aldırmadan kendi inandıkları gibi yaşıyorlar.

Tıpkı ormandaki taze ve canlı otlar gibi, burada herkes üzerine çöken eski ve çürümüş yaprak yığınının arasından sıyrılmak için çaba göstermektedir. Burada hayat enine boyuna, dolu dolu yaşanmaktadır.

Kısa bir süre öncesine kadar aşçı olarak çalışan Miina Sillanpaa kendi kendini eğiterek, geliştirir ve makaleler yazmaya, kadın işçilerin haklarını savunmayı amaçlayan etkili bir hareketin öncülüğünü yapmaya başlar. Kendisi daha sonra birçok önemli toplumsal konuyu gündeme taşımış, milletvekili seçilerek, ülkenin siyasi hayatında önemli bir rol üstlenmiştir.

Finlandiya'da Halk Meclisi seçimlerine katılma hakkı erkeklerle sınırlı kalmayıp, kadınlar da halkın temsilcisi olarak parlamentoya seçilebilmektedirler. Yasama organında halkı temsil eden kadınlar daha önce dikkate alınmamış ve herkesin göz yumduğu konuların tartışılmasını sağlıyorlar.

Aile, nikah ve kadının toplumsal hayattaki rolüne ilişkin konular tekrar gözden geçirilmektedir. Finlandiya diğer Avrupa ülkelerinin henüz yapamadığını yapmış ve kadın ticareti yasadışı ilan edilmiştir. Ülkede yasal olarak faaliyet gösteren bir tek genelev dahi yoktur.

Alkol tüketimine karşı acımasız bir savaş verilmektedir. Finlandiyalılar tabiatları itibarıyla alkole meyilli insanlardır, fakat bu eğilimin görmezden gelinmesi söz konusu dahi değildir. Finlandiya'da devlet hazinesini votkadan elde edilen gelirlerle doldurma yönünde çaba gösterilmezken, yönetim insanları ayartmamak için votkayı sandığa kilitleyerek, halkın gözünden mümkün olduğu kadar uzak tutmaya çalışmaktadır. Finlandiya'nın her tarafında votka sadece büyük kaplarda satılmakta olup, içinde üç buçuk şişe votka bulunan ve beş Mark'a satılan bu kapları halkın büyük kısmı fiyatından dolayı alamamaktadır. Bunun yanı sıra, geçtiğimiz yıl Finlandiya Parlamentosu bütün alkollü içkilerin, hatta biranın bile tamamen yasaklanmasını öngören yasa hazırlamıştır. Yasa henüz onay aşamasında bulunmaktadır.

Finlandiya halkının hayatı ekonomik, siyasi, sosyal ve entelektüel açıdan çok iyi düzenlenmiş ve kurgulanmıştır. Ülke halkının Suomi ismi ile adlandırdığı Finlandiya vatandaşlarının dürüstlüğü ise ayrıca üzerinde durulması gereken bir konudur. Finlandiya'da – Suomi'de bizzat bulunmamış bir şahsın Fin dürüstlüğünü anlaması ve böyle bir şeye inanması çok zordur. Benzer dürüstlük örneğine Finlandiya dışında hiçbir yerde rastlayamazsınız.

Nispeten genç bir ülke olan Finlandiya bütün bu başarıları 70 – 80 yıllık azimli bir çalışma sonucu elde etmiştir.

Eriştikleri yüksek uygarlık düzeyi bütün halkın ortak eseridir.

4
Suomi

Finlandiyalılar Rusya'nın kuzeybatı ucunda yaşamaktadırlar. Finlandiya'nın öteki tarafında komşusu İsveç bulunmaktadır. 1811 yılına kadar Finlandiyalılar İsveç hakimiyeti altındaydılar. İsveç otoriteleri ile Finlandiyalılar arasındaki karşılıklı ilişkiler Voevodino'da veya Bosna Hersek'te Avusturya ile Sırplar arasındaki ilişkilere benzemektedir. Bütün iktidar, ticaret ve sanat, okullar ve hatta kilise bile İsveçlilerin elindeydi. Yönetici ve aydın kesimi oluşturan hakimler, doktorlar, memurlar, subaylar, öğretmenler ve din adamlarının tamamı İsveçliydi. Bu insanlar Finlandiyalılara, tıpkı üstün ırktan olan kişilerin ikinci sınıf ırkın temsilcilerine baktıkları gibi, yukarıdan bakıyorlardı. Finlandiyalılar İsveçlilerle aynı siyasi hak ve özgürlüklere sahip olsalar da, entelektüel, ekonomik ve hatta manevi açıdan İsveç etkisi altındaydılar.

Bu durum Finlandiya halkının kültürel gelişimini de etkilemekteydi. 18. yüzyılın sonları, daha doğrusu, 19'uncu yüzyılın 40'lı yıllarına kadar Fin kültürü, havasız bir mahzende büyüyen zarif bir bitki gibi, solgun ve zayıftı. Kültürel gelişim düzeyi temel okuma yazma becerisiyle sınırlıydı.

Fakat Rus Çarı I. Aleksandr, 1808 yılında Rusya ile İsveç

arasındaki savaş sırasında Finlandiya'nın yarısını eline geçirdi ve Suomi'nin her tarafından halk temsilcilerini Borgo kentinde bir araya toplayarak, kendilerine sordu:

"Sizler, daha önce olduğu gibi, İsveç egemenliği altında kalmayı arzu eder misiniz? Yoksa kendi yönetiminiz altında Fin halkının eskiden sahip olduğu hakların aynen muhafaza edilmesi koşuluyla, Rusya ile birleşmek mi istersiniz?"

Fin halkının temsilcileri ülkelerinin Rusya ile birleşmesini kabul ederken, İmparator I. Aleksandr da hem kendisi hem de halefleri ve veliahtları adına, Finlandiyalıların daha İsveç egemenliği altındayken sahip oldukları anayasayı koruyacaklarına dair yemin etti.

Finlandiya ile Rusya'nın birleşmesi her iki ülkenin de menfaatineydi. Fakir bir ülke olan Finlandiya aslında Rusya'ya lazım değildi. İngiltere açısından Mısır ve Hindistan, Rusya açısından ise Kırım, Kafkaslar ve Türkistan çok önemli bölgeler olmakla birlikte, Finlandiya için benzer değerlendirme yapılamazdı. Finlandiya ile birleşmenin Rusya'ya herhangi bir maddi getirisi yoktu. Fakat bu ülke çeşitli nedenlerden dolayı Rusya için önemliydi.

İşin aslı şu ki, Finlandiya sınırı başkent Petrograd'ın çok yakınından geçmekteydi. Trenle iki saatlik yolculuğun ardından sınıra varılabiliyordu. Dolayısıyla, muhtemel bir savaş durumunda düşmanın Finlandiya'yı kolayca ele geçirmesi başkent Petrograd için doğrudan tehdit anlamına gelmekteydi.

Bu çerçevede, sınır çizgisini Petrograd'ın uzağına taşıyabilmek için Finlandiya'yı hakimiyeti altına alabilmek Rusya açısından bir zorunluluktu. Finlandiyalılar ise bu birleşme sayesinde kendi kül-türlerini özgürce geliştirme olanağı elde ettiler. Rusya egemenliği altındaki Finlandiya'da çok sayıda İsveçli kalmıştı, fakat kendileri ülkenin siyasi anlamda sahibi olmaktan çıkmışlardı. Kendi aydın ve yöneticilerini yetiştirme imkanına kavuşan Finlandiyalılar büyük bir gayretle kültür ve eğitim çalışmalarına başladılar.

İlk başlarda yetişmiş insan gücü kısıtlıydı. Finlandiyalı öğretmen, din adamları ve aydınlardan oluşan bir avuç insan vardı ülkede. Fakat bu durum halkın enerjisini azaltmadı, tam aksine, daha da coşturdu.

Daha I. Aleksandr zamanında, Fin kültürünün havarilerine önderlik etme görevini Snelman üstlendi.

Johan Wilhelm Snelman
(12 May›s 1806 - 4 Temmuz 1881)

5
Snelman

Snelman yeni nesil Fin aydınlarının en parlak temsilcilerinden birisiydi. Birkaç genç Finlandiyalı öğretmen, din adamı, avukat ve memur halk kitlelerinin eğitim ve kültür düzeyinin artırılması için adeta seferberlik ilan etmişlerdi. Bu insanlar sürekli şunu vurguluyorlardı:

"Aydın olmak gösterişli bir kıyafet giymek yahut kolalı bir yaka ve modaya göre şapkayla dolaşmak değildir. Aydınlar halkın beynidir. Halk bizi eğitimimiz bittikten sonra iyi maaşlı bir işe girerek, akşamları lokantalarda oturmak veya sözde 'okuma salonlarında' kağıt veya domino oynamak için yetiştirmedi. Bu hayatı yaşayanlar aydın değil, aydın süprüntüleridir. Aydın olarak sizlerin vazifesi halkın zekasını, vicdanını, irade ve enerjisini uyandırmak ve harekete geçirmektir. Halkın düşünme yeteneğini canlandırmak, işçileri, köylüleri ve toplumun alt kesimlerini daha iyi bir hayat kurmak için ne yapmaları gerektiği konusunda eğitmek – sizin göreviniz budur.

Halka nasıl çalışması gerektiğini, fakir de olsa, sağlıklı bir hayatı nasıl şekillendirebileceğini, kendisinin ve çocuklarının sağlığını nasıl koruyabileceğini anlatın. Mutlu bir aile hayatı kurmanın yolları, karı ve kocanın birbirine karşı davranışı ve çocukların nasıl yetiştirileceği konularında eğitim verin.

Halkı düzene, dakikliğe ve disipline alıştırın. Vicdan ve sorumluluk duygusunu geliştirin, düzenli bir hayatın kıymetini bilmesi, kendisinin ve diğer halkların haklarına saygı duyması gerektiğini telkin edin.

Bu anlamda halka iyi bir örnek olun, yaklaşımınız, sözünüz ve işinizle halkın öğretmeni olduğunu gösterin.

Suomi'mizin büyük bir aile olduğunu, Fin halkının fakir oduncusu, işçisi, dul çamaşırcı kadınları ile, bütün fertleriyle sizin küçük kardeşleriniz olduğunu unutmayın.

Sizin göreviniz onları yetiştirmek, uygar ve gelişmiş halklar arasında yer almalarını sağlamaktır.

Halkınızın cehaleti, kabalığı, ayyaş ve ahlaksız hayat tarzı, hastalıkları ve fakirliği sizin utancınızdır, bu durumun suçlusu sizsiniz."

Halkla iç içe olan birçok öğretmen, din adamı ve doktor bu şekilde düşünmekte ve fikirlerini yazılı ve sözlü olarak açıkça ifade etmekteydi. Bu kişiler arasında Snelman ateşli ve enerjik tavırlarıyla özellikle öne çıkmaktaydı.

Kendisi kışın kızağa binerek, bahar ve yaz aylarında ise kayıkla ve hatta yaya olarak Finlandiya'nın her tarafını dolaşırdı. Çeşitli insanlarla – özellikle doğuştan yetenekli insanlar olan köylülerle, ormanlarda ve madenlerde çalışan işçilerle görüşür, genç kız ve erkeklerle tanışarak, onlarla sohbet eder ve onlara kitap bağışlardı. Daha sonra, adresini aldığı bu insanlarla mektuplaşmayı sürdürürdü.

Snelman, "Karanlık köşelerde canlı kandiller yaktım ve daha iyi aydınlatmaları için onlara yağ takviyesi yaptım" sözlerini tekrarlamaktan hoşlanırdı.

"Bir, iki, hatta üç büyük nehrin suyu ülke halkının tamamının su ihtiyacını gidermek için yeterli olmayabilir. Her bir küçük köyün bile göl, çeşme, kuyu veya pınar gibi, kendi su kaynağının olması zaruridir. Halkı manevi susuzluktan kurtarmak için de her yerde yetenekli insanların, hayatı canlandıracak su kaynaklarının bulunmasına ihtiyaç vardır."

Snelman bu özelliğe sahip olduğunu düşündüğü insanlara mektuplar yazar, daha sonra bu mektuplar elde ele dolaşırdı. Arkadaşlarının esprili bir dille "havarilerin mektupları" dediği bu mektuplarda Snelman bazılarını teselli ederek yüreklendirir, diğer bir kısım insanları azarlar, başka birilerine ise tavsiyelerde bulunarak, yeni vazifeler belirler ve olumlu örneklere odaklanmalarını sağlardı.

Hatta yolu üzerinde bulunan yerlerde bile durarak, eğitim ve kültür çalışmaları yürüten insanları toplar ve onlarla dostça sohbet ederdi. Bu sohbetlerde Snelman şunları söylerdi:

"Kenevirden nasıl halat yapıldığını bilirsiniz. Önce kenevir liflerinden ince iplikler hazırlanır, ardından bu iplikler bir araya getirilerek, sicim yapılır. Birkaç sicimin bir araya getirilerek örülmesi sonucu büyük okyanus gemilerini rıhtıma bağlayan sağlam ve kalın halatlar ortaya çıkar. Bizim işimiz de buna benzemektedir. Etrafa saçılmış iyi niyet kırıntılarını bir araya getirerek birleştirmek suretiyle, iki milyonluk halkımız için dev bir kültür ve eğitim hazinesi oluşturabiliriz."

Yaz tatilleri sırasında çeşitli bölgelerde görev yapan öğretmenleri iki üç hafta süren toplantılara çağırırdı. Yüz, hatta yüzün üzerinde öğretmenin katıldığı bu toplantılara ilk başlarda ilgi azdı. Görev yaptıkları tenha ve sıkıcı bölgelerde kışın zor şartlarda çalışmaktan yorulan öğretmenleri birçoğu durumlarının ağırlığından şikayet ederken, bazıları da kuşkucu bir tavırla "Bu da yeni bir fantezi midir? Bu kurslar da neyin nesi oluyor? Öğretmen olan bizlere ne öğretecekler?" diyerek söyleniyordu.

Bütün bunları gören ve anlayışla karşılayan Snelman alınmıyordu. İnsanlara, bir doktorun hastalarına baktığı gibi bakıyor ve tedavi edilmeleri gerektiğini düşünüyordu. Kendisi ilk yaz toplantısında öğretmenlere hitaben şunları dile getirmişti:

"Değerli dostlar, işinizin ne kadar ağır olduğunun farkındayım. Ücra bölgelerde, sizlerin emeğine değer vermeyen cahil insanların arasında hangi şartlarda yaşadığınızdan haberdarım. Maddi zorluklar çektiğinizi de biliyorum. Ama yapacak bir şeyimiz yok. Şunu unutmayın: bizler halkın uyandırılması gibi büyük bir işe daha yeni başlıyoruz. Yeni topraklara ilk ayak basan öncü insanlar gibiyiz. Halkın içinde bulunduğu cehalete karşı verilecek mücadelenin bütün yükünü omuzlarımızda taşımak zorundayız. Yapacağımız bu işin karşılığında övgü, anlayış ve sempati de beklemeyelim; tam aksine, ağır bedeller ödememiz gerekebilir. Ben de bundan bahsediyorum, ödeyeceğimiz bedelleri, onların gerekli ve kaçınılmaz olduğunu anlatmak istiyorum.

Sizleri fedakarlığa çağırıyorum! Fakat hepinize değil, bunu yapmaya hazır olanlara ve yapabilecek durumda bulunanlara sesleniyorum. Kusura bakmayın, sizinle açık konuşacağım: Diğer bütün mesleklerde olduğu gibi, öğretmenler arasında da bu mesleğe layık olmayan, öğretmen ruhundan yoksun insanlar bulunduğunu biliyorum. Bu insanlara sanatkar bile diyemeyiz, onlar öğretmen emeğine saygısı olmayan, hatta bu mesleği lanetleyen birer gündelikçidir. Kendilerine arkadaşça tavsiyem var – lütfen, okulu bırakın! Kendinize farklı bir iş bulun, yazıhaneleri dolaşın, tüccar olun. Her türlü işi yapın, ama canlı bir ruha ve derin bilgiye sahip insanların bulunması gereken yerleri işgal etmeyin. Daha önceki ricama halkımızın en eğitimli ve kültürlü temsilcileri olan Finli bilim insanları olumlu yanıt verdiler. Her türlü bilginin ne kadar değerli ve güzel olduğunu uzaktan da olsa gösterebilmek için kendileri size beşer, altışar veya onar konferans vermeyi kabul ettiler. Bu konferanslarda elde edeceğiniz bilgileri ve bilim sevgisini daha sonra öğrencilerinize de aktarın."

Öğretmenlerin birçoğu Snelman'ın nasihatlerinden etkilenerek, onun yardımcısı olmak istediklerini söylüyorlardı. O andan itibaren daha çok okumaya ve kendilerini geliştirmeye gayret eden öğretmenlerin büyük kısmı ilerleyen dönemlerde kültürel alanda faaliyet gösteren önemli şahıslar olarak ünlendi.

Ülkede onlarca küçük ve büyük Snelmanlar doğdu ve bunların sayısı zamanla yüzlere çıktı.

6

Din Adamları

Snelman tarafından çok sevdiği Suomi'nin canlandırılmasına yönelik çalışmalar sadece halk öğretmenleri ile yaptığı sohbetlerle sınırlı değildi. Memurlar, doktorlar, din adamları, tüccarlar, öğretmenler ve subaylar – her kesimden insanların yaptığı toplantılara katılan Snelman coşkuyla şunları dile getirmekteydi:

"Halkı unutmayın. Hepiniz halkın içinden çıktınız. Nasıl bir yol izlemeyi düşünüyorsunuz? Eğitim ve kültürden yoksun kardeşlerinizden uzaklaşarak, ayrı bir hayat kurmayı mı yoksa halkınızın durumunu iyileştirmek için çalışmayı mı tercih ediyorsunuz? Halk kitlelerinin uyanması için neler yaptınız?"

Snelman din adamlarına aşağıdaki gibi seslenmekteydi:

"Muhterem din adamları, inançlı bir insan olarak, sizden rica ediyorum. Halkınızın gerçek anlamda hizmetkarı olun. Papazlar kiliseye bağlı memur değillerdir. Sizin göreviniz dini törenler yapmak, kilise kurallarının doğru uygulanıp uygulanmadığını takip etmek ve dua etmekle sınırlı olmamalıdır. Peygamberler halka öncelikle temiz, dürüst ve hayırsever bir yaşam sürmelerini öğütleyerek, insanları vicdanlı ve sevgi dolu olmaya teşvik etmiştir. Onlara nasıl iyilik yapılacağını, hayvani ve vahşi ihtiraslarından arınarak, nasıl Tanrı'nın evladı olunacağını öğretmiştir.

Halka canlı, gerçek vaazlar verin. Halkla, asırlardır olduğu gibi, ikiyüzlü bir şekilde tekrarlayıp durduğunuz ruhsuz kelimelerden oluşan sıkıcı, itici din adamı diliyle konuşmayın.

Saygıdeğer din adamları! İki milyonluk Fin halkı adına, gözyaşlarımla size sesleniyorum; gerçekleri, bir ölü toprağı misali, kalın tabaka gibi kaplayarak, halktan gizleyen din öğretisini bir tarafa bırakın ve halka gerçekleri anlatın. Yaşlı, çocuk, genç ve yetişkin, herkeste canlı bir ruhun uyanmasını sağlayın."

Finlandiya'nın başkenti Helsinki'de yapılan piskoposlar toplantısının gündemini aşağıdaki konular oluşturmaktaydı:

– Halk kitlelerinin dinden uzaklaşması ve dini duyguların ölmekte olması;

– Kilise ve din adamlarına karşı ilgisiz ve saygısız davranışlar;

– Bu durum karşısında alınması gereken önlemler.

Snelman bu toplantıda konuşma yapmak için izin istedi. İlk başka bu ricası kabul edilmedi ve kendisine "Piskoposların katıldığı bir toplantıda kilise görevi bulunmayan insanlara yer yoktur. Ayrıca, dini bilgiden yoksun birisi olan Snelman kilisenin en üst yöneticilerine ne anlatabilir ki?" cevabı verildi.

Bunun üzerine Snelman toplantıda okunmak üzere bir mektup yolladı. Mektupta şunları kaleme almıştı:

"Size nasihat etmek gibi bir niyetim yok. Herhangi bir dini görevi bulunmayan bir şahıs olarak hem kendimin hem de ruhban sınıfına mensup olmayan diğer insanların sizin geniş ve zengin mabetlerinizde neden soğuk durduğumuzu anlatmak istiyorum. Sizler insanların dinden soğuduğunu ifade ediyorsunuz, ben size bunun nedenlerini açıklayacağım. Sizden, beni halkın sözcüsü olarak dinlemenizi rica ediyorum, siz ise bunu reddediyor ve toplantıya katılmama izin vermiyorsunuz. Bir hastayı önce dinlemezseniz, nasıl tedavi edeceksiniz?"

Bu mektup üzerine kendisi toplantıya davet edildi ve aşağıdaki konuşmayı yaptı:

"Ben sizi suçlamak veya kınamak niyetinde değilim. Din adamlarını suçlayan çok kişi vardır zaten. Ben din adamlarını değil, kendimi, toplumu ve bütün halkı suçluyorum. Din adamları gökten düşmüyor, kendilerini aramıza bataklıktan esen rüzgarlar da atmıyor. Ülkemizin ruhban kesimi bizim vücudumuzdan, etimizden ve kemiğimizden teşekkül etmiştir. İyi veya kötü, nasıl olursa olsun, bizim din adamlarımız bizim aramızdan çıkmıştır, ve bizden farkları yoktur. O yüzden de din adamlarını eleştirenlere sormak istiyorum:

Peki, aranızda kaç tane dürüst, namuslu tüccar var? Çevrenizde dürüst aşçılar, vicdanlı taş ustaları, mimarlar ve demirciler görebiliyor musunuz? Hangi meslek sahiplerinden memnunsunuz? Avukatlarınız, milletvekilleriniz ve gazetecilerinizin "ülkenin tuzu" olduklarını söyleyebilir miyiz? Ne istiyorsunuz? Kendi içinizde namuslu bir çoban bulamıyorsanız, gerçek din adamları olmamasına neden şaşırıyorsunuz? Sizin ibadethaneniz de, papazlarınız da kendinizsiniz, onlar sizinle aynı hamurdan yoğrulmuşlardır."

Snelman, bütün Finlandiya piskoposlarını temsil eden toplantıya hitabında şunları söylüyordu:

"Ben buraya sizi suçlamak amacıyla değil, bir hastanın doktora geldiği gibi geldim. Size söylemek istediğim şudur: Halkımız kaba, sert, açgözlü ve yalancıdır, hiç kimseye ve hiçbir şeye saygı duymamakta, kimseye güvenmemekte, her şeye ve herkese kuşkuyla yaklaşmaktadır. Böyle bir ortamda dine yer olabilir mi? Hangi dinden bahsedebiliriz? Bazı eski dini gelenekler ve batıl inançlar halk arasında kök salmış, bu doğrudur. Ama bu halkın suçu mudur? Dinle ilgili gerçekleri insanlara kim, nerede ve ne zaman anlattı? Önce İsa kendisi, ardından da havarileri halka karıştılar ve onunla basit, anlayabileceği dille konuşmaya başladılar. İnsanların daha iyi anlaması için konuşmalarını örnek ve hikayelerle süslediler, halkın ruhunu ve kalbini okşadılar.

Snelman konuşmasını şöyle sürdürüyordu:

"Size halkın ağır ve tehlikeli bir manevi hastalığa yakalandığını söylüyorum. Din – insanların diğer insanlarla, dünyayla ve tarladaki ürünlerle bağlantıda olduğu duygusudur. Böyle bir bağlantı yoksa, devlet, toplum, aile ve hatta insanlık kendisi bile hayatta kalamaz. Bu – devletin mevcudiyetine karşı bir tehdittir. Kitlelerin dine karşı ilgisizliği halk için çok tehlikeli bir hastalığa dönüşebilir. Ciddiyetten uzak gençlik ve akıl fakiri liberal düşünürler, dinsizliğin özgür düşüncesinin yansıması olduğunu söylemekle büyük bir hata yapıyorlar. Dinsizlik – manevi fakirlik ve hastalıklı ruh halinin belirtisidir. Dinsizlik – halkın sahip olduğu bütün kutsal değerlerin ölmesidir. Bunun sonucu olarak, insanlar hayvani duyguların esiri olur, maneviyatsızlık, ahlaksızlık, kaba egoizm, hırsızlık ve had safhaya varan duygusal çöküntü başlar.

Herhangi dini bir görevi olmayan ben sizlere – kilisenin hizmetkarlarına şunu söylemek istiyorum: Halkın içindeki Tanrı yok olmakta, ölmektedir. Bundan daha korkunç ne olabilir? Kendi vicdanınız, halkınız ve Tanrı önünde dürüst olmak istiyorsanız, çevrenizde suçlu aramayın. Bilimi, felsefeyi ve aydınları suçlayarak, ikiyüzlülerin bugüne kadar yaptığını sizler de tekrarlamayın.

Kendinizi suçlayın!

Kendinizi tedavi edin!

Halka öğretmeniz gerekenleri önce kendiniz öğrenin!

Tanrı'yı içinizde, ruhunuzda arayın, bunu kendiniz için yapın. Daha sonra da halka Tanrı'nın doğru yolunu gösterin!

Tekrar ediyorum – kalbinde Tanrı inancı olmayan bir halkın kurtuluşu yoktur.

Halkımızı kurtarın, ona Tanrı'yı verin. Ruh ve içerikten yoksun inanç formüllerini değil, Tanrı inancını telkin edin."

Konuşmasını bitiren Snelman eğilerek meclisi selamladı. Söyledikleri dinleyenler üzerinde farklı etki bırakmıştı. Çok kızan bazı üyeler yüksek sesle söylenmeye başladılar:

"Bu ne rezalet, nasıl bir cüret bu? Söylenenler kiliseye hakarettir, bizimle dalga geçmektir!"

Çoğunlukta bulunan ve bu şekilde meclisin onurunu bir ölçüde kurtaran diğerleri ise susuyorlardı. Onların suskunluğu Snelman'ın sözlerini haklı ve yerinde bulduklarının en iyi kanıtıydı. Bu insanların kalbinde geçmişten duydukları utanç ve gelecek için sevinç hisleri birbirine karışmıştı. Toplantıya katılan ve çocukluk çağında Snelman'ın da öğretmenliğini yapmış olan en yaşlı piskoposlardan biri ona sıkıca sarıldı ve dedi ki:

"Yaşlı öğretmenini sevindirdiğin için sana minnettarım. Artık yüzümü Tanrı'ya dönerek 'Kulunu bütün dertlerden koru, zira gözlerim halkımın kurtuluş yolunu görmeye başladı' diyebilirim. Tanrı yardımcın olsun! Halkı ayağa kaldır, onu mükemmelliğe ulaştır! Teşekkür ederim!"

Bazı piskoposlar toplantının ardından kendi bölgelerindeki din adamları ile bir araya gelerek, kilise öğretisinin canlandırılması, ruhban kesimle halk arasında yakınlaşmanın sağlanması ve din adamlarının Tanrı'nın gerçek hizmetkarları olması için neler yapılması gerektiğini tartıştılar.

Birçok yerde din adamları kendi aralarında toplantılar yaparak, yüce gerçeklerin anlamını daha derinden kavramak için gayret etmekteydi. Bu toplantılara ruhban kesiminden olmayan inançlı insanları da davet ederek, halkla farklı bir dille, yeni ve değişik konular üzerine konuşmaya başladılar. Çocukları ve gençleri bir araya getirerek, onları etkilemeye ve inanç aşılamaya çalıştılar. Bunu yaparken de zekayı, bilimi ve hayatın zevklerini aşağılayıp küçümsemediler, çocuk ruhunun temizliği ve gençlik idealizminin sıcaklığını her zaman canlı tutmak ve bunları atılan her adıma yansıtmak gerektiğini vurguladılar.

Halk kitleleri de canlanarak, daha iyi bir hayat için çalışmaya başladılar. Birçok insan manevi huzura kavuşurken, kalpler yumuşadı, gözler daha aydınlık, hoşgörülü bir ifadeyle bakmaya başladı.

Snelman ve arkadaşları sevinç içinde "Sıralarımız genişledi. Halkın aydınlanması sayesinde biz de yeni ve çok değerli dava arkadaşları edindik" demeye başladılar.

7
Yönetim

Finlandiya'nın Rusya ile birleşmesine dair anlaşma çerçevesinde, parlamento hakkında yeni hükümlerin yer aldığı yeni bir anayasa 1816 yılında kabul edildi. I. Aleksandr, daha önce imzaladığı manifestoda "ülkenin özel anayasasının bizim ve varislerimizin iktidarı sırasında kutsal sayılarak, korunacağı vaadimizin daimi olduğunu beyan ederiz" ifadesi ile tescillenen hukuki durumun geçerliliğini bir daha teyit etti.

Yeniden faaliyete başlayan parlamentonun açılışı için Finlandiya'nın her yerinden devlet memurları Helsinki'ye akın ettiler. Açılışa katılan Snelman bir konuşma yaptı. Konuşmasına İsveçliler döneminde Finlandiya'da devlet hizmetinin nasıl olduğunu anlatmakla başladı:

"İsveçliler akıllı, dürüst, soylu, arkadaş canlısı, güler yüzlü ve kültürlü, tek kelimeyle, mükemmel bir halktır. Kendilerine çok saygı duyuyorum. Yakın dostlarım arasında çok sayıda İsveçli bulunmaktadır. İsveç'e bütün samimiyetimle refah ve mutluluk dilerim. Ama fakir, kendi kaderine terk edilmiş ülkemizin bundan sonra İsveç egemenliği altında bulunmayacak olmasından dolayı da son derece mutluyum. Halkımızın İsveç devletinden değil, İsveçli devlet memurlarından kurtulması nedeniyle herkesi kutluyorum.

İsveçli yöneticiler Finlandiya'da neler yaptı? Kendileri için "çifte felaket" desek yerinde olacaktır, çünkü icraatları hem bizim halkımız hem de İsveç otoriteleri için talihsizlikti. Onların yaptıkları her iktidar için bir felaketti. İsveç'teki memurlar akıllı, dürüst ve çalışkan insanlardır. Fakat maalesef, bize gelenler böyle değildi. İsveç hükümeti birçok devletin yaptığı tehlikeli hatayı tekrar etti – ülke içinde görev yapan memurları titizlikle seçerken, eyalete parazitleri ve haysiyetini yitirmiş insanları yolladılar.

Bütün diğer halklarda olduğu gibi, İsveç'in zengin ve soylu ailelerinde de kötü çocuklara, tembel, yaramaz, aptal, ayyaş ve ahlakı bozulmuş gençlere rastlanabilirdi. Bütün okullardan kovulan bu gençleri hiçbir kamu ve özel kurum işe almak istemiyordu. Kendi başlarına bir işi becerebilecek yetenekleri yoktu, çalışmak istemiyor, günlerini eğlenceyle geçiriyor ve müsrifçe, düşüncesiz bir şekilde para harcıyorlardı.

Bu cahil ve tembel evlatları ne yapmalı, nasıl idare etmeli? Ebeveynleri ve akrabaları arasında bulunan etkili kişiler maneviyatı bozulmuş gençlerin Finlandiya'ya memuriyete gönderilmesini sağlıyordu.

Bu şekilde göreve gelmiş bin veya belki de iki bin kadar memurun neler yaptığını tahmin edebilir misiniz? İki üç sınıflık lise eğitimi dışında tahsili olmayan, tembel, ahlakı çöküntü içinde bulunan bu kişiler Finlandiya'da zamanlarının büyük bölümünü görev yerinde değil, pahalı lokantalarda ve her türlü eğlence yerlerinde geçirmekteydiler.

Çalışma istekleri yoktu, ayrıca, bunu beceremiyorlardı. Kaba, cahil, iş disiplininden uzak olup, yerel halkı hor görüyorlardı. İşe geç gelip erken gidiyor, mesailerini kahve ve sigara içerek, gazete okuyarak ve arkadaşlarıyla dedikodu yaparak geçiriyorlardı. Görüşmeye gelenleri uzun süre bekletiyorlardı. Kaba ve görgüsüzdüler. İnsanları "Müdür çok meşgul. Bekleyeceksiniz!" diye azarlıyorlardı.

İnsanlar böyle bir "müdüre" ulaşabildiklerinde ise, önlerinde sarhoşluktan henüz kendine gelememiş, uykusuz ve aptal yüz ifadesiyle ve tıpkı bir hindi gibi şişinerek bakan birisini görürlerdi. Adam misafirin söylediklerini sonuna kadar dinlemeden kaba bir şekilde bağırmaya başlardı:

– Meşgulüm! Bugün git, yarın gel.

– Ama lütfen dinleyin beni, çok uzaklardan geldim.

– Yarın! Müdür sesini daha da yükseltiyordu.

– Burada kalacak param yok...

– Yarın dedik ya! Haydi dışarı!

Gece alemlerinde alkol su gibi akar, şarap nehirlerinin kenarına sürüyle pahalı fahişeler toplanırdı. Büyük paraların harcandığı bu alemlerde olup bitenlerden dehşete düşen namuslu insanlar şunu söylerdi:

– Bu ne biçim rezillik böyle? Stockholm neden olanlara seyirci kalıyor? Bunlar ne zamana dek devam edecek?

Istırap çeken ve şikayet eden halk giderek daha çok öfkeleniyor ve kendisi de maneviyatını kaybederek, ahlaksızlık girdabına sürükleniyordu: Eğer yöneticiler buna izin veriyorsa, ben de fırsatı kaçırmamalıyım.

Snelman sözlerini şöyle sürdürüyordu:

"Tanrı'ya şükürler olsun ki, şimdi böyle değil. Tedricen her tarafta Finli memurları veya yerli İsveçliler arasında seçilmiş en iyi adamları işbaşına getiriyoruz. Artık yeni şarabı yeni tulumlara koyma imkanımız var. Zaman değişmiş, bunu değerlendirin. İlk andan itibaren sıkı çalışın, eski ruhu kovun, tamamen uzaklaştırın, hiç izi kalmasın. Bize – Finlilere özgü – yeni gelenekler yaratın. Halk, sizin kendisine hizmet ettiğinizi, asalak gibi davranmadan, onun refahı için çalıştığınızı ve halkınızın hamisi olduğunuzu görsün. Size başvurarak, bir şeyler isteyenleri inatçı, muzır sinekler olarak görmeyin, aksine, imkanlar elverdiği ölçüde herkese yardımcı olmaya çalışın. Herhangi bir iş yapılmamışsa, halk bunun, siz yapmak istemediğiniz için değil, yapamadığınız, bunun için yeterli olanağınız bulunmadığı için olduğunu bilmeli. Din adamları ve öğretmenler gibi, memurlar da halkın eğitimi ve kültürel gelişiminden sorumludurlar."

Snelman sözlerine devam ederek, derin bir ironiyle şunları söyledi:

"Adaletsizlik konusunda başöğretmenlerin kim olduğunu biliyor musunuz? Memurlar, yasaların bekçisi olan görevliler! Onlar halka yasalara uymamayı öğretiyorlar. Bu nedenle, kanunların uygulayıcısı olan siz memurlardan, yeni Finlandiya adına bir ricada bulunmak istiyorum: Vatandaşlarımızın yasalara saygılı veya daha fazlası olan derin adalet duygusuna sahip bireyler olarak yetiştirilmesi için bize yardımcı olun.

Bu konudaki gelişmeler Snelman'ın konuşması ile sınırlı kalmadı. Ülkenin her tarafında halk memurlar karşısında ezilmeyi bir tarafa bırakıp daha dik durmaya, aynı zamanda memurlara daha fazla güvenmeye başladı. Finlilerden oluşan ve öncekilerden daha zeki ve ahlaklı olan memur kesimi bir iki kuşak sonra yeniden doğdu. Örnek insanlar diyebileceğimiz bu memurlarla halk gurur duymakta ve kendilerine büyük saygı göstermekteydi.

8

Kışla

Anayasaya göre Finlandiya, daha İsveç egemenliğinde bulunduğu dönemlerde bile kendi posta idaresine ve para sistemine sahipti. Ülkenin aynı zamanda kendi ordusu da vardı.

Ülke Rusya'nın hakimiyeti altına geçtikten sonra da bu durum devam etti. Para sistemi, posta idaresi, sonraki dönemlerde kurulan demiryolları, vilayet ve bağlı birimler düzeyinde kendi kendini yönetim hakkı – bütün bunlar Finlilerde kalırken, az sayıda askerden oluşan Fin ordusuna da dokunulmadı.

İsveçliler döneminde her şey fiili olarak onların elinde bulunmaktaydı, her tarafta İsveç etkisi ve ruhu hakimdi. Finlandiyalılara, İsveç devlet yönetimi ve İsveç kültürünün gelişmesini sağlamak için kullanılabilecek canlı gübre olarak bakılmaktaydı.

Suomi'nin Rusya egemenliğine geçmesinin ardından Finlandiyalılar tedricen, fakat kararlı bir şekilde, ülkenin gerçek sahipleri olarak hak ettikleri konuma gelmek için mücadeleye giriştiler. Bu süreç aşağılardan başladı. İlk önce okullarda, daha sonra ise orta ve yüksek eğitim kurumlarında İsveçli öğretmenlerin yerine Finlandiyalı öğretmenler atanırken, din adamları, hakimler, doktorlar ve memurlar arasında Finlandiyalıların sayısı giderek arttı.

Finli ruhu küçük Fin ordusuna da sirayet etti. Ordudaki askerlerin önemli kısmını İsveç döneminde de Finliler oluşturmaktaydı, fakat bu, İsveç askeri çizmelerinin Fin derisinden yapılması gibi bir şeydi. Nitekim, yüksek komuta kademesini oluşturan seçkin subayların dünya görüşü, maneviyatı, subayların askerlere yaklaşımı – bütün bunlar İsveç mantalitesini yansıtmaktaydı.

İsveç halkı cesurdu. Büyük Petro'nun Rusya'da hakimiyet kurduğu dönemde XII. Karl'ın yaptığı gibi, İsveç Kralı Gustav Adolf da Reform Hareketi sırasında İsveç ordusunun şanının bütün Avrupa'ya yayılmasını sağladı. Fakat diğer ülkelerde olduğu gibi, İsveç'te de üst komuta kademesinde yer alan askeri yetkililer özel imtiyazlara sahip aristokrat bir tabaka oluşturmaktaydı. Subaylar memurlara, tüccarlara ve aydınlara yukarıdan aşağı bakarken, onların gözünde halk en alt kesimi, askerler ise kaba ve sert bir disiplin altında tutulması gereken ve sadece çatışmalarda kullanılmaya yarayan canlı malzemeyi temsil etmekteydi. Kendileri cephe, askeri törenler ve kışla dışında hiçbir konuda bir şey duymaya hevesli değillerdi. Bütün boş zamanlarını içki meclislerinde, kağıt oynayarak veya en iyi halde, dans ederek geçirirlerdi.

Birçoğunun eğitim seviyesi düşük ve okuma alışkanlıkları zayıftı, hemen hemen hiç okumuyorlardı. Halk ve toplumu ilgilendiren konulara tamamen kayıtsız olup, silahlarını şıngırdatarak ve etrafa tehdit saçarak dolaşmaktan hoşlanırlardı. Şık askeri üniforma içindeki bu züppeler kadınlara kavalyelik yapmak için yanıp tutuşan birer salon adamı ve dans meraklısıydılar. Fakat en hevesli oldukları işler içki içmek ve kağıt oynamaktı. Kaba, bazen de sert davrandıkları askerlere karşı duydukları nefreti sık sık kullandıkları "kışla hayvanı" sözleriyle dışa vuruyorlardı.

Snelman başta olmak üzere, genç Finli aydınlar ordunun

durumu ve askerlerin yetiştirilmesi konusuna ciddi bir şekilde eğilme ihtiyacı hissettiler. Lise ve hatta üniversitelerden mezun olan en parlak öğrenciler eğitimlerinin ardından askeri okullara kayıt yaptırır, daha sonra orduya yazılarak, bilimsel çalışmalarını sürdürmenin yanı sıra, beş, altı ve hatta on sene askeri hizmette bulunurlardı.

Bu gençlerin duygu ve düşüncelerine tercüman olan Snelman öğrenciler ve genç subaylarla yaptığı görüşmelerde ve gazetelere yazdığı yazılarda şu görüşleri dile getirmekteydi:

"Ordu halkımızın tatmin edici ve iyi düzeyde eğitim alabileceği, sorumluluk duygusunu geliştirebileceği bir okul olabilir. Unutmayın, ülkenin en ücra köşelerinden binlerce sağlıklı genç, hayatlarının en parlak döneminde askere çağrılmaktadır. Onları ailelerinden ve günlük işlerinden kopararak, uzun bir süre için binlerce askerin bir arada yaşadığı kışlalara kapatıyorlar. Burada onları besleyip giydiriyor ve bütün ihtiyaçlarını karşılıyorlar. Çoğu zaman gereğinden fazla çalıştırıyorlar, fakat bu gençler evlerine döndüklerinde askerde edinmiş oldukları alışkanlık ve beceriler kendilerine herhangi bir fayda getirmiyor."

Snelman devam ediyordu:

"En kültürlü halklar bile hâlâ barış içerisinde yaşamayı öğrenemediler. Geçmişten kalan kin duygusu ve yıkıp yağmalama ihtirası, tıpkı sahilde bulunan her şeyi bir anda yutan dalgalı bir deniz gibi, aniden dışa vurmaktadır. Su baskınlarından korunmak için sağlam duvarlara ihtiyaç vardır. Ordu, vatanın sınırlarını korumak için göğsünü siper eden binlerce kahramanın oluşturduğu canlı, aynı zamanda da çok değerli bir duvardır. Bu duvar, arkasında yaşayan halka barış ve özgürce bir çalışma ortamı sağlamaktadır.

Ordu çok özel, gerektiğinde kendini feda etmeye hazır bir münzevi topluluğuna benzer. Biz sivillerin, bizi koruyan canlı duvarlara gerektiği gibi saygı duyduğumuz ve değer verdiğimiz söylenemez, halbuki bu duvardaki her bir kum tanesi canlı bir insandır. Gerektiğinde bu kum tanelerinden binlercesi bizim barış içinde yaşamamız için hayatlarını feda etmeye hazırdırlar.

Sokakta, tarlada, dükkanda ve hatta lokantada, nerede olursa olsun, karşılaştığım bütün asker ve subaylara nazik bir şekilde selam verme arzusu hissediyorum. Kendilerine sevgi dolu bir tebessümle şunları söylemek istiyorum:

"Değerli, sevgili kardeşlerim! Sizler bizim için, benim için hayatınızı çok zorlu bir göreve – vatanın müdafaasına adamışsınız. Allah yardımcınız olsun!"

Snelman sözlerini şöyle sürdürüyordu:

"Bir düşünün, kışladaki her asker birer değerli taştır. Bu değerli taşların sayısı her yıl birkaç bin daha artmaktadır. Onları uzun süre bir arada tutuyorlar. Eğer bu canlı pırlantalar evlerine çizilmiş veya hatta kırılmış olarak dönseler, bu büyük bir kayıp, aynı zamanda da günah olur."

Snelman'ın manevi öğrencileri olan genç Finli subaylar bu konuda aşağıdaki görüşleri dile getiriyorlardı:

"Yeni Fin ordusunun, ruhu, ahlakı, gelişimi ve kışladaki askerlerin hizmetlerinin neticeleri açısından, yeni bir oluşum olması gerekmektedir. Askerler kışla hayvanı değil. Asker, bizim henüz yeteri kadar eğitim görmemiş bir kardeşimizdir, anavatan kendisini yetiştirmemiz için bize göndermiştir. Kendisi ordudaki hizmetini bitirip evine döndüğü zaman anavatan bize şunu soracaktır: Size itibar ettiğim yüzlerce ve binlerce genç insanı, bu taze fidanları nasıl yetiştirdiniz, onları nasıl hazırladınız?"

Subay, asker için sadece bir ağabey veya savaş esnasında omuz omuza verdiği bir arkadaş değildir, subay aynı zamanda askerin öğretmeni ve yetiştiricisidir. Askerlerin gerek vücut gerekse de beyin sağlığı, kalbi, ruhu, vicdanı, insanlara, ebeveynlerine ve hayata olan yaklaşımı komutanı olan subayın doğrudan sorumlu olduğu konulardır.

Yeni Fin ordusunun emekçileri olan genç Finlandiyalı subaylar kendi sorumluluklarının bilincinde olup, askeri hizmetin getirdiği zorluklardan çekinmeden coşkulu bir şekilde şunları söylüyorlardı:

"Nasıl mı? Vatanımıza faydalı olabileceğimiz yer sadece savaş meydanları değildir. Kışlada bulunduğumuz süre zarfında da halkımıza hizmet edebiliriz, her bir askerle sürekli iletişim içinde olmak suretiyle bunu yapabiliriz. Daha önce "kışla" kelimesi başlı başına bir küfür sayılırdı:

– Davranışlarınıza dikkat edin, kışlada değilsiniz!

– Kışla gibi kokuyor.

– Kışla onu bozmuş...

Bugün ise kışla farklı bir yer olabilir ve olmalıdır. Biz kışlayı bir halk okuluna, bir üniversiteye dönüştüreceğiz. Askerler kışlayı hatırlarken kalpleri sevinçle dolacak, insanlar kışladan gururla bahsedecekler:

– Kışla onu düzeltti.

– Kışla onu yetiştirdi: Geliştirdi, çevik, dürüst, çalışkan, kibar ve yardımsever olmasını sağladı."

Finlandiyalı subaylar kışladaki büyük misyonlarını yerine getirmek için gayretle çalışmaya başladılar. Aynı zamanda kendilerini geliştirmek için de ciddi çaba harcıyor ve attıkları her adıma dikkat ediyorlardı. Kışladaki hayat tarzı köklü bir değişim geçiriyordu.

Daha önce, İsveçliler döneminde kışlalar pis ve koşulları kötüydü. Her tarafta insanın içini karartan bir ortam hakimdi. Kışlaların içerisinde hava kirli ve ağırdı. Çok kötü giyimli askerler aç kalmak ve yetersiz beslenmekten dolayı sık sık hastalanıyordu. Rütbece büyük olanlar diğer askerlerin her şeyini

– yemeklerini, kıyafetlerini, ayakkabılarını, ısınmak için kullandıkları eşyalarını – ellerinden alıyor, hatta kışlada ortak değerlendirilen malzemelere bile el koyuyorlardı. Astların sürekli üstlerinin kötü muamelesine ve galiz küfürlerine maruz kalması askerlik sırasında normal bir durum olarak görülmekteydi.

Şimdi ise kışlada her şey kökünden değişti. Koğuşlar temiz tutulmakta ve sürekli havalandırılmakta. Boş zamanlarda binaların etrafına çimenler ekilmekte, çiçek yetiştirilmektedir. Kışlaların içinde çiçek saksıları, pencerelerde perdeler, yerlerde halı ve yolluklar, kapı önlerinde paspaslar bulunmaktadır. Girişte herkes ayakkabılarını silerek üzerindeki çamuru itinayla temizlemektedir. Askerler haftada bir gün banyoya gitmekte, kıyafetleri ve ayakkabıları da temizlenmektedir.

Dış temizliğin yanı sıra, ruh temizliğine de önem verilmektedir. İsveçlilerin ayyaşlığı ve kaba küfürlerini anlatan deyimler eski zamanlardan beri ağızdan ağza geçmektedir:

– Bir İsveçli gibi sarhoş.

– Tıpkı bir İsveç askeri gibi küfrediyor.

Hakikaten, İsveçliler zamanında kışlalarda çok fazla içki tüketiliyor ve sürekli ağıza alınmayacak küfürler ediliyordu. Askerler, subaylar, generaller – herkes küfrederdi. Sinirden çılgına dönünce veya arkadaşça sohbet sırasında, kısacası, her zaman çok ağır küfürler ederlerdi.

Kışlalarda sabun kullanmaya başlayan genç Finlandiyalı subaylar askerlerini sabah, akşam ve her yemek öncesi ellerini yıkamaya alıştırdılar. Onlara havlu ve diş fırçası vererek, dişlerini temizlemeyi öğrettiler. Askerler ağızlarını temiz tutmayı öğrendiklerinde ise onlara dili doğru, temiz kullanma ve düzgün konuşma eğitimi vermeye başladılar. Subaylardan hiçbiri küfür etmezdi. Askerlerle araya mesafe koyar ve onlara yüz vermezlerdi. Disiplin kurallarının sıkı bir şekilde uygulanmasına özen gösterir, fakat bütün bunları küfretmeden yaparlardı.

Daha önceleri sadece askerler değil, birçoğu iyi ailelerden çıkmış subaylar da galiz küfürler etmeyi kendine has bir yiğitlik ve asalet göstergesi, askeri hizmetin vazgeçilmez bir unsuru olarak görmekteydi. Sokak ağzıyla küfredebilen, bu işin "uzmanı" olan kişiler ortaya çıkmıştı: Bu kişiler durmadan, her türlü iğrenç küfürler edebilme yetenekleri ile övünüyorlardı.

Genç Finlandiyalı subaylar büyük bir enerjiyle yeni bir tarz yarattılar. Kendileri bu tarzı şöyle özetliyorlardı:

"Kışla – bizim ortak mekanımız, aile ocağımızdır. Burası bir bilim kürsüsüdür. Papazlar için kilise neyse, bizler için de kışla odur. Burada kadınlar arasındayken yaptığımızdan daha edepli ve kibar davranmamız gerekir."

Bu genç subaylar hem sözleri hem de yaptıklarıyla askerlere örnek olmaya ve onları eğitmeye çabalıyorlardı:

"Kışlayı bir meyhaneye veya helaya dönüştürmeyin. Yerleri temiz tutun, tükürmeyin. Havaya kaba küfürler saçmayın, kendi dilinizin ve arkadaşlarınızın kulaklarının temizliğine önem verin. Galiz küfür köpek havlamasından daha kötüdür, insanın zeka ve maneviyat açısından gelişmemiş olduğunun göstergesidir. Yiğitliğinizi diğerlerinin de görmesini istiyorsanız, daha güzel ve asil davranış olan aşağıdaki yolları deneyin:

– Sporla uğraşın. Suda iyi yüzmeyi, buz üstünde kaymayı, çevik bir şekilde güreşmeyi, uzun ve yüksek atlamayı öğrenin.

– Şarkı söylemeyi, herhangi bir enstrüman çalmayı, güzel dans etmeyi öğrenin.

– Toplum içinde düzgün davranmaya, iyi bir sohbet arkadaşı olmaya özen gösterin. Başkalarının tavsiyelerini okuyun ve dinleyin, onları aklınızda tutmaya çalışın.

Genç subaylar, böylece, birer iyi, dikkatli eğitmen oldular. Askeri eğitimin yanı sıra, her biri askerleri yetiştirmek için bir iki saatini ayırıyordu. Harp oyunları, akşam partileri ve çeşitli eğlenceler düzenliyor, askerleri şarkı, müzik, dans ve resim gibi alanlarda hobi grupları kurmaya teşvik ediyorlardı.

Okuma yazması zayıf olanlara bir öğrenci gibi yaklaşarak, akşamları bu askerlerle okuma çalışmaları yapıyor ve sohbet ediyorlardı. Çeşitli halkların en iyi öykülerini ve kahramanların maceralarını anlatan hikayeleri onlarla birlikte okuyor, dünyanın ve kendi ülkelerinin tarihine dair film gösterileri, Suomi'nin ve diğer ülkelerin şehirleri ve güzel doğa manzaralarını tasvir eden resim sergileri düzenliyorlardı.

Birçok subay, her bir askerin evine döndükten sonra vatana nasıl hizmet edebileceğinden bahsediyordu:

"Orada insanlar köstebeklerin topraktaki oyuklarda yaşadığı gibi yaşıyorlar. Görebildikleri ve duyabildikleri nedir acaba? Sizler de toprak altındaki köstebekler gibi olacaksınız: Tıpkı bir köstebek gibi, toprakta açılan oyuklara dönerseniz, bu utanç verici bir durum olur. Yeni hayatın habercileri olun. Gidin ve ailenizin yaşadığı ücra köşelerde insanların uyutulmuş zekasını uyandırmaya gayret edin. Barışçıl bir hamlenin – kültürel kalkınma ve aydınlanma hamlesinin – muhafızları, neferleri olun."

Her orduda özel saygı duyulan ve ünü her tarafa yayılmış alaylar vardır, bunlar kahraman askerlerden müteşekkil alaylardır. Hem kendi askerleri hem de diğer bölüklerde hizmet eden askerler bu alayları "ölüm alayı" olarak tanımlamaktadırlar. Ölüm süvarileri, ölüm topçuları gibi... Bu isim kendilerinin gerektiğinde son asker kalana kadar savaşıp ölmeye hazır oldukları anlamına gelmektedir. Bunlar gerçek kahramanlardır. Fakat vatan için yaşamak, ülkesi ve halkının kalkınması için çalışmak da vatan uğruna ölmek kadar büyük ve şerefli bir kahramanlık örneğidir.

– Sizde toprağı nasıl işliyor, nasıl tohum saçıyor ve buğdayları nasıl topluyorlar?

– Süt ürünlerini nasıl üretiyor, orman meyvelerini nasıl tedarik ediyorlar?

– Zanaatla nasıl uğraşıyorlar?

– Sizde erkekler eşlerine nasıl davranıyorlar? Ebeveynler çocuklarını nasıl yetiştiriyorlar?

Halkın sağduyulu ve akıllı olduğu ülkelerde insanların bunları nasıl yaptıklarından ders çıkarılmalıdır. Neden herkes İngiliz kumaşını, Çek camını, Hollanda balığını, İrlanda koyununu, Fransız şarabını, Danimarka yağını, Brüksel dantelini, İsviçre ineklerini, Amerikan söğüdünü, Rus derisi ve kürkünü, İsveç kartonu ve kibritini över ve bunlara çok para öder? Çünkü bu ülkelerde saydığımız ürünleri diğer ülkelerden daha iyi ve kaliteli üretiliyor.

Askerlerine "Bizim de bunu yapabilmemiz için bütün gücünüzle çalışın" diyerek sürekli öğütler veren genç Finlandiyalı subaylar, benzer başarıları Finlandiya'nın da yakalayabilmesi için neler yapılması gerektiğini anlatıyorlardı:

"Bütün bunları kim yapacak? Köyde yaşayan ve okuma yazma bilmeyen babalarınızı ve kardeşlerinizi kim eğitecek? Gür ormanlar ve bataklıklar arasındaki tenha yerlere kim gidecek?"

Öğretmenlik yaptıkları askerlerine bu soruları soran genç subaylar aşağıdaki gibi telkinde bulunuyorlardı:

"Bunları yapacak olan, ilk adımı atması gereken sizlersiniz! Başarılı olursanız, köyünüz ve vatanınız, uzunca bir süreyi kışlada geçirmiş olmanızdan dolayı hiçbir şey kaybetmez, aksine, sizler memleketinize büyük bir getiri sağlar, evinize çok değerli bir ganimetle dönmüş gibi olursunuz. Kışlaya birer cansız ağaç parçası gibi geldiniz, ama şimdi yanınızda canlı bir ışık, güçlü ve her şeye kadir bir sıcaklık da götürerek evinize dönüyorsunuz."

Böylece, Finlandiya ordusunun genç subayları vahşi ve doğal kaynaklardan yoksun ülkeleri Suomi'de büyük bir kültürel güce dönüştüler. Ülkenin her tarafında, tıpkı büyük bir fabrikadaki makineler gibi, binlerce zeki beyin harekete geçerek çalışmaya başladı.

Askerler ordudaki ağabeylerine değer veriyor ve onları seviyorlardı. Vatani görevleri sırasında onları hayal kırıklığına uğratmamaya gayret ediyor ve düşüncesiz, disipline uymayan arkadaşları ile ilgilenme görevini bizzat üstleniyorlardı. Evlerine döndükten sonra askerler komutanları olan subaylara sık sık mektup yazarak, ordudaki hizmet günlerini minnettarlıkla anıyor ve hayata başka gözle bakmaya başladıklarını vurguluyorlardı. Geleceğe dönük plan ve düşüncelerini anlatarak, çeşitli konuları onlara danışıyor, kitap ve gazete alabilmelerine yardımcı olmalarını rica ediyorlardı.

Ülkenin her tarafında, en ücra yerlerinde bile, kışlada yaşayanlarla halk arasında çok yakın ve sıcak manevi bağlar ortaya çıktı. Kışla, halkın yepyeni hayatı için sağlam ve güzel bir uygarlık kumaşının dokunduğu büyük bir dokuma atölyesine dönüştü.

Kışla halkın korktuğu bir yer olmaktan çıkarak, değer verilen, özenilen bir mekan imajına büründü. Nitekim köylerde ve şehirlerde anne babaların düşüncesiz, yaramaz ve savruk evlatlarına "Askerlik yaşın keşke bir gelip çatsa! Seni belki bir tek kışla adam eder" şeklinde sitem ettiklerini duymak mümkündü.

Komşular da aynı şeyi söylüyordu:

"Kışla gençleri yetiştirir ve terbiye eder. En yaramazları bile oradan adam olarak çıkar. Pekku Yuksen'i hatırlayın, veya Rudyu Atonen'e bakın. Her ikisi umutsuz vakaydı. Fakat ordudan birer örnek genç olarak döndüler. Bizim evlatlarımızın da böyle olmalarını istiyoruz. Anlaşılan o ki, kışla gençleri bizden, yani ailelerinden daha iyi yetiştiriyor."

Yaşlılar da bu sözleri onaylıyordu:

"Evet, kesinlikle doğru. Biz, gerçekten, hiçbir şey görmemiş, hayatın ne olduğunu anlamadan, cehalet içinde ve kötü şartlarda yaşamışız. Tanrı'ya şükürler olsun ki, genç nesiller kendilerine yeni bir dünya ve daha iyi, zeki ve daha güzel bir hayat kuruyorlar."

Böylece kışladaki zihniyet ve maneviyat da olgunlaştı. Tıpkı iyi bir mayanın hamuru kabarttığı gibi, halkı ayağa kaldırdı ve gelişmesine ivme kattı.

9

Futbol

Fransa'da Napolyon'un iktidara gelmesi Avrupa'da bitmek bilmeyen savaşların da başlangıcı olmuştur. Hemen hemen bütün Avrupa devletleri ile savaş halinde olan Napolyon'un başlıca hedefi kudretli İngiltere'yi dize getirmekti. Tabii, İngiltere de Napolyon'u yenme çabası içindeydi.

Napolyon Rusya'yı da savaşla tehdit etmekteydi. Bu nedenle de Rusya, Napolyon'la çıkması muhtemel bir savaş durumunda rahat hareket edebilmek için 1808 yılında İsveç'le olan savaşı acele bir şekilde bitirdi. Ve beklenen savaş çıktı – Napolyon yirmi ulusu Rusya'ya karşı harekete geçirdi ve Moskova'ya kadar ulaşarak, orada yok oldu. Kafası ve göğsünü Rus halkının göğsüne çarptı ve ölümcül bir yara aldı.

Büyük bir hezimete uğrayan Napolyon Fransa'ya döndü. Eski gücünü ve şöhretini geri getirmek için çabalasa da, İngiltere bütün Avrupa'yı Napolyon'a karşı savaşa kaldırdı. Nihai yenilgiye uğrayan Napolyon St. Helena Adası'na sürgüne gönderildi.

Ardı arkası kesilmeyen savaşlardan bitkin düşmüş Avrupa halkları, İngiltere'nin, yaşadıkları büyük acıların sorumlusu olan Napolyon'u yenmesini büyük bir sevinç ve mutlulukla karşıladı. İngiltere'nin sahip olduğu büyük güce minnettarlıkla saygı duyan diğer ulusların bu ülkeye duyduğu hayranlık giderek artarken, kendileri İngiltere'yi örnek almaya başladılar. Herkes İngilizlere benzemeye çalışmakta, bu ülkeye has olan her şey bir moda ve hayat tarzı haline gelmekteydi.

Fakat yaşlıları taklit etmeye çalışan çocukların ve henüz kemale ermemiş gençlerin yaptığı gibi, bu süreç hatalar, hatta günahlarla başlar: Sigara ve alkol kullanmak, kalın sesle konuşmak, ağır küfürler etmek yetişkinliğin belirtileri olarak algılanır. Kültürel açıdan genç, zeka olarak ise henüz yetişkinlik çağına gelmemiş küçük uluslar da bu hatayı tekrarladılar. İngilizlere has özellikler arasında gülünç ve zararlı olanları kabul ettiler ve sapkın İngiliz hayat tarzının birer kötü kopyasına dönüştüler.

İngilizleri örnek alan yaşlı ve zengin insanlar at yarışlarına büyük paralar harcamaya, sodalı viski içmeye ve İngiliz tarzı kostümler giymeye başladılar. Bu insanlar tıraş olurken ve saçlarını yaptırırken bile İngilizleri taklit etmeye çalışıyorlardı.

Gençler İngiliz sporuna ilgi duymaya başlarken, özellikle en kötü spor dalına – ayakla oynanan bir tür top oyunu olan futbola merak giderek artmaktaydı. Futbol, bütün Avrupa'da daha okulu bile bitirmemiş gençler arasında bir çeşit dine dönüşmekteydi. Bütün ülkelerde binlerce insan bir futbol kültürü oluşturarak, ona tapmaya, futbolu bilim ve sanatla eşdeğer görmeye başlamıştı.

Cahil, kaba ve ahlaki değerleri hiçe sayan sokak basını gençlerin bu yeni tutkusuna sıkıca sarıldı ve onu istismar etmeye başladı. Gazetelerde özel köşeler açılmakta, hemen her gün "manda gibi güçlü ayaklara sahip" kahramanlarla ilgili yazılar çıkmaktaydı.

Snelman zamanında Finlandiya'da da benzer şeyler yaşanmaktaydı. Ciddi zihinsel çalışmalar için henüz eğitilmemiş Finlandiya gençliği, yüksek ülkü ve ideallerle yaşamaya alışık değildi. Finlandiya'nın Rusya ile birleşmesinden sonra halkın İsveçlilere duyduğu nefret ve İsveç yönetimine karşı ulusal mücadele kavramları anlamını yitirdi.

Haylaz, vücut sağlığı yerinde ve ne yazık ki tembel ruhlu Finlandiyalı gençler futbola merak sardı. Futbol, ruhsal bir hastalık gibi, şehirde yaşayan gençlerin büyük kesimine sirayet etmeye başladı. Daha sonra büyük köylere sıra geldi. Bir modaya dönüşen futbol bütün bir kuşağın düşüncelerini ve kalbini esir aldı. Futbol kulüpleri ve toplulukları hasta vücudu saran sivilce ve benler, bataklıklarda bulut gibi uçuşan sinekler gibi çoğalmaya başladı. Bu topluluklar bir şehirden diğerine geçerek, futbol müsabakaları düzenliyor, maç yapmak için diğer ülkelere gidiyorlardı. Yapılan bu organizasyonlara büyük paralar harcanmakta, gençlerin değerli zamanı, özellikle de okul günleri boşuna heba edilmekteydi. Kalplerdeki ateş sönmeye yüz tutarken, "manda ayaklar" zamanın düşünce sembolüne dönüşmekteydi.

Kalın "manda ayakların", gençlerin entelektüel gelişimine tercih edilmeye başlandığı gerçeğini bir türlü kabullenemeyen Snelman ve arkadaşları, bütün bir kuşağın hem zeka hem de maneviyat açısından fakirleşmesini endişeyle izliyorlardı. Finlandiya'nın kültürel uyanışının öncülüğünü yapan bu kişiler "Kaslı kalçalara, dizlere ve bacaklara sahip bu kahramanların sonu ne olacak? Bundan sonraki hayatları nasıl şekillenecek, kendileri vatana ne tür manevi zenginlik katacaklar?" diye soruyorlardı.

Büyük yazar Cervantes'in, kimsenin tanıyıp bilmediği "kahraman" şövalyelerin maceralarının anlatıldığı aptal ve bayağı romanlara İspanyol halkının hastalık derecesindeki bağımlılığını acımasızca eleştiren ve bu durumla dalga geçen dâhice yazılmış romanı Don Kişot'u hatırlıyorlardı:

"Bütün ülkenin aptal romanlara karşı duyduğu bu saçma hayranlık ciddi bir mesele olacak ki, İspanya'nın en büyük dâhisi buna karşı savaş açma kararı almıştı. Cervantes, İspanya'daki okuyucu kitlesinin aptal ve uyduruk romanların cazibesine kapılmasını, ülkedeki bütün okumuş insanların zihni tembellik hastalığına yakalanmasının işareti olarak yorumlamaktaydı. İnsanlar kendi ülkelerinde yaşam şartlarının iyileştirilmesi, halkın ekonomik açıdan refaha kavuşarak, zeka ve maneviyatının gelişmesi konularıyla ilgilenmiyorlar. Boşluğa düşmüş bu insanların ne düşünceleri ne kalpleri ne de iradeleri olması gereken yöne odaklanmıştır. Onlar çalışmak da istemiyorlar.

İnsanlar bu şekilde kendilerini kandırıyorlar. Günlerini, aylarını, hatta yıllarını uydurma olayların anlatıldığı romanları okuyarak geçiriyorlar. Bir iş yaptıklarını sanıyorlar, ama ülkede kültür emekçileri yok. Halkın zekası derin bir uykuda, cehalet, kaba davranışlar ve yoksulluk giderek artmaktadır. Ülke sürekli fakirleşmekte, ekonomik, manevi ve zihni açılardan iflasa sürüklenmektedir. Zamanında belli alanlarda eğitim almış ve ülkenin kendilerinden yardım beklemeye hakkı olduğu insanlar bugün neredeler? Kendileri eğlenceli, aptal hikayeleri okumaktan sarhoş olmuşlar."

Snelman, "Maalesef, insanlarımız büyük yazarları anlamamakta ve onları tanımamaktadır. Bugün bizim halkımızın da kendi Cervantes'ine, cüceler ülkesini ve onun halkını – fikirleri, politik kararları ve ruhu cüce kalmış bir halkı – anlatan hiciv dolu eserin yazarına, kendi Swift'ine ihtiyacı var" diyerek dert yanmaktaydı.

Snelman arkadaşları ile birlikte şu kararı aldı:

"Biz Cervantes gibi bir dehadan yoksunuz, içimizden bir Swift de çıkaramayız. Fakat onların başlattığı büyük kültür hareketini kendi ülkemizde devam ettirmemize yetecek kadar akıl ve yeteneğe sahibiz ve bunu yapacağız. Kolera, veba ve humma gibi hastalıkları doğuran mikroplar gözle görünmeyecek kadar küçük olsa da, bütün bir vilayetin halkını telef edecek kadar etkilidir. Halkı ve toplumu manevi hastalığın pençesine düşüren mikroplar da vardır ve bunlar kolera mikrobundan belki de daha tehlikelidir."

Bataklıklar ülkesi olan Finlandiya'da sıtma ve verem kol geziyordu. Sıtmadan büyük ıstırap çeken halk verem nedeniyle sözün gerçek anlamıyla kırılıyordu. İsveçliler bu durumu fazla umursamazken, Snelman'ın yaşadığı dönemde veremle mücadele başlatıldı.

Snelman "Bir de düşünce, irade ve ruhun vereme yakalanması durumu vardır. Bizim gençlerimizin neredeyse tamamının ruhu bulaşıcı vereme yakalanmıştır. Beş on sene sonra yaratıcı hayatın eşiğine ayak basacak olan kişiler arasında bu hastalığın bu kadar hızla yayılmasına kayıtsız kalınmamalı ve buna karşı mücadele edilmelidir" diye düşünüyordu.

* * *

Bir defasında futbolcular büyük bir tören hazırlığı içindeydi, zira önde gelen futbol takımlarından biri, onuncu kuruluş yıldönümünü kutlamaktaydı. Futbol takımları arasında oynanan muhteşem bir maçın ardından birçok spor dalından ilgili ve temsilcilerin bulunduğu ve konuşmaların yapıldığı bir konferans düzenlendi. Konferansa katılan sporseverler arasında Snelman'ın arkadaşları da vardı. Snelman ise yarışmalara katılan en büyük spor topluluklarından birisinin onursal başkanıydı. Kendisi konferansta yaptığı konuşmada şunları söyledi:

"Finlandiyalı gençlerimizin sporla uğraşmasından mutluluk duymaktayım. Mantığa dayalı ve çeşitli fiziksel egzersizlerin kişisel gelişim açısından büyük bir faydası var. Bilge bir halk olan eski Yunanlılar jimnastik, güreş, koşu, uzun atlama gibi spor dallarına önem verirdi. Fiziksel egzersizler vücudun esneklik ve çevikliğini artırmaktadır. Bu hareketler sayesinde vücut kıvraklık kazanırken, adımlar hızlı ve hafif, vücut hareketleri düzgün ve yumuşak hale gelmektedir.

İnsanları dar ve havasız odalarda uzun süre hareketsiz oturmak zorunda bırakan şehir hayatı vücudu deforme edebilir. Bu hayat tarzı kasların gevşeyerek zayıflaması, kanın zehirlenmesi ve vücut çevikliğinin azalarak, insanların hareketsiz hale gelmesi sonucunu doğurur. Buna bir de iyi düşünülmeden, gereksiz yere çok uzun tutulan okul dönemini ekleyin. Sonuç: İnsanı canlı ve dinç tutması gereken bilginin yerini bilgiçlik taslayan bir zihniyet almakta, öğrencilerin beyni çeşitli kitaplardan yapılan sayısız alıntılarla – yıllar, isimler, ölçüler, formüller ve cansız kurallarla – adeta bir çöplüğe dönüşmektedir.

Almanya'da öğrencilerin birçoğu gözlüklüdür, gözleri daha şimdiden bozulmuştur. Şehirlerde yaşayan öğrencilerin büyük bölümünün kamburu çıkmış, göğüs bölgesi çökmüş, elleri zayıf, bacakları ince ve yüzleri solgundur. Bu halleriyle havasız kalan bitkiler gibidirler. Onları şehir dışına çıkmaya, koşmaya, atlayıp zıplamaya, çimenlerle iç içe olmaya ve derin nefes almaya zorlamalı.

Yunanlılar böyle yaparlardı, biz de aynı şekilde davranıyoruz. Fakat Sokrates, Phidias ve Perikles'in çağdaşlarının erişmiş olduğu hayat bilgeliğinin temel kuralı "Hiçbir zaman aşırıya kaçmamak" şeklindeydi. Bu kural her şeyin zamanında, ölçülü, yerli yerinde yapılması, tek taraflı ve aşırı davranış ve hareketlerden kaçınılması anlamına gelmektedir.

Bunun yanı sıra, Sokrates, Eschil ve Aristophanes'le aynı dönemde yaşamış insanlar zihni faaliyetle uğraşan şahısların hayattan kopmasını eleştirerek, aydınların hareketsiz ve sönük hayat tarzı ile alay ederlerdi.

Hiciv sanatının ölümsüz örneği olan "Deliliğe Övgü" eserinin büyük yaratıcısı ezberciliği bilgelik sayan kuru teorisyenleri "iribaş" olarak adlandırmakta ve acımasızca eleştirmektedir.

"Gulliver"in yazarı dâhi Swift kendilerini büyük, önemli insanlar olarak gören ve şişen kurbağalar kadar kendini beğenmiş bir topluluk olan cücelerle ve onların günlük yaşamı ile uzun uzun alay etmektedir.

Cücelerin çarpık yaşamını ve kötü alışkanlıklarını ironik bir dille anlatan Swift buna ayrı bir bölüm ayırmıştır. Cüceler – dar omuzlu, ince boyunlu ve koca kafalı insanlar olup, bütün hayatları kitaplarda yer alan formüller ve geometrik çizimlere göre şekillenmiştir. Yaşamlarındaki her şey, tıpkı kendileri gibi, çirkin ve iticidir."

Snelman sözlerini şöyle sürdürüyordu:

"Arkadaşlarımızla birlikte hayalini kurduğumuz ülkemizin – Suomi'nin istikbalinin cüceler ülkesi gibi olmasını istemiyorum. Bizim cücelere ihtiyacımız yok. Finlandiyalıların ayakları kuvvetli, fakat beyinleri gelişmemiş bir halka dönüşmesini de istemiyoruz, buna da karşıyız. Aşağısı manda ayağı, yukarısı koyun kafası, kutuya benzer boş ve hafif kafatasından ibaret vücutlara sahip olmaktan memnuniyet duymamız mümkün değil. Bu manzara sayıca küçük halkımızın maneviyat olarak büyüklüğüne dair düşünce ve arzularımıza ters düşmektedir.

Sizler Finlandiya'nın futbolda elde ettiği başarılarla övünüyorsunuz. "Güçlü Ayak" adlı topluluğunuzun komşu ülkelere – İsveç'e, Norveç'e, Danimarka'ya maçlara davet edilmesi ve uzak Macaristan'a giderek, orada maç kazanmasına sevinerek tezahürat yapıyor, bundan gurur duyuyorsunuz. Ben sizin sevincinizi paylaşmıyorum.

Sevgili ülkemiz Suomi'de adları "Güçlü Düşünce", "Büyük Emeller", "Süt Üretimi", "En İyi Yumurta", "En Kaliteli Tahıl", "Beyaz Kumaş", "Temiz Vicdan", "Yeni Fikirler", "Mekaniğin Gururu", "Müreffeh Halk" olan birkaç topluluk olsaydı, bu beni daha fazla sevindirirdi.

Ben sizlerin – genç Finlandiyalıların, sadece Macarları ayakla topa vurarak yenmekle yetinmemenizi, aynı zamanda Almanları, Fransızları ve İngilizleri beyniniz, kalbiniz ve iradenizle, bilim, ustalık, ticaret, zanaat, adil hukuk düzeni gibi alanlarda, ülke refahının artırılması için halkın verdiği mücadelede yenmenizi istiyorum.

Bu büyük mücadelede ilerleyebilmek için futbolcuların damarları çıkmış, kaslı bacaklarına güvenirsek, fazla uzağa gidemeyiz. Topa kafayla vurabilmek için alnın sağlam olması lazım, en sağlam alınlı canlı ise koyundur. Koyun kafasının Finlandiya gençliği için gurur kaynağı olabileceğini sanmıyorum.

Sokrates'in resmini arayıp bulun ve meşhur Herkül heykeliyle karşılaştırın. Sokrates portresinde bilge bir insanın kafası, beyin için mahfaza görevi gören büyükçe bir alın hemen göze çarpmaktadır. Sanki beyin alnın içine sığmıyor, orası bu kadar büyük bir beyin için çok dardır. Sokrates'in alnı ve kafası böyle görünmektedir.

Şimdi de Herkül'ün heykeline göz atın. Her şeyden önce, eski Yunan efsanelerinin bu büyük kahramanının kudretli, ağır ve kaslı vücudu bizi hayrete düşürmektedir. Güçlü bedeni taşıyan kütük gibi muazzam bacaklar, gemi halatı gibi düğümleniş kol kasları, geniş omuzlar, kabarık göğüs kafesi ve mandayı andıran boyun. Ve bu boynun üzerinde orantısız derecede küçük bir kafa, dar ve ensiz alın. Bütün bunlar çok büyük bir fiziki gücün belirtileridir, bu gücün kesinlikle entelektüel veya manevi bir yönü yoktur. Herkül muazzam bir vücut yapısına, sağlam kemiklere ve kuvvetli kaslara sahip birisidir, fakat kendisinin büyük bir zeka, güçlü maneviyat ve ruh timsali olduğu söylenemez.

Ben size Sokrates'in veya Herkül'ün kafaları arasında bir seçim yapmanızı önermek istemiyorum. Size tavsiyem şudur: Manda bacaklara sahip olmak için çabalarken Sokrates kafasını da ihmal etmeyin, taş gibi sert koyun alnına sahip kişiler olarak kalmayın. Şu kuralı unutmayın: Oynanan oyun saha dışında sürdürülemez. Genç Finlandiya'ya top peşinde koşmaktan başka bir şey beceremeyen insanlar lazım değil. Ülkemizin, Fin halkının ekonomik, sosyal, düşünsel ve manevi potansiyelini harekete geçirecek ve bu sürece öncülük edecek güçlü şahsiyetlere ihtiyacı var.

Zavallı şarlatanları ve kültürel açıdan geri kalmış halkları kendinize örnek almayın, çünkü onlar uygar halkların yaşamını anlamak için ilk olarak arka avluya bakar ve çöp kutularını araştırırlar. Örneğin, Paris'te kafeşantanları inceleyen bu kişiler Almanya'da işe birahanelerden başlar, İngiltere'de futbol maçıyla devam ederler. Gözünüz yüksekte olsun! Avrupa'da sanat ocaklarını, düşünce mabetlerini ziyaret edin. Almanya'da "Tugendbund" (Hayırseverler Birliği) gibi kuruluşların sıralarını dolduran binlerce genci örnek alın. Maneviyatınızı ve ruhunuzu geliştirmek için çaba gösterin ve "Sağlam kafa sağlam vücutta bulunur" deyimini aklınızda tutun.

Finlandiyalı gençler, sizin göreviniz ağır topu daha uzağa ve daha yükseğe atmak değil, ülkenizin gelişmesini ve halkınızın yükselmesini sağlamaktır."

10
Ebeveynler ve Çocuklar

Snelman ve arkadaşları Finlandiya'nın uyanmasına dair geleceğe dönük bütün umutlarını genç neslin iyi yetiştirilerek, eğitilmesine bağlamışlardı. Gençlik Snelman'ın büyük aşkı, aynı zamanda zayıf damarıydı.

Snelman bazen gençleri gözlerinin içine bakarak azarlar, fakat kendilerini yaşlılara karşı her zaman savunurdu. Özellikle de, her zaman ve her yerde alışılmış olduğu üzere, gençleri ahlaksızlıkla suçlayan ve "adam olmayacaklarını" öne süren büyükleri uyararak, şunları söylerdi:

"Genç nesli değil, kendinizi suçlayın. Siz nasıl yetiştirdiyseniz, gençler de öyle olacaklar. Gençlere terbiye verdiğinizi söyleyebilir miyiz? Hayır! Anneler ev işlerinden başlarını kaldıramıyor, günleri mutfak, alışveriş, temizlik ve çamaşırla geçiyor. Memuriyet, ticaret ve diğer işlerle uğraşan babalar akşamları meyhane ve kulüplerde oturup kağıt oynuyorlar. Çocuklarla kimse ilgilenmiyor, buna zaman yok, ayrıca, çocuklarla uğraşmak sıkıcı ve meşakkatli bir iştir.

Çocuklarla konuşmuyor, hayatlarının nasıl geçtiğini sormuyorlar. Zaman bulunca biraz okşayarak, ellerine bir oyuncak veriyor ve "Çocuklar, şimdi gidin ve kendiniz oynayın" diyorlar. Bu, aslında "Gözümden kaybolun, ne yaparsanız yapın, yeter ki bizi rahat bırakın" demektir.

Çocukluk dönemi, çocuk aklı ve kalbi, bakımsız tarla gibi boş kalıyor, çünkü oraya hiçbir iyilik tohumu saçılmamış. Kendilerine iyilik, doğruluk ve sevgiden bahsedilse de, bunlar kalıplaşmış, sıkıcı ve soğuk ifadelerle anlatılmaktadır. Çocuk zekasını canlandıracak ve onların ilgisini çekebilecek şeyler söylemiyorlar ve bunu beceremiyorlar. Onların hassas kalbini ısıtacak hiçbir şey yapmıyorlar.

Açık söylemek gerekirse, çocuklar anne babaları ve çok sayıda teyze ve amcaları ile birlikte aynı evde yaşasalar da, bir yetim gibi büyümektedirler. Onları çok iyi yedirip giydiriyor ve sağlıkları ile ilgileniyor olabilirler, fakat çocuğun zekası ve kalbinin temizliği konusunda çok az kafa yoruyorlar. Hakikaten, çocuklarımızın şimdikinden daha kötü olmamalarına hayret etmek gerekir.

Çocuklar büyüdüklerinde ve her şeyi duymaya, anlamaya başladıklarında kendi çevrelerinde ve ailelerinde ne görüyor, neler hissediyorlar?

Köy ve şehirlerin sokak ve meydanlarında, evlerin avlularında çöp ve hastalıklı toz yığınları birikince, herkes evlerin temiz tutulmadığını söyleyerek, şikayet etmeye başlar. Fakat bu evlerde yaşayan halkın sağlık durumunun çok ağır olduğu, binlerce insanın hastalanarak öldüğü, yozlaştığı kimsenin umurunda değil.

Anne ve babalar, iyi düşünün ve açık yüreklilikle, samimi olarak cevap verin: Çocuklarınızın yetişmekte olduğu ve kişiliklerinin şekillendiği aile ortamı zihinsel ve manevi açıdan yeteri kadar sağlıklı mıdır?

Çocuklara sürekli "Yalan söyleme, kimseyi kandırma! Bu iyi değil, şunu yapmak çok kötüdür, günahtır! Tanrı bundan hoşlanmaz ve sizi cezalandırır" diyorlar. Ama kendileri yalan söylüyorlar, kandırıyorlar. Birbirlerine, başkalarına, çocuklarına yalan söylüyorlar. 'Birilerine yalan söylemek, kaba ve kinli olmak günahtır' diye nasihat ediyorlar, ama kendileri kaba, kindar ve yalancıdırlar. Söyledikleri ile yaptıkları birbirini tutmamaktadır.

Çocuklar bunu hemen hisseder ve anlar. Önce hayret eder, sonsuz bir güven duydukları anne ve babalarının bu tür işleri – kendilerinin kötü, günah ve pis dedikleri şeyleri – nasıl yaptıklarını anlamazlar. Daha sonra ebeveynlerinin söyledikleri ile yaptıklarının birbirini tutmadığının farkına varırlar. İşte o zaman çocuklar büyüklerine saygı duymamaya, iyilik ve kötülükle ilgili sözlerini dinlememeye ve ciddiye almamaya başlarlar. İyilik ve kötülük hakkındaki konuşmaların sıkıcı ve gereksiz sözler olduğunu düşünürler.

Anne babalar küçük çocukların bile kendilerine kulak asmadıklarını, inatçı ve terbiyesiz olduklarını söyleyerek, sürekli şikayet ederler. Ama çocuklarımızın ahlakını ilk kim bozuyor, sözlerimizi ciddiye almamayı, onlara aldırmamayı kim öğretiyor? Bizler; anne ve babalar.

Çocuklardan sevgi, saygı ve itaat beklemeyin, bunları kendilerini korkutarak, azarlayarak veya cezalandırarak elde edebileceğinizi düşünmeyin. Çocukların önünde onların size saygı duyacakları ve sizi, sahip olduğunuz erdemler sayesinde sevebilecekleri gibi davranın.

İsrailoğulları'nın lideri Hz. Musa Sina Dağı yakınlarında koyun otlattığı sırada bir çalının yandığını, ama sürekli yanmasına rağmen bir türlü tükenmediğini görür. Hz. Musa bunun nedenini öğrenmek için çalıya yaklaşır ve o sırada bir ses duyar:

"Ey Musa, ayakkabılarını çıkar. Çünkü şu an bastığın toprak kutsaldır."

Bu hikayede, büyük işler yapmak isteyen insanlar ve halkların bütün dönemlerde örnek alması gereken derin bir fikir saklıdır. Nitekim hikaye bize büyük, temiz ve aydınlık bir işe ellerimiz ve ayaklarımız kirli olarak başlamamamız gerektiğini öğütlemektedir. Temiz işler temiz ellerle yapılmalı, büyük bir emel uğruna yapılacak çalışmaya ciddi hazırlanılmalıdır.

Çocuklu her aile, yanmakta olan canlı bir çalıdır. Fakat biz bu çalıya kirli el ve ayaklarla, üzerimizde pis kıyafetlerle yaklaşıyoruz. Anne ve babaların evde dağınık ve kirli kıyafetlerle, yarı çıplak vaziyette ve kirli çamaşırla dolaşmaları ne kadar büyük bir hataysa, çocuklara karşı tavırları, onlarla konuşurken ve iletişim kurarken samimi olmamaları bundan daha büyük bir suçtur.

Ebeveynlerin çocukların önünde kavga etmeleri ve birbirlerine daha fazla zarar vermek için çocuklarına hitaben "Çocuklar, bakın ve nasıl bir babanız olduğunu görün!" veya "Annenizin nasıl bir kadın olduğuna bakın!" şeklinde cümleler sarf etmeleri ve kavgayı başka küfürlerle devam ettirmelerinin ne kadar kaba ve kötü bir davranış olduğunu söylemeye gerek görmüyorum.

Aile içinde yapılan sıradan, masum bir sohbeti ele alalım. Bir sürü dedikodu, anlamsız, boş ve sıkıcı gevezelik, küçük şikayet ve sızlanmalar, üç kuruş fazla para, renkli bez parçaları, hizmette ufak bir terfi için dile getirilen bayağı istekler...

Yoğun bataklık küfünü andıran ve çocukların 15-20 yıl boyunca kara kurbağaları gibi eşelendikleri bir ortam! Daha sonra büyükleri neden gençlerin kartallar gibi semalarda süzülmediğini ve çocuklarının neden kanatsız kuşlar gibi olduklarını sorarak, hayret ederler.

Anne ve babalar, izninizle sormak istiyorum – bu yetişme tarzıyla çocuklarınızın kanat edinebileceğini gerçekten düşünüyor musunuz? Yoksa onların kanatlarını daha ilk başlarda, temelli olarak siz kendiniz mi kırdınız?

Çocuklarınız büyüyerek, birer genç kız ve delikanlı olduklarında, onlarla gelecek hayatları ve yapacakları işlerle ilgili konuşmaya başlayacaksınız. Onları mühendis, memur, tüccar, doktor veya avukat olarak, en fazla kazanç getiren mesleklerde görmek isteyecek, rahat ve kazançlı işlere yerleştirmek için çabalayacaksınız. Kızlarınıza ise zengin koca bulmaya çalışacaksınız.

Hırs, açgözlülük, tamah... Çocuklara daha iyi bir düzen kurmak, onları sıcak ve rahat bir yere sokmak istiyorsunuz. Bunu yapmakla da çocuklarınıza olan sevgi borcunuzu yerine getireceğinizi düşünüyorsunuz.

Bu noktada Lev Tolstoy'un söylediklerini hatırlamakta fayda vardır:

"Hayattaki aşırı düzensizliğin başlıca nedenlerinden birisi herkesin hayatta iyi bir düzen kurmaya çalışması, fakat hiç kimsenin hayatın kendisini düzene sokmak istememesidir."

Herkes hayattan mümkün olduğu kadar fazlasını almaya çalışırken, hayata da bir şeyler katmak gerektiğini düşünen yok. Egoist, hırsız, istismarcı ve asalak olarak atıldıkları hayatın anlamını bu asalaklıkta görüyorlar.

Çocuklar aileleri ile birlikte yaşadıkları müddetçe, bu "hayat dersi" kendilerine aşılanmaya çalışılıyor. Bunu yapmak isteyen kimdir? Anne ve babalar! Çocuklar ve gençler egoist duygularla büyümekte, sadece kendilerini beğenmektedirler. Sığ ve fakir ruhlu bu insanlar aynı zamanda tembel, ahlaksız ve şehvet düşkünü birer sapık olarak toplum hayatına dahil olmaktadırlar.

Sonuç olarak, hiçbir şeye ve hiç kimseye – vatanına, insanlara, emeğe, büyük fikirlere, anne babasına ve nihayet, kendisine – saygı ve sevgi duymayan insanlara dönüşüyorlar.

Ne ekerseniz, onu biçersiniz.

Ne pişirirseniz, onu yersiniz.

Çocuk aklı ve ruhunun, sadece ısırgan otu ve devedikeni gibi zararlı otların yetiştiği tenha, ıssız bir çöl gibi bomboş kalmasına neden olursunuz.

Anne ve babalar, çocukları daha fazla bu durumda bırakmayın. Onların terbiyeden yoksun, zeka ve kalpleri bilinç ve sevgi fakiri bireyler olarak büyümesi ahlaka ve maneviyata sığmayan bir suçtur. Bu sadece sizin aile meseleniz değil, bu aynı zamanda toplumu, devleti ve halkı ilgilendiren bir konudur.

İstediğiniz türden anayasalar, seçim mevzuatları oluşturabilir, en liberal yasaları çıkartır, sosyalizm veya komünizmin sihirli gücüne inanabilirsiniz. Ama bizim evladımız olan yüz binlerce çocuk hayata önemsiz ve küçük fertler olarak başlangıç yapacaksa, her türlü parlamentoya rağmen, sefil, fakir ve iğrenç bir yaşantıya mahkum olacağız. Memurlar halka itinasız davranacak, bakanlar "politik yalancı", milletvekilleri ise halkın sırtından geçinen vurguncular olarak karşımıza çıkacaktır. Okullar yeni nesillerin kalbini ve zekasını kurutan yerler olarak kalmaya devam edecek, basın bedenini satmakla geçinen hayat kadınına benzeyecektir.

Halk kitleleri ise, yüksek sınıflara karşı giderek daha fazla kin ve nefret besleyen, intikam duygusuyla yanıp tutuşan ve kendisinden yüksekte bulunan veya anlamakta zorlandığı her şeyi yıkma güdüsüyle hareket eden, aç veya tok olması bu duygu ve güdülerini etkilemeyen bir sürüye dönüşecektir.

Ülkenizin gelecekte sizden beklentisi bu değildir. Yeni Suomi'nin, taze şarapları koyacağımız yeni kutsal tulum olması gerekmektedir. Bu taze şarap bilge ve dürüst devlet yönetimi; halk kitlelerinin güçlü yaratıcı zekası, vicdanı ve iradesi; bireysel ve toplumsal hayatın özgürce şekillenmesine olanak veren kuralların geçerli olduğu, herkesin refah içinde yaşamasını sağlayacak bir düzen anlamına gelmektedir.

Anne ve babalar, yeni dönemin bağcıları olmak, ailenize ait üzüm bağlarını başka türlü işleyerek, oraya en iyi ve taze fidanları dikmek ister misiniz?"

Snelman arkadaşları ile birlikte köyleri ve pazar yerlerini gezerek, benzer konuşmalar yapıyordu. Bu konuşmaları dinleyen ebeveynler çocukların ve gençlerin daha iyi yetiştirilmesi konusunda kafa yormaya başladılar. Anne babalar çocuklarının gelişimi ve kişiliklerinin şekillenmesi alanında büyük sorumluluk taşıdıklarının farkına varıyorlardı.

Birçok yerde ebeveyn toplulukları kuruldu, anne ve babalar bir araya gelerek, genç neslin terbiyesi sırasında yaptıkları hataları birlikte değerlendirmeye, tecrübelerini paylaşmaya başladılar. Bu tür topluluklar tarafından davet edilen ünlü eğitimci ve psikologlar ülkenin her tarafını dolaşarak, çocukların nasıl yetiştirilmesi gerektiğine dair konferanslar veriyor, bilimsel gözlemler ve tecrübeye dayanarak, çocuk kalbinin doğasını anlatan konuşmalar yapıyordu.

Çocukların ruhsal gelişimindeki sorunlar ve hastalıklarla ilgili bilgi veren uzmanlar bunların tedavi yöntemlerinden bahsediyorlardı. Tarım mühendisleri en iyi patates veya yonca türlerinin nasıl yetiştirilmesi gerektiğini anlattığı gibi, çocuk ruhunu çok iyi bilen yetenekli eğitmenler de, mesleği ne olursa olsun – çamaşırcı veya taş ustası, terzi veya ayakkabıcı, işçi yahut köylü, bütün anne ve babalara zeki ve vatansever evlatlar yetiştirmenin yöntemlerini anlatıyordu.

Fin aile yapısı değişmeye ve hem zeka hem de maneviyat açısından yeniden şekillenmeye başlamıştı.

11

Karokep

Snelman'ın etrafında Finlandiyalı aydınlardan müteşekkil bir grup oluşmaya başlamıştı. Bu grup yavaş yavaş da olsa, aralıksız bir şekilde yeni kültür emekçilerinin katılımıyla genişlemekteydi. Gruba Helsinki Üniversitesi'nin genç profesörleri, ücra köylerde görev yapan papazlar, birkaç önemli tüccar ve fabrika sahibi işadamı, çok sayıda doktor, memur ve eyalet avukatları katılmıştı.

Yeni düşüncenin filizleri Finlandiya'nın bütün bölgelerine yayılmaya başlamıştı. Bu bir moda değildi; başkanları ve üyeleriyle birlikte isimleri bir liste haline getirilmiş "ölü canlardan" oluşan "Eğitim" ve "Kültür" isimli ciddiyetten uzak topluluklara da hiç benzemiyordu.

Burada herkes bir işin kulpundan tutmuştu. Sözün gerçek anlamında kültür misyonerleri olan bu şahıslar fedakarca, yorulmadan ve büyük bir şevkle çalışıyordu. Eski kitapları alıp, aralarından en iyilerini seçerek, yürüyen kütüphaneler aracılığıyla köylere ulaştırıyorlardı. Daha sonra farklı köylerdeki kitapların değiş tokuş edilmesini ve bir yerden başka yere gönderilmesini sağlıyorlardı. İlk başlarda iki-üç ayda bir, daha sonra ise her hafta gündemde olan konulara ilişkin okuma çalışmaları düzenliyorlardı. Bu çalışmalara örnek olarak, hijyen ve tarımla ilgili konferanslar gösterilebilirdi. Vicdan ve maneviyat üzerine tartışmalar yapılıyor, kendi alanında en iyi olan yetenekli hocalar ve öğretmenler seçilerek, ülkenin çeşitli bölgelerine gönderiliyordu.

Böylece, hareket halinde olan ve zaman zaman görev yerini değiştiren yüzlerce hocadan oluşan bir halk üniversitesi kurulmuştu. İlginç kişiliğe, sağlam ve güçlü düşünceye sahip olan bu insanlar aynı zamanda çok yetenekli birer konuşmacıydı. Her türlü bilgiyi halk arasında yayarak, en aptal kişilerde bile düşünce yeteneğinin uyanmasını sağlıyor, insanları bir şeylerle uğraşmaya, vatanın kültürel açıdan aydınlanması ve kalkınması için çalışmaya teşvik ediyorlardı.

Önceleri vefat eden zengin insanların servetlerini kiliselere ve sözde hayır kurumlarına bağışlaması geleneği mevcuttu, bırakılan miras bazen büyük tutarlara ulaşabiliyordu. Şimdi ise zenginlerin servetlerini halkın aydınlanması çalışmalarında kullanılmak üzere bağışlamalarına giderek daha sık rastlanmaktadır. Ülkenin çeşitli yerlerinde birçok ev kütüphaneler, okuma ve konferans salonları ve kültür tesislerine tahsis edilmiştir.

Bu süreçte bazen duygusal gelişmeler de yaşanıyordu. Köylüler konferans vermeye gelen misafir konuşmacılara yağ, bal, yumurta, kumaş, el dokuması ve el örmesi mamuller hediye ederek, bunları kabul etmeleri için ricada bulunuyorlardı:

"Lütfen, bunları alın, ailelerinize götürün. Siz kendi bilginizi, zekanızı bizlerle paylaşıyor, bizimle yakından ilgileniyorsunuz. Karşılığında elimizden geldiği ölçüde size teşekkür etmemize izin verin. Bize bahşettiğiniz sevinçle karşılaştırıldığında bunlar çok küçük şeyler."

Halk üniversitesinin yorulmadan yürüttüğü gayretli çalışmaların yirmi beş yılı dolduğu zaman, Snelman'ın memleketi Kuopio'da halk büyük bir kutlama düzenledi.

Toplantının sonunda bütün ülkenin "Tatlı Kral" lakabıyla adlandırdığı zengin tüccar Yarvinen söz istedi. Kendisi bir saatten fazla konuştu. Törende bulunanlar, önceki konuşmalardan yorulmuş olmalarına aldırmadan, konuşmayı büyük bir dikkatle dinlediler.

Yarvinen şunları söyledi:

"Bir zamanlar fakir, küçük bir tüccardım. Çocukluluğumda sokakları dolaşarak, tatlı satardım. Daha sonra tatlılarımı pazarda satmaya başladım. Tüccarlardan aldığım iki yüz-üç yüz Mark tutarında şekerleme, şeker kaplı meyve ve diğer ürünlerin bedelini hiç aksatmadan, zamanında ödüyordum. Bana saygı duymaya ve zamanla yardımcı olmaya başladılar, kendi dükkanımı açmama yardım ettiler.

Karnım tok ve iyi giyiniyordum, iyi bir evim vardı. Fakat nasıl anlatsam bilmiyorum – canım sıkılıyordu. Evet, sıkılıyordum ve kendimi kötü hissediyordum. Sürekli şunları düşünüp duruyordum: Küçük dükkan, az sayıda müşteri, küçük kazanç. Hayatım boyunca elde edeceğim her şey bu kadar, yani az ve küçük olacak."

Yarvinen, eğitimli ve bilge hocalara yüzünü dönerek, devam etti:

"Baylar, anlatacağım hikayeyi dikkatle dinlemenizi rica ediyorum. Elinde sepetle dolaşarak tatlı satan çocukların, büyük bir yerel gazete tesis edecek ve doğup büyüdüğü şehirde tiyatro inşaatı için yüz bin Mark bağışlayacak durumda olan Yarvinen gibi "tatlı krallara" dönüşmesi sık görülen bir olay değildir.

Bunları övünmek için söylemiyorum. Sizlerin önünde övünmemi gerektirecek bir durum yok. Karşınızdaki "tatlı kral" Yarvinen değil, siz benim şahsımda genç, güçlü, sağlıklı Fin halkını görüyorsunuz. Kabuklu çavdar unundan pişirilmiş ekmek tüketen bu halk çok fakir olup, bataklıklar ve çıplak kayalar arasında ağır, meşakkatli koşullarda çalışmaya mahkumdur ve çoğu zaman emeğinin karşılığını alamamaktadır.

Yarvinenler sayıları az, tesadüfen karşılaşabileceğiniz kadar nadir insanlar değil. Onlar bir ordu kadardır, sayıları binlercedir. Yarvinenler, ormanları ağaçlar kesildikten sonra yerinde kalan kütüklerden temizlemekle, kayalardan taş parçaları koparmakla, dar, karanlık ve rutubetli bodrum katlarında yırtık çizmeleri tamir etmekle meşguldürler.

Birçoğu yaptığı bu zavallı işlerden bıkmış durumdadır, hepsinin canı sıkılıyor. Durumumuzun ağır olduğunu söylemiyorum, zira ağır çalışma koşulları ve yokluk bizleri korkutmuyor. Yarvinenler özellikle bıkkınlıktan şikayet ediyorlar, yaşadıkları dünya dar ve sıkıcıdır. Daha büyük, çok çok büyük, güneş kadar parlak ve güzel işler yapmak istiyorlar. İçeride bir şeyler kaynıyor ve dışarı taşmak için fırsat arıyor, ama çıkacak yol bulamıyor.

Geçtiğimiz yıl Güney İtalya'ya gitmiştim. "Tatlı Kral" oradan bir gemi dolusu portakal satın aldı. Daha sonra iki üç günlüğüne Napoli'ye uğradım, Vezüv Dağı'na tırmandım. Volkanın bir kenarında durarak, kraterin derinliklerine göz atma fırsatım oldu. Vezüv Dağı'nın zirvesinde gençliğimi, o zamanki düşünce ve duygularımı hatırladım, Fin halkını düşündüm. Kraterin içindeki yoğun, siyah ve ağır bir kütleden oluşan köpüklü lav yığınlarının üzerinde duman tütüyordu. Lav kütlesi, zincire vurulduğu zindanın dar duvarları arasından kurtulmaya çalışırken ağır ağır soluk alıp veren bir devin göğsü gibi inip kalkıyordu. Kraterin duvarları arasındaki dar boşluk lav için çok yetersizdi, yer kabuğunun dahili enerjisi ve yeraltı hararet lavları kraterin dışına itiyordu. Diğer adı "Fin halkı" olan Yarvinen'in beyninden ve kalbinden hayat enerjisi bu şekilde dışarı taşıyordu.

Baylar, yirmi beş sene önce bütün Finlandiya'ya korku salan Johan Karokep'in adını hatırlıyor musunuz? Karokep bir soyguncu ve eşkıyaydı, büyük şehirlerdeki bankaları, yazıhaneleri, kiliseleri yağmalar, hem de bunu meydan okurcasına gözü pek, küstah bir şekilde, neredeyse polisin gözleri önünde yapardı.

Karokep birilerini öldürdüğü zaman, işlediği cinayetlerin çoğu herkesi hayrete düşürüyordu, çünkü bu cinayetler kendisinin çıkarları açısından "gereksizdi." Bu nedenle yakalandığında, normal bir insan olup olmadığını saptamak için Karokep'i önce bir tımarhaneye kapattılar.

Karokep küstahça bir cesaretle tımarhaneden kaçtı ve ortadan kayboldu. O zamandan beri kendisini Finlandiya'da ne gören ne de duyan oldu. Herkes öldüğünü düşünmeye başladı, çünkü kovalamaca sırasında üzerine ateş etmişlerdi. Ağır yaralanmış olabilirdi ve büyük olasılıkla, arkadaşları ile birlikte sığındığı bir yerde hayatını kaybetmişti. Böyle bir sonuca varıldıktan sonra herkes rahatladı ve Karokep unutuldu.

Baylar, Karokep sağdır. Geçen sene İtalya'da bulunduğum sırada Johan Karokep'i şahsen gördüm, kendisine Cenova'da rastladım.

Onu tanıyamazdım, çünkü bütün Finlandiya gibi, ben de Karokep'in öldüğünü sanıyordum. Kendisi lokantada beni tanıyarak, yanıma geldi. Üç oğlu ile birlikteydi, ama ne oğullardı! Sağlıklı ve güzel Fin halkının en iyi temsilcileriydi – uzun boylu, geniş omuzlu, pehlivan göğüslü, sarışın, mavi gözlü, güneşten yanmış esmer tenli.

İtalyanların dediği gibi, üç Apollon. Her üçü farklı Avrupa ülkelerinde üniversite eğitimi görmekteydi. İsveç'te madencilik okuyan büyük oğlu Kaliforniya'da büyük bir maden işletmesinin başına geçmişti.

Küçüğü Fransa'da tarım eğitimi almıştı. Ortanca oğlu ise okulu bitirdikten sonra önemli bir kimyager olma yolundaydı. Almanya'nın en iyi üniversitesinde deri, ağaç ve yağların kimyasal işlemden geçirilmesi konusunda uzman olarak dikkatleri üzerine çekmişti. Bu üç zeki, yakışıklı ve asil görünüşlü genç, bir zamanlar bizde eşkıya ve soyguncu olarak tanınan Karokep'in çocuklarıydı.

Hatırlarsanız, o zamanlar gazetelerde Karokep'in bir ailesi olduğunu ve karısının, kocası tarafından işlenen korkunç suçlardan ve onun ne iş yaptığından haberi bile olmadığını anlatan yazılar çıkmaktaydı. Kendisi çok sevecen bir koca ve iyi bir babaydı. Daha sonra herkes Karokep'in karısını ve minik çocuklarını unuttu. Fakat babaları onları unutmadı ve arkadaşlarının yardımıyla ailesini Amerika'ya getirdi. Aile Amerika'ya ulaştıktan sonra karısı sarıhummaya yakalandı ve kocasına varamadan yolda hayatını kaybetti. Karokep üç çocuğunu kendisi yetiştirdi, onlara hem ana hem baba oldu, onlarla beraber okula gitti.

Karokep (şu an ismi başkadır, maalesef, söyleyemem) Cenova'ya iki gemi dolusu buğday getirmişti. Gelmişken, çocuklarıyla birlikte İtalya'yı dolaşarak görmek istiyordu.

Bir Güney Amerika ülkesini yeni vatan seçen ve ismini değiştiren Karokep, bu ülkenin buğday krallarından birisine dönüştü. Onun elde ettiği zenginlikle karşılaştırıldığında sizin Finlandiyalı "Tatlı Kral" Yarvinen çok fakirdir.

Çocukluk ve gençlik yıllarında Karokep'le iyi arkadaştık. Komşuyduk, babalarımız ormandaki ağaçlardan katran çıkararak, ailelerinin geçimini sağlardı. Karokep'le birlikte oyun oynayarak büyüdük. Nasıl olduysa, ikimiz de aynı zamanda babalarımızı kaybettik ve dul annelerimiz bizi birlikte şehre götürdü. Beni bir fırına çırak olarak verdiler, Karokep'i ise zengin bir tüccar yanına aldı. Toptancılıkla uğraşan bu tüccar yerli üreticilerden aldığı yün, tomruk ve katran gibi ürünleri yurtdışına gönderirken, üretim yeterli olmadığı için ithal edilen ekmeği dışarıdan getirip köylülere satardı.

Karokep yakışıklı, akıllı, dürüst, hayırsever ve çalışkan bir çocuktu, fakat çok çabuk öfkelenirdi. Sinirli haldeyken, suçlu olduğunu düşündüğü kişiye neler yapabileceğini Tanrı'dan başka kimse bilemezdi. Kızdığı zaman dişlerini sıkar, vücudu titremeye başlar, yüzü bembeyaz olurdu. Gözleri kıvılcım saçarak, yılan gibi tıslardı:

"Ben sana gününü gösteririm. Karokep'i incitmenin ne demek olduğunu görürsün."

Tüccar, dürüstlüğünü öve öve bitiremediği Karokep'i giderek daha çok beğenmeye başladı. Büyüdüğü zaman kendisine önemli alım işlerini yapma görevi verirken, ciddi meblağlara varan paralarını emanet etmekten korkmuyordu. Sonunda Karokep'i büyük mal depolarından birisinin başına getirdi.

İşte o zaman nedeni anlaşılmayan, beklenmedik bir şey oldu – Karokep birdenbire, herhangi bir neden olmaksızın, patronuna ait büyük meblağdaki parayı köylülere dağıttı, bir kısmını çarçur etti. Patronu acımasızca dövdü. Bütün bu olaylar nedeniyle mahkemelik oldu. Duruşma sırasında yüzünde kinli bir tebessümle sustu, sadece duruşmanın bitiminde "Benim yerime patronumu yargılasaydınız daha iyi olurdu" dedi.

Tüccar ise herkese, "Karokep'in aklını kaçırdığından şüphelendiğini" söylüyordu.

Karokep birkaç ay hapishanede kaldı. İçine kapanarak, sinirli bir şekilde susuyor, çok kitap okuyor ve hava almak için avluya bile ayaklarındaki zincirlerle çıkarılan eşkıyaların anlattığı hikayeleri dinlemekten hoşlanıyordu.

Hapisten çıktıktan sonra karısını ve üç küçük çocuğunu alarak gitti. Kısa bir süre sonra ise Finlandiya'nın çeşitli yerlerinden soygun ve cinayet haberleri gelmeye başladı. İki yılda birkaç banka, ondan fazla kilise soyuldu, üç papaz katledildi. Köyde hasta baktıktan sonra evine dönen ve herkes tarafından sevilen birisi olan eyalet doktoru soygun gerekçesi olmadan, anlamsız bir şekilde ormanda öldürüldü.

Nihayet, büyük bir kentin girişinde bulunan zengin mezarlık kilisesi soyuldu. Evi kiliseye yakın olan papaz bir gece pencerelerden birisinde bir ışık fark etti. Bekçiye haber vererek, kiliseye doğru gittiler. Etrafı yüksek duvarlarla çevrili kilisenin giriş kapısında soyguncuyla yüz yüze geldiler. Cani, önden yürüyen bekçiyi elindeki demir çubukla kafasına vurarak öldürdükten sonra papaza saldırdı. Başına aldığı darbe nedeniyle kafatası parçalanan ve beyni hasar gören papaz yüksek sesle "Yardım edin!" diye bağırma fırsatı buldu.

Aylı bir kış gecesiydi, etraf bembeyaz aydınlık içinde yüzüyordu. Mezarlığın yakınındaki yoldan tesadüfen geçmekte olan köylüler papazın çığlığını duyarak yardıma koştular. Bir kişinin kaçtığını görünce arkasından gittiler ve yakalayarak polise teslim ettiler. Sorgu sırasında soyguncu katil kendisini "Johan Karokep" diyerek tanıttı.

Sakin bir tavır ve yüzündeki kinli tebessümle banka ve kiliseleri soyduğunu, üç papazı ve doktoru öldürdüğünü anlattı.

"Yardımcıların kimler?"

"Soygun ve cinayetleri kendim tek başıma gerçekleştirdim. Yardımcılarım sadece bilgi toplamakla meşguldü. Hiçbirisinin ismini söylemeyeceğim. Bu oyunu kendi tercihimle oynadım, kaybettim. Buyurun, kazandınız, borcumun tamamını ödemeye hazırım. İsterseniz idam da edebilirsiniz. Suç ortaklarımı bu işe karıştırmayın."

Daha sonra hastaneden kaçtı ve izini kaybettirdi. Şimdi,

Cenova'da, kendisi benim masama yaklaştı. Yalnızdı, oğullarını dolaşmaya göndermişti. Bana uzun uzun baktıktan sonra Fince sordu:

"Özür dilerim, siz – Yarvinen misiniz?"

"Evet!" diye hayretle yanıt verdim.

"Yukka Yarvinen mi?"

"Evet!"

"Tampere, Kolmyaarvi'den Yukka Yarvinen, değil mi?"

"Evet evet! Siz bütün bunları nereden biliyorsunuz? Ben sizi ilk kez görüyorum." Hayretim daha da artmıştı.

"Ben Karokep'im!" güçlükle telaffuz etti bu sözleri. "Yukka, sevgili eski dostun Yukka! Benim masum çocukluğum! Dostunu, küçük Johan'ı hatırlıyor musun? Bir zamanlar Karokep olarak bilinen şahsa elini uzatabilir misin?"

Birlikte benim odama gittik ve gece geç saatlere kadar Fin dilinde sohbet ettik.

"Oğullarım Karokep'le ilgili hiçbir şey bilmiyorlar" diye misafirim anlatmaya başladı. "Amerika'da, iki ayrı ülkede yaşadım, iki kere isim değiştirdim. Hayata kuzeyde başladım, ailemi ise güneye getirdim. Beni burada farklı bir isimle tanıdılar ve şimdi de o isimle biliyorlar. Görünüş olarak yarı Amerikalı yarı İspanyol'a benziyorum, ama kalbim, özüm Finlandiyalıdır. Şimdi nasıl yaşadığımı görüyorsun. Hikayemi dinlemek ister misin? İzimi bulmaları için kimseye bilgi vermeyeceğine dair dürüstçe söz verebilir misin? Ben senin hayatını biliyorum, Yarvinen, Suomi'de olup bitenleri takip ediyorum. Seni çocukken severdim, şimdi "Tatlı Kral" iken de seviyorum.

Gençlik dostuna karşı anlayışlı olmanı, Johan Karokep'ten nefret etmemeni istiyorum. Johan Karokep cani değildi."

"O zamanlar ruh hastası mıydın peki?" diye sordum.

"Sen ne kadar hastaysan, ben de o kadar hastaydım." Johan kederli bir gülümsemeyle cevap verdi. "Ben kapalı bir insandım, etrafım karanlıktı. İçerisi zifiri karanlık kocaman bir evde dolaştığını düşün. Yüzlerce oda, bu odalarda bulunan binlerce çeşit eşya mevcut, ama tek bir ışık kıvılcımı bile yok, her şeye elinle dokunarak, yoklayarak yürümek zorundasın. Böyle bir ortamda insan çevresine her türlü kötülük ve felaket getirebilir. Diğerlerinin huzurunu bozabileceği gibi, kendisine de zarar verir, ömürlük sakat bırakır.

Böyle bir ortamda biz kim oluyoruz – cani mi, yoksa deli mi? Hayır, karanlıklar içinde ışıksız kalan bedbaht, zavallı bir insanız sadece. Senin ve diğerlerinin sevdiği, sevmek için bir sebep bulduğu Johan, senin dostun Johan, yani ben, kendimi böyle bir ortamda hissediyordum. Etrafı karanlıkla çevrili Johanlar'ın sayısı binlerce, milyonlarcadır! Hatta bazı halklar tamamen, bütün fertleriyle bu durumdadır" diye ağır ağır nefes alarak söyledi.

"Senin durumunu görünce seviniyorum, eski dostum Yukka." Elimi tutarak konuştu. "Hayatın karanlık yollarında ayağın bir şeye takılıp sendelemeden yürüyebilmene seviniyorum ve hayret ediyorum. Patronuma ait depolar bana çok dar geliyordu. Dar ve sıkıcıydı..."

"Nasıl, dar ve sıkıcı mı?" Hayret ettim. "Ama ben de her zaman aynı şeyleri hissediyordum."

"Görüyor musun, milyonlarca Yarvinenler ve Karokepler için hayat alanı dar, yaşam koşulları ise sıkıcıdır. Daha geniş, daha büyük, güzel ve neşeli bir şeyler istiyor insan. Aç değildim, karımı ve üç minik çocuğumu seviyordum. Kendim de bir gün tüccar olmayı umut ediyordum. Yine de çok sıkılıyor, kendimi bunalmış hissediyordum. Bu esnada patronun depolarındaki tartıların hileli olduğunu öğrendim. Köylülerden topladığı malları bir terazide, onlara sattığı ekmeği ise diğer terazide tartıyormuş. Her iki tartı da hileliymiş. Bu durum yıllarca sürmüş, ben de kendisine yardım etmişim.

Bunu düşününce öfke bütün benliğimi sardı. Elimin altında bulunan patrona ait bütün paraları alıp köylülere dağıttım, kendisini de dövdüm. Elimden almasalardı, belki de öldürürdüm."

Yargılandım. Mahkemede hileli tartıları anlatmak istedim, ama anlaşılan, köylüler patronun tartılarından şikayetçi olmak için bir nedenleri bulunmadığına dair imzalı kağıt vermişlerdi. Zavallı korkaklar, kendi ihtiyaçlarının köleleri, patronun kızarak ileride kendilerine borç vermeyeceğinden korkuyorlardı. Ben de sustum, içimde kölelere nefret duygusu uyandı. Onları dövmek, öldürmek, işkence etmek istedim, yeter ki bir şeylere içerlesinler, neye veya kime karşı olursa olsun, ayaklanma, başkaldırma isteği duysunlar.

Hapis yattığım zaman aklımdan şunlar geçiyordu: Cezamı çekip çıktıktan sonra ne yapacağım? Yine insanları hileli tartıyla kandıracak mıyım, yoksa kendim de kandırılanlar arasına mı katılacağım? Bu düşüncelerden kalbim daha da sıkıldı, bunalmaya başladım. O sırada hapishanede tesadüfen İspanya'nın ve İspanyol halkının hikayesini okudum. Zavallı halk! Kendisi ıstırap çekerken, diğer halklara da çektirmiş, bir taraftan soyguna maruz kalırken, diğer taraftan kendisi başkalarını yağmalamıştır. Amerika'nın bütün zenginliklerini çalmışlar, ama kendileri yine de dilenci gibi yaşıyorlar. Tanrı'ya sevginin simgesi olması için muazzam mabetler inşa etmiş, ama bu mabetlerin önünde, meydanlarda binlerce insanı canlı canlı yakmışlar. Tanrı sevgisi uğruna katliam yapmışlar! Kurbanları da aynı nedenle – Tanrı sevgisi için ölmüşler! İçimde hem insanlara hem de Tanrı'ya karşı kin ve nefret duyguları başkaldırdı.

İspanya'da yaşamadığıma üzülmeye başladım. İnsanlara işkence yapmak, onları ateşte yakmak, vücutlarına ve ruhlarına vurarak, bağırmak istiyordum:

"Kendinizi köle ve kader kurbanı olarak görüyorsanız, istediğiniz olsun! Sabredin, ıstırap çekim, ölün."

Hem insanlardan hem de Tanrı'dan intikam almaya karar verdim.

Bankaları soymaya başladım. Bu yolla daha fazla insanın fakirliğin pençesine düşeceğini farz ettim. Ama en çok hoşlandığım iş mabetleri yağmalamaktı. En iyi papazları seçerek, özellikle onları öldürüyordum. Tanrı ile alay ediyor, ona meydan okuyordum. Mabetleri kirletiyordum. Kiliselerin içinde Tanrı'ya "Beni idam et! Beni yakalamalarını sağla!" diye bağırıyordum.

Ama yakalayamıyorlardı, bu beni daha da sinirlendiriyordu. Gökyüzüne bakarak düşünüyordum:

"Demek ki, orası boş, hiçbir şey yok orada. Dünyada olduğu gibi, gökyüzünde de yalan var."

O zaman imkanım olsaydı, dünyada canlı olan her şeyi öldürürdüm, çünkü yalan sadece bu yolla yok edilebilirdi. Ve ansızın beni yakaladılar. Buna çok şaşırdım. Korkmadım, ama hayret ettim – yoksa "O" yalan değil miydi?

Fakat beni deli sandılar ve idam etmek yerine hastaneye yolladılar.

"Aptallar! Aptallar ve yalancılar! Ben kendim de aptalım ve kendi akılsızlığım yüzünden yakalandım: Karlı çölün ortasında, ayın aydınlattığı bir gecede soygun yapmaya kalktım" diye düşünmeye başladım.

Hastanede birkaç ay yattım. Herkes benimle uğraştı, kimse anlamak istemedi. Aptallar… Fırsat bulunca da kaçtım.

İçimde çılgınca bir şey yapma arzusu uyandı. Ağır yaraladığım papaz ölmemiş ve iyileşmişti, aynı yerde – mezarlıkta yaşamaya devam ediyordu. Hastaneden doğruca kendisini görmeye gittim; tabii, öncesinde tanıdık bir hırsız sığınağına uğrayarak üzerimi değiştirdim.

Gece geç saatte papazın evine vardım. Pencereden, oturup kitap okuduğunu görebiliyordum. Alnının yukarı kısmında benim demir çubukla indirdiğim darbenin hatırası olan kırmızı bir yara izi vardı.

Kapının zilini çaldım. Ayak seslerini duyuyordum. Kapının ardındaki papaz sordu:

"Kimsiniz?"

"Papazı görmem lazım."

"Konu nedir?"

"İnsan ruhu."

Kapıyı açtı, elindeki mumun ışığını yüzüme tuttu. Hafifçe ürperdi, kaşlarını çatarak, alnını buruşturdu.

"Tanıyabildiniz mi?" Kapıdan içeri geçmeden sordum.

"Daha önce gördüm sanki, ama hatırlayamıyorum: Son zamanlarda hafızam zayıflamış."

"Hafızanızı kaybetmenizin nedeni benim. Mezarlıktaki cinayeti hatırlıyor musunuz? O benim."

Papaz bu sefer şiddetle irkildi, ama bağırmadı, yüzüme kapıyı da kapatmadı. Derin bir nefes alarak, yavaş sesle sordu:

"Nasıl yani, siz dışarıda mısınız? Ama..."

"Kaçtım," diyerek sözünü kestim.

"Bana neden geldiniz?"

"Beni evinizde saklamanızı istiyorum. Suçluların bir zamanlar Tanrı'nın sunağına sığınarak kurtulduğuna dair bir şeyler okumuştum. Bunun dışında, siz benim kurbanım sayılırsınız, sizi öldürmek istemiştim. Bir din adamının kendi katiline ne yapacağını görmek istiyorum."

"İçeri gelin." Ev sahibi yavaş sesle konuştu.

Eve girdikten sonra kapıyı hızla çarptım ve kinli bir tebessümle sordum:

"Sizi şimdi öldürebileceğimden korkmuyor musunuz?"

Papaz dikkatle yüzüme baktıktan sonra alçak sesle "Hayır, korkmuyorum," dedi.

"Neden?"

"Sizinki gibi gözlere sahip biri öldüremez."

"Nesi var gözlerimin?"

"Kederli! Hüzün dolu. Sizin ruhunuz çok hasta. Hadi çalışma odama gidelim."

O an bana ne olduğunu hatırlamıyorum. Çelik gibi bünyem, donmuş balığın sıcakta gevşemesi gibi çözülerek gevşedi. Odasına geçtik.

"Aç mısınız? Yemek ister misiniz?" diye sordu ev sahibi.

"Şarap alabilir miyim?" güçlükle cevap verebildim. Bir şeyler kalbime doğru hareket etti, gırtlağıma dayanarak sıkmaya başladı. Papaz dışarı çıktığında kapının yanındaki sandalyeye çöktüm ve ağlamaya başladım. Herhalde, çocukken bile bu kadar içten ağlamamıştım.

Papaz elinde bir bardak şarap ve üzerine yağ sürülmüş bir parça ekmekle içeri girdi. Ben kendisinin önünde eğilerek ayaklarına kapandım ve dizlerini kucakladım:

"Lütfen, affedin beni. Affedin, affedin!"

"Sakinleşin. Bir yudum için ve ne söylemek istiyorsanız söyleyin."

"Ne mi söylemek istiyorum? Ben Tanrı'ya yeniden ve en küstah şekilde meydan okumaya hazırlanıyordum. Papazın evine gelip onu korkutmayı ve bu sefer gerçekten öldürmeyi düşünüyordum. Ama şimdi her şey değişti."

Kesik kesik konuşarak ve kelimeleri birbirine karıştırarak,

dünyada ve gökyüzünde yalanı nasıl yok etmek istediğime dair duygu ve düşüncelerimi papaza anlatmaya başladım. Papaz sessizce beni dinliyor, ara sıra, sanki bir çocukmuşum gibi, ellerimi ve başımı okşuyordu. Tanrı konusundaki fikirlerimi anlatıp bitirdikten sonra, ev sahibi şaşırtıcı derecede şefkatli bir gülümsemeyle sordu:

"Siz böyle yaparak, Tanrı'ya karşı savaştığınızı mı sanıyordunuz? Mabetleri talan edip, iyi insanları öldürmekle Tanrı'yı sizinle savaşmaya mı çağırıyordunuz? Aptalsınız! Zavallı aptal! İçiniz kararmış sizin!"

"Peki, madem Tanrı mevcut, neden beni cezalandırmadı?" İnatçı ve kaprisli çocuk gibi kendi söylediğimde ısrar ediyordum. "Mesela, az önce sizi öldürmek istiyordum, ama şu an sizin misafirinizim."

"Durun, her şeyi sırasıyla konuşalım." Ev sahibi söylediklerime itiraz etti. "Önce sizin Tanrı'ya karşı verdiğiniz savaşı değerlendirelim, daha sonra bunun cezası üzerine konuşalım. Önde gelen kilise atalarından birisi tarafından hazırlanan ve içeriğini Ortaçağ efsanelerinin oluşturduğu bir kitap var. Efsanelerde abartılı ve uydurma hikayeler fazlasıyla anlatılsa da, ihtiva ettiği temel düşünce açısından birçoğu derin bir anlam taşımaktadır.

Efsanelerden birisinde, Fransa'nın bir vilayetindeki manastırın ana binasına şeytanın yerleştiğinden bahsedilir. Şeytan rahipleri korkutmaya başlar. Her gece köpek gibi havlayarak ve koyun gibi meleyerek, dua edenleri korkutup kaçırır ve bundan çok memnundur. Manastır bu nedenle uzun süre boş kalır.

Vilayete yaşlı, akıllı ve iyiliksever bir piskopos gelir. Yeni gelen piskopos şeytanın manastırda yaptıklarını duyunca "Oraya gidip geceyi orda geçireceğim" der.

Korkmuş insanlar kendisini bu fikirden vazgeçirmek ister.

Manastıra gidenlerin korkudan hastalandığını, hatta öldüğünü söylerler. Fakat piskopos bunlara kulak asmaz ve manastıra giderek, bomboş binada gece yalnız kalır.

Efsaneye göre, gece saat 12'de piskopos korkunç çığlıklar, gıcırtılar, uluma ve bağırış seslerine uyanarak, sorar:

"Bu sen misin, şeytan?"

"Evet, benim."

"Anlatılanlara bakılırsa, Tanrı'nın iktidarını sonlandırmak isteyen şeytanın ta kendisi, öyle mi?"

"Evet, o benim!" Şeytan gururla tekrarlar.

Piskopos gülerek, şunları söyler:

"Hiç utanmıyor musun? Bir zamanlar dünya üzerindeki hakimiyeti Tanrı'nın elinden almaya çalışıyordun, şimdi geldiğin noktaya bak: Geceleri bomboş evlerde domuz gibi ciyaklıyor, köpek gibi havlıyorsun. İyiliksever insanları uyutmuyorsun. Sen nasıl bir Tanrı düşmanı olabilirsin?"

Efsane şu şekilde bitiyor: Şeytan bu sözleri duyunca çok utandı ve aptalca davranmayı tamamen bıraktı."

Papaz mabetleri yağmalayan kişiye baktı:

"Ben de size soruyorum – sizin yaptığınız nasıl bir Tanrı düşmanlığıdır? Tanrı'yı kendi içinizde öldürmek istiyorsunuz ve bunun için diğer insanları katlederek, ibadet yerlerini talan ediyorsunuz."

"Ama neden, neden Tanrı beni cezalandırmadı? Siz neden beni ihbar etmiyorsunuz?" Karokep ısrarla, inatla aynı soruyu tekrarladı.

"Bu sorunun cevabı basittir: Çünkü Tanrı sizin gibi değil, nasıl ki, siz de Tanrı değilsiniz. Tanrı'nın ve sizin mücadele yöntemleriniz, amaç ve duygularınız farklıdır. Siz hep nefret duygusuyla yaşamışsınız, Tanrı ise sevgi demektir. Siz Tanrı'yı öldürmek istediniz, Tanrı ise sizin ruhunuzun canlanmasını bekledi. Ben sizin için cellat, hakim veya savcı değilim, benim amacım çoktan unuttuğunuz, ama içinizde gizli gizli yaşamaya devam eden küçük, dürüst ve hayırsever Johan'ı bulmanıza yardımcı olmaktır."

Karokep kendi kendini ihbar edeceğini ve teslim olacağını söyledi.

Papaz onu durdurdu:

"Sakın böyle bir şey yapmayın. Sizin mahkemeniz gerçekleşmiş, ilahi mahkemede yargılanmışsınız. Tanrı'nın mahkemesi ruhunuzun sağ olduğuna kanaat getirmiştir. İnsanlar tarafından kurulacak bir mahkemenin sizinle ilgili verebileceği bir karar yoktur. İsa'nın günahkar kadınla ilgili kararını hatırlayın: Git ve bir daha günah işleme.

Siz de gidin, hayata geri dönün. Daha önce soyguncu ve katildiniz, bu kez namuslu ve çalışkan bir insan olarak, yeni hayatın öncüsü olun. Biliyorum, çocuklarınız var. Onların iyiliksever, çalışkan fertler gibi yetişmeleri için çaba gösterin. Bu vazife, cezanızı kürek mahkumu olarak çekmenizden daha zordur. Ve daha faydalıdır."

Karokep hikayesini aşağıdaki gibi bitirdi:

"Ve ben hayatın içine karıştım. Nasıl biri olduğumu, yetiştirdiğim evlatları görüyorsun. Fakat benim hakkımda bu kadar konuştuğumuz yeter. Sana çocukluk arkadaşın Johan'ın, o iyilik meleği ve dürüst çocuğun nasıl korkunç Karokep'e dönüştüğünü anlattım. Şimdi de sen, sevgili Yukka, Yarvinen'in – "Tatlı Kral"ın nasıl ortaya çıktığından bahset. Karokep ve Yarvinen iki çocukluk arkadaşıdır. Bu ikisi halkımızın iki yarısı gibidir: Biri soğuk karanlığa mahkum olarak yaşayan yarısını, öbürü ise ilkbaharda güneşin ısıttığı toprak gibi canlı ve hayata sımsıkı bağlı diğer yarısını temsil etmektedir."

Yarvinen halk üniversitesinin yaşlı yöneticilerine baktı:

"Değerli Hocalarım, şimdi de ben size bir şeyler söylemek istiyorum. Benim için – "Tatlı Kral" Yarvinen için, binlerce Yarvinenler için neler yaptığınızı ve şu an da halkımız için yapmakta olduklarınızı anlatmak istiyorum.

Saygıdeğer öğretmenlerim, daha önce de ifade ettiğim gibi, Yarvinenler ve Karokepler aynı halkın evlatlarıdır. Çocukluğumuzda iyilik veya kötülükle tanışma açısından da aynı imkanlara sahibiz. Ülkede saygı duyulan ve değer verilen bir insan olabildiysem, bu başarı, gerçekten, bana ait değildir. Kendim size söylüyorum – bu benim için mutlu sona giden hoş bir tesadüf olmuştur. Ve benim sevgili çocukluk arkadaşım Johan Karokep gençliğinde soyguncu ve katil olduysa, bu büyük ölçüde onun suçu değildir: Bu sonuç Karokep'in büyük talihsizliğinden kaynaklanmaktadır.

Tekrar ediyorum: Yarvinenler ve Karokepler – aslında bir madalyonun iki farklı yüzünü temsil ederler. Aynı ağaç gövdesi üzerindeki iki farklı dal gibidirler, bu ağaç ise halktır, milyonlarca insandan oluşan halk kitleleridir.

Baylar! Ben aydınlara siz profesörlerin, yazarların ve ressamların addettiğinden daha fazla değer veriyorum. Aydınlar – halkın ışık saçan düşüncesi, ülkenin eğitimli beyin gücüdür. Kendi aydın kesimine sahip olmayan ülke bedbahttır, şanssızdır. Bir tek, halkı talan eden cahil, aptal ve eğitimsiz, çoğu zaman ise yırtıcı kişiler aydın kesimin düşmanı olabilirler, oluyorlar da. Halkın karanlığa gömülmesi ve akıl tutulması yaşaması bu baykuş ve puhu kuşlarını, geceleri uçan bu yırtıcıları mutlu etmektedir. Puhu kuşları ışığı sevmezler, güneş gözlerini acıtır çünkü. Bu nedenle bütün ülkelerin, halkların ve bütün zamanların baykuşları ve puhu kuşları aydınlık düşünce ve bilgiyi sevmemişler ve bugün de sevmiyorlar. Bir zamanların sokak çocuğu, halkımızın meydana getirdiği ağacın o dönemler okuma yazma bilmeyen yaprağı olan ben, aydın kesimin halk için çok gerekli olduğunu kendi tecrübemden biliyorum. Bu nedenle, cesaretimi toplayarak, siz aydınlara şunları ifade etmek istiyorum:

Birikimli ve aydın kişiler olmanız sizin için bir imtiyaz ve ayrıcalık gerekçesi olamaz. Hakimiyet, şan şöhret ve kaygısız, refah dolu bir hayata sahip olma hakkı da vermez. Aydın olmak sizler için bir vazife, ifa etmeniz gereken bir hizmettir. Sizin göreviniz bir mum gibi yanarak, halkı aydınlatmaktır. Mumu yaktıktan sonra fanus altında tutmazlar, etrafa daha fazla ışık saçması için yüksek bir şamdana yerleştirirler.

Sizler, değerli öğretmenlerim, ülkemizi her zaman aydınlattınız ve bugün de halkımızdan ışığınızı esirgemiyorsunuz. Fakat yüzlerce ve binlerce sözde aydın, halkı oluşturan milyonların karanlıktan kurtulması için bir şeyler yapıyor mu?

Bilgi ve zekanın kutsal alevi ile yanarak, kendi halklarını aydınlatıyor mu? Halkın eğitimli üst kesimleri alt tabakayı küçümser ve şöyle derler:

"Halk cahil, kaba, ayyaş ve tembeldir. Ayrıca, açgözlü, pis, yalancı ve kıskançtır. Halk dediğin milyon tane başı olan bir hayvandır, özgür bırakılmaması gereken vahşi bir yaratıktır."

Doğrusunu bilmek isterseniz, bu söylenenlerin yüzde doksanı hatta yüzde doksan beşi gerçektir. Peki, bunun suçlusu kimdir?

Bakımsız, terk edilmiş boş arazilerde ne gül, ne elma ne de patates yetişebilir. Oralarda en fazla ısırgan otu, devedikeni ve pıtrak biter. Halk kitlelerinin beyni ve kalbi de böyledir.

Halk etrafında kimi görüyor?

Kendisine nasıl davranılıyor?

Kendisini zihinsel ve manevi açıdan kim ve nasıl yetiştiriyor?

Sözde kültürlü insanlar üniversite eğitimini tamamladıktan

sonra da bulundukları her yerde kitaplar, resimler, müzik, konferanslar, tiyatro, dergiler, sanat, dünyanın önemli yazarları, kulüpler, toplantılar ve sergilerle iç içe yaşarlar. Bu anlamda halk kitlelerine ne sunuluyor peki? En iyi halde halk okulunda iki üç yıllık, en fazla beş yıllık bir eğitim, başka bir şey yok. Bu eğitim sırasında yeteneksiz okul memurları tarafından yazılmış sıkıcı ve işe yaramaz ders kitapları okutuluyor. Çocuklarda bilgiye ulaşma arzusu uyanmadan yok oluyor, duygu ve düşünceleri gelişmiyor. Çoğu zaman hem kitaplara hem de her türlü düşünsel çalışmaya olan ilgi yok ediliyor. Daha sonra, okul yıllarının ardından ne olacak? Halkı oluşturan milyonlarca insan kendi kaderine terk ediliyor. Onlar için kimse bir şey yazmıyor, söylemiyor. Edebiyat, tiyatro, bilim, sergiler, konserler ve konferanslar halk için değil. Günümüzün okumuş insanları da halk kitlelerini kastederek, nefretle şunu söylüyor:

"Lanet olsun bu halka! Halk her konuda cahil, zeka gerektiren işlerde ise sağır ve kör. Kendisini midesi, cebi ve içtiği votkadan başka hiçbir şey ilgilendirmiyor."

Beyler, şu hikayeyi hatırlıyor musunuz? Kabil kardeşi Habil'i öldürmüştür. Tanrı'nın sesi Kabil'in vicdanına hitap eder:

"Kardeşin Habil nerede şu an?"

Kabil yanıt verir:

"Habil'den bana ne? Kardeşimin bekçisi miyim?"

Bu hikaye halkların hayatında binlerce kez tekrar tekrar yaşanır. Vicdanın sesi halkın üst tabakalarını oluşturan kişilere, kültürlü ve eğitimli ağabeylere dönerek, sorar:

"Halk kitleleri, sizin küçük kardeşleriniz olan milyonlarca insan nasıl yaşıyor, akıl, ruh ve maneviyat anlamında ne durumdalar?"

Verilen yanıtlar Kabil'in söylediklerini hatırlatmaktadır:

"Ben ne yapayım onları? Sözünü ettiğin kardeşlerimin bekçisi değilim ki. Benim kendi işlerim ve sorunlarım var."

Halklarının aydınlanmasını engelleyen sorunlarla uğraşmak istemezken, bir süre sonra ayyaşlardan ve hasta, kaba, kinli ve cahil halk kitlelerinden kaynaklanan çok daha vahim sorunlarla karşı karşıya kalıyorlar.

Siz isterseniz, halk kitleleri terbiyeden yoksun kalmaz. Etkin bir terbiye ve eğitim alırlar belki, ama bu arzu edilenin aksine bir eğitim olur. Yüksek tabakalardan olan insanlarla karşılaştıkları zaman, halk kitlelerinin çoğu zaman yabancı ve kendilerine ürkütücü gelen bir evdelermiş gibi çekingen davranmaları dikkatinizi çekti mi? Bunun sebebi nedir? Çünkü herkes bu insanlara bağırarak onları azarlıyor, kaba bir şekilde küçümseyerek, her yerden kovuyorlar. Onlar da şık giyimli insanlardan uzak durmaya çalışıyorlar, onları sevmiyor ve onlardan korkuyorlar. Kalplerindeki kin, nefret ve intikam duyguları giderek artıyor.

Aynı halkın evlatları olmalarına rağmen, üst kesimlerin temsilcilerine kardeş olarak değil, kıskançlıkla ve düşmanca yaklaşıyorlar. Her tarafta gördükleri lüks yaşamlar, pahalı kıyafetler ve çılgın eğlence partileri kendilerinde daha fazla kıskançlık doğururken, kalplerindeki kin duygusunu giderek artırıyor. İnsanlar haset, hayal kırıklığı ve tatminsizlik duygularının hakim olduğu bir ortamda doğup büyüyor ve yaşıyorlar. Yaşadıkları toplumda geçerli olan düzen onları daha da kaba ve hatta vahşi olmaya itiyor. Halk kitlelerinin eğitimi ve toplumdaki cinnet eğilimlerinin giderilmesi konularıyla kimse ilgilenmiyor ve hiçbir şey yapmak istemiyor. Bilim insanları sahip oldukları bilgileri de alarak, insanların ulaşamayacağı yüksek zirvelere çıktılar. Kitaplar ve gazeteler halkın anlamadığı karmaşık ve ağır bir dille yazılıyor. Eski Yunanlılar zamanında bilge Sokrates, yıllar boyunca meydanlarda kalabalık halk toplulukları ile hayatın yüksek gerçekleri ve güzellik konusunda sohbetler yapmıştır. Halkı aydınlatacak benzer şahıslar neden bizde yok?

Milyonlarca insanın tek bir okulu var – meyhane. Halk zekası ve vicdanının katili olan votka hemen her evde satılmaktadır. Halk akıllı bir söze, hayatın güzelliklerini anlatan canlı bir hitaba yıllarca hasret kalmaktadır. Daha sonra beyefendiler halkın alt tabakalarının kaba, ayyaş, tembel ve kıskanç olduğunu, her şeye ve herkese karşı kin beslediğini söyleyerek, hayret etmekte ve kızgınlıklarını dile getirmektedirler.

Yarvinen halk üniversitesinin profesörlerine hitabını sürdürdü:

"Beyler! Sizler çok büyük bir iş yapıyorsunuz, hayata dair bilgileri sokağa, halk kitlelerine ulaştırıyorsunuz. Fakat sizin yüksekokullarınızdan yetişenlerin, aslında hayat bilgisinden yoksun bir topluluk olarak mezun olduklarını biliyor musunuz? Onların beyni kitaplardan edindikleri bilgilerle doludur, fakat kendilerinin hayat bilgisi yoktur. Bu şahıslar aydın değiller, aydın taklidi yapıyorlar. Siyah ve kırmızı ağaçlardan, palmiye ağacından yapılan mobilyaların yanı sıra, bir de bunların taklidi var. Mesela, siyah ve kırmızı ağaç taklidi, meşe, ceviz taklidi gibi. Meşe ağacına benziyor, ama sahtedir, meşe değil. Palmiye ağacını anımsatıyor, ama gerçek palmiye değil, taklittir.

Yüksekokul diploması olan binlerce insan için de benzer değerlendirme geçerlidir. Bunlar aydın olmayıp, aydın insan taklidi yapanlardır. Öğrencilerinize, yüksekokulların diploma atölyesi değil, etrafa ışık saçan canlı mumların üretildiği fabrikalar, ülkenin zihinsel ve manevi açıdan aydınlanmasını sağlayan merkez istasyonlar olduğunu anlatın.

Böyle olsaydı, inanın ki, Karokepler ender görülen hastalıklar gibi istisna oluşturur, Yarvinenler'e ise her adımda rastlanırdı. Halkın bütünü çok başlı tek bir Yarvinen olurdu. Her tarafta ağaç, kağıt, demir, cam, süt ve peynir kralları, emek, zeka ve bilgi kralları bulunurdu. Ülke bilge yaratıcılık, toplumsal refah ve vicdan krallığına dönüşürdü. Halka bilgece yaşamın güzelliğinden bahsedin, temelini aklın oluşturduğu emeğe, aydınlık ve mutlu hayata karşı bir özlem, istek ve iradenin gelişmesini sağlayın.

Yetim ve fakir bir sokak çocuğu olan ben, şu an Suomi'de büyük ve hem de iyiliksever bir güce dönüştüm. Bu nasıl mı oldu? Düşündürücü bir konuşma sayesinde. Ve şans eseri.

Küçük bir tatlıcı dükkanının sahibiydim ve yukarıda da dediğim gibi, önümdeki hayat yolunun dar ve sıkıcı olduğunu ve az bir kazançla yetinmek durumunda kalacağımı düşündükçe bunalıma giriyordum. Bazen bayram günleri içmeye bile başladım. Fakat bir gün tanınmış bir bilim adamımız bizim şehre geldi ve sokak köşelerine ilanlar yapıştırdı. İlanlarda şu sözler yer alıyordu:

"Yaşlılara ve çocuklara, bilim insanlarına ve okuma yazması olmayanlara – herkese sesleniyorum. Bütün hayatımı Suomi'miz için çalışmaya adadım. Pazar günü boş zamanınızın bir saatlik kısmını bana ayırın. O serbest saatleri, hayatınızın sevgili Suomi'miz için faydalı olacak uzun yıllarına dönüştürebileceğimi umut ediyorum."

Ben ve tanıdıklarım daha önce iki üç kez konferanslara katılsak da, sonradan bu alışkanlığı bıraktık. Çünkü anlamı yoktu. Üniversitede kürsünün kapısından dahi içeri alınmaması gereken şahıslar konferans veriyordu. Yaşlı olanlar ağzında dişi kalmamış bir kocakarı gibi söylediği her lafı geveleyerek, bilimsel bir şekilde zırvalarken, daha genç olanları kendini beğenmiş, cahil ve şarlatan tiplerdi. Bunlar akıllı düşünceler yerine dinleyicilere çiğ hamur sunuyordu.

Eğitim Bakanlığı'nda görevli memurların oluşturduğu üçüncü grup konuşmacılar ise görev hanelerine yazılan gidilen yer ve verilen konferans sayısını artırma amacındaydılar. Bu kişiler çoğu zaman boş sandalyelere konuşuyorlardı.

Fakat bu kez bilim adamının alışılmamış bir şekilde yaptığı davet birçok insanın ilgisini çekti. Konferansı dinlemeye gittim, salon ağzına kadar doluydu. Dinlediğim konuşma kalbimin derinliklerine işleyerek, beni kış uykusundan uyandırdı. Hayatın anlamını ve bunu gerçekleştirmenin yollarını gösterdi.

Konferansın konusu "Gasp Edilmiş Kitap" olarak ilan edilmişti, konuşmacı ise Robinson Crusoe'yu anlattı. Fakat nasıl anlattı! Filozof bilgeliği ve üslubunun çocuksu sadeliği ile bu bir Sokrates konuşmasıydı.

Profesör şunları söyledi:

"İnsanlar hâlâ büyük bir çocuğa benzemektedir. Aptal ve küçük çocukların yaptığı gibi, aralarındaki anlaşmazlıkları kavga ederek ve savaşarak çözmek istiyorlar. Tanrı ve hayatın kutsallığı hakkında yaptıkları tartışmalarda akılsız çocuklar gibi kaprisli ve inatçı davranıyorlar. Tanrı'yı sopalarla, taşlarla, idamlar ve ateşle korumak niyetindedirler. Aptal çocukların yaptığı gibi, bilgeliği kendiler için oyun ve eğlence olarak görüyorlar. Hepiniz Robinson Crusoe hakkında bir şeyler duymuş veya okumuşsunuzdur.

Robinson'un hayat hikayesi küçük çocuklara eğlence malzemesi yapıldı. Halbuki bu hikaye yükselmek isteyen halklar için bir bilgelik kaynağı, ders kitabıdır. Robinson Crusoe dünyadaki en büyük kahramandır. Bütün diğer kahramanlardan – Romullar'dan, Sezarlar'dan, Napolyonlar'dan üstündür. Robinson, bir kültür devriminin, bu yolda verilen emeğin kahramanıdır, yılmayan ve yaratıcı bir iradenin canlı örneğidir.

Robinson Crusoe, İngiltere'nin, Kuzey Amerika'nın elde

ettiği gücü ve şöhreti anlamanın anahtarıdır. Robinson, yeryüzündeki sevinçlerin peygamberi ve havarisidir. Leopardi'den, *Schopenhauer*'dan, Hartmann'dan yüz gömlek üstün bir bilge, daha iyi bir hayat için verilen mücadelede kazanılacak zaferin müjdecisidir.

Robinson, insanın dünya ve dünyadaki hayatın efendisi olduğunu öğretiyor. Hem de bunu sözlerle değil, kendi hayatı ile ortaya koyuyor. İnsan; onun dehası, iyi niyeti ve bilge aklı doğanın bütün karanlık güçlerinden daha kudretlidir.

"Yorgun veya hastalık derecesinde zayıf beyinlerin ürettiği zekice fikirleri bir tarafa bırakın" diyor Robinson. "Gerçek hayatı ele alalım, mesela, ben buna bir örnek olabilirim. Fırtına denizde gemiyi alabora etmişti. Bırakın vatanınızı, uygarlığın olduğu herhangi bir kara parçasına bile çok uzaktasınız. Her tarafta göz alabildiğince uzayıp giden meçhul bir deniz. Bütün yolcular arasında sadece bir genç hayatta kalmıştır. Dalgalar kendisini ıssız bir adaya atmıştır, aç ve çıplaktır. O ne yaptı peki, öldü mü? Umutsuzluğa kapılarak intihar mı etti? Robinson zorlu bir çalışmayla parçalanmış gemiden kurtarabildiği malzemeleri adaya çıkardı, kendisine ev yaptı. Buğday tarlası ekip biçmeye başladı, vahşi keçileri evcilleştirdi. Daha sonra ilkel kabilede yetişmiş bir insanı uygarlıkla tanıştırarak, kendisine yardımcı ve arkadaş yaptı. Kısacası, rahat ve refah içinde bir hayat kurdu.

Bunları bir genç, yalnız başına ve ıssız bir adada gerçekleştirdi.

Profesör konuşmasının sonuç bölümünde aşağıdakileri belirtti:

"Finlandiyalı kardeşlerim! İki milyonluk halkımız, yani bizler, genç bir delikanlı olan Robinson'dan daha mı zayıf, aciz ve beceriksiziz?

Sayın profesörler, din adamları, hakimler, mühendisler, memurlar, avukatlar, genç Suomi'nin evlatları, aydın kesimimizin değerli temsilcileri! Sizler neden kendi halkınızın içinde birer Robinson olmak istemiyorsunuz? Robinson ıssız adada ilkel bir insanı, bir yamyamı yetiştirerek, onun şahsında kültürlü bir arkadaş ve yardımcı edindi. Sizlerse yaşadığınız büyük kentlerde, yüksekokulların, gazete binalarının, tiyatro ve müzelerin duvarları arasında oturarak, kendi halkınızın temsilcisi olan milyonlarca insanın cahil, ayyaş ve kaba, neredeyse, ilkel ve vahşi olduğunu söyleyip sızlanıyorsunuz. Robinson'un hayalini önünüze alın ve yaşadığınız dünyaya karşı yaklaşımınızı tekrar gözden geçirin."

"Bu konferans gözlerimin açılmasını sağladı" diye konuşmasını sürdürdü Yarvinen. "Sırtımdaki kamburun birdenbire yok olduğunu ve onun yerine büyük ve güçlü kanatlar çıktığını hissettim. Konferans beni manevi açıdan devleştirmiş, güçlü ve büyük olmak, küçük Suomi'miz için büyük işler yapma arzusu ile yanmaya başlamıştım.

Basit bir tatlı satıcısı olan ben, elimdeki bin-iki bin Marklık malla, ne yapabilirdim? Neredeyse zor kullanarak konferansı dinlemeye getirdiğim üç arkadaşım da böyle düşünüyorlardı. Biri ayakkabı imalatçısı, diğeri demirci, üçüncüsü ise pazarda yumurta satıcısı olan bu arkadaşlar konferanstan çıktıktan sonra yolda acı acı gülüyorlardı:

"Nasıl kahramanlarız ama! Birimiz tavuk yumurtası ticareti yapıyor, diğerimiz ayakkabı üretiyor, sen ise küçük çocuklara ballı kek satıyorsun. Hangi Robinson'dan bahsediyorsun bu durumda?"

Bütün varlığımı bir coşku sarmıştı. Kek satıcısı olan ben, ilham gelmiş şair gibi cümleleri art arda sıralayarak, konuşmaya başladım:

"Tamam, ben bir tatlıcı olabilirim, ama bu benim kendi işimin Robinson'u olmama engel midir? Sadece ballı kekler satmakla yetinmeyip, büyük çapta bal ticareti yapabilirim. Bütün ülke genelinde bal üretimini organize ederek, artırabilirim. Tatlının lüks ve özel durumlarda yenen bir yiyecek olmaktan çıkarak, günlük yiyeceğe dönüşmesini, ayrıca, işçi ve fakir köylülerin de ulaşabileceği bir ürün olmasını sağlayacağım. Ben bir tatlı kralı olacağım."

"Peki, bizler ne olacağız?" diye sordular arkadaşlarım gülerek.

"Biriniz ayakkabı kralı, diğeriniz yumurta kralı, üçüncünüz ise demir kralı olabilirsiniz."

Büyük bir arzu ve coşku içinde benim evime gittik ve sabaha kadar konuştuk.

Sonra ne oldu? Yıllar geçti ve biz gençlik planlarımızı hayata geçirdik. Ayakkabıcı arkadaşımız para biriktirerek, üç yıl Paris'in en iyi atölyesinde çalıştı ve ayakkabı tasarımcısı oldu. Şu an iki oğlu kendisiyle birlikte çalışıyor. Her ikisi de yüksekokul mezunu. Birisi kimyager, şu an Finlandiya'nın en büyük deri fabrikasının sahibi ve yöneticisi. "Ukkonen ve Oğulları" markasının ünü bütün Avrupa'ya yayıldı. Finlandiya'nın bütün şehirlerinde bulunan "Ukkonen" ayakkabı mağazalarına diğer Avrupa ülkelerinde de rastlayabilirsiniz. Nitekim Londra'nın Piccadilly Meydanı'nda veya Paris'in D'Opera Bulvarı'nda "Ukkonen Ayakkabıları" yazılı tabelaları görünce insan gururlanmaktadır. Mağazalar ve bunlara bağlı olarak faaliyet gösteren atölyeler Ukkonen'in küçük oğlu tarafından yönetilmektedir. Kendisi Jena Üniversitesi'nden mezun olup, Fransızcayı bir Parisli kadar iyi konuşmaktadır. İngiliz tahtının genç veliahdı, Kraliçe Victoria'nın oğlu ve bir moda duayeni olan Prens Edward ayakkabılarını sadece Ukkonen'in oğluna ısmarlatmakta ve dostane sohbetler sırasında kendisine yarı şaka yarı ciddi "meslektaşım" olarak hitap etmektedir: "Hem siz hem de ben krallık veliahdıyız. Ben İngiltere Kraliçesi'nin oğluyum, siz ise Finlandiya ayakkabı kralının oğlusunuz."

Neşeli Prens daha sonra "Sizin kendi unvanınıza daha fazla layık olduğunuzu düşünüyorum" diye ekliyor.

Ukkonen'in iki oğlu her sene Finlandiya'nın çeşitli bölgelerinden seçtikleri 10'ar yetenekli gencin bütün masraflarını karşılayarak, bu gençlerin Almanya'da Virhoff'un, Paris'te Paster'in ve Amerika'da Edison'un laboratuvarlarında yüksek eğitimlerini tamamlamalarına olanak sağlıyorlar.

Robinson'u konu alan bilge konuşmanın nasıl sonuçlar doğurduğunu görüyorsunuz, değil mi? Ama hepsi bu değil.

Pazarda yumurta satan Tomas Gulbe, bugün İngiltere, Fransa ve Almanya'nın başkentlerinde tanınan ve ismi duyulan bir yumurta kralı oldu.

Köyleri dolaşarak, yumurta satın alan Gulbe her haneden iki, üç, yedi veya on tane olmak üzere, yumurta topluyordu. Tekstil ve tuhafiye hırdavatı ile takas ederek temin ettiği bu yumurtaları daha sonra kolilerle yurtdışındaki yumurta depolarına satıyordu. Sadece taze, en fazla iki üç günlük yumurtaları alıyordu. Her yumurtaya da "Tomas Gulbe" marka işaretini işliyordu. Bir yıl sonra Londra, Paris ve Berlin'in en iyi lokantaları tedarikçilerinden "T. Gulbe" marka yumurta talep etmeye başladılar.

Gulbe Suomi'nin ücra köşelerini yalnız başına dolaşmaya yetişemiyordu. Diğer taraftan, bunun maliyeti de çok büyüktü. Bu nedenle T. Gulbe bütün halk öğretmenleri ile mektup yoluyla iletişim kurdu ve muhteşem, aynı zamanda da sade bir plan hazırladı. Bütün ülkeyi bölgeleri ayırarak, her bölgeye I., II., V., VI., X., XX. vs. olmak üzere, Roma rakamları ile numaralar verdi. Her bir bölgedeki okulları da 1, 2, 3,.. 5,.. 7,.. 10,.. 20 gibi rakamlar ile işaretledi.

Okula gelen çocukların her birisi 2, 3, 7, kısacası, o gün kendi veya komşu tavuklarının yumurtladığı kadar yumurtayı günlük olarak okula getirirdi. Sonuçta gelen yumurtaların hepsi taze olurdu. Yumurtaları toplayan öğretmen her bir yumurtanın üzerine kendi bölgesinin ve okulunun numaralarını ve yumurta gönderen her bir ev kadınının kaydına işaret eden harfi çiziyordu.

Bu işaretler kimyasal mürekkep kullanılarak konulmaktaydı. Yumurtalar içinde yüzer adet olan paketler halinde aynı gün T. Gulbe'nin Abo'daki depolarına gönderilir ve depoya konuldukları gün hiç gecikmeden gemiye yüklenirdi. 3-4 gün sonra ise Fin yumurtaları Paris, Londra, Brüksel, Anvers gibi şehirlerin lokantalarında masalara sunulurdu.

Ev kadınlarından herhangi biri taze olmayan yumurta göndermişse ve Londra'daki bir lokantanın müşterisi kendisine servis edilen bu yumurtadan memnun kalmamışsa, Gulbe'nin Abo kentindeki depolarına hemen açık mektup yollanırdı:

"5 Nisan günü depoya giren VII., 15, N numaralı yumurta bozuktu."

Abo'daki depolarda 2-3 dakika içinde VII sayısı ile işaretlenen bölgenin Kuopio, 15 sayısının şu okul, N harfinin ise şu ev hanımı olduğu belirlenerek, okulda işbirliği yapılan öğretmene mektup uçurulurdu: "Dikkat edin, ev hanımı Myakkinen 5 Nisan günü size bozuk yumurta getirmiş."

10 yıl sonra Tomas Gulbe Finlandiya'nın yumurta kralı oldu. Abo'da yaz sezonunda kullanılmak üzere soğuk hava depoları ve kış için ısıtma sistemine sahip özel depoların yanı sıra, Hamburg, Londra ve Flissingen kentlerinde de depoları mevcuttur.

Finlandiya'nın her tarafında bulunan cins tavuk çiftliklerinde yetiştirdiği tavukları kendi belirlediği çok uygun bir fiyatla köylülere damızlık olarak satıyor. Yumurta üretimi tavukçuluk ve beyaz et ticareti sektörlerinin ortaya çıkmasına vesile olurken, av kuşlarının eti de bir süre sonra ticareti yapılan ürünler arasına girdi.

Çoktan milyoner olan Tomas Gulbe, Finlandiya köylülerinin de her sene yurtdışına yapılan satışlardan on milyonlarca Mark kazanmasını sağlamaktadır.

"Tomas Gulbe" Ticaret Evi'nde uzun süredir uygulanan bir kurala göre, her sene firmanın elde ettiği gelirlerden köy kütüphanelerine yüz bin Mark ayrılmaktadır. Gelişmiş tarım tekniklerini öğrenmek üzere, nispeten eğitimli köylülerin Danimarka, Hollanda ve İsviçre gibi ülkelere gönderilmesi için yüz bin Mark, ayrıca yetenekli bilim insanları, yazarlar, ressam ve sanatçıların yurtdışı seyahatlerinin finansmanı amacıyla da yüz bin Mark bağışlanmaktadır.

Tam sekiz yıldır, her yıl üç yüz bin mark, başka deyişle, toplam iki buçuk milyon Mark! Ve bu rakam yumurta işinden elde edilen gelirin sadece küçük bir kısmını teşkil etmektedir!

Sizleri çok fazla sıkmamak için "saltanatım" hakkındaki bu hikayeyi sokaklarda kek satan birisiyken nasıl "tatlı kralına" dönüştüğümü anlatarak bitirmek istiyorum.

Robinson hakkındaki konferanstan sonra kendi işimin Napolyon'u olmaya, önce Finlandiya'yı daha sonra ise bütün Avrupa'yı fethetmeye karar verdim. Fakir ve az eğitimli bir Finlandiyalı için bu plan çok küstahça görünebilir belki, fakat ben kendi kendime bu planı hayata geçireceğime ve istediğimi elde edeceğime dair söz verdim.

Ve başardım. İşe küçük bir nişasta şurubu fabrikası açmakla başladım. Fabrika şimdi de çalışıyor. Samanlığı veya patates deposunu andıran ahşap bir yapı olup, içindeki alet ve ekipmanlar çok basittir. Fakat o zamanlar bu kadarına bile param yetmiyordu. Banka müdürüne gittim ve tatlı kralı olmak, Finlandiya'yı fethetmek istediğimi söyleyerek, fikir ve planlarımı anlattım.

Müdür "Deneyin, biz de sizin müstakbel saltanatınız için riski göze alırız" dedi.

İş başarılı oldu. Üretilen şurup temiz, katı ve tatlı olup, şekerden daha iyiydi. Başlangıçta kendim köyleri dolaşarak, şurubu patatesle takas ediyor, daha sonra bu patateslerden ürettiğim şurubu tekrar köylülere vererek, karşılığında patates alıyordum.

İki sene sonra Finlandiya'nın çeşitli bölgelerindeki benzer fabrikaların sayısı beşe çıkarken, ben de yeni bir işe giriştim. Ormanlarımızda bol miktarda ahududu yetişmektedir. Daha sonra karşılığında ahududu tedarik etmeleri koşuluyla, kışın köylülere bin kilo şurup dağıttım. Çocukların yazın el arabalarıyla toplayarak getirdikleri ahududuyu ürettiğim şurupla karıştırarak, reçel yapmaya başladım. Bu işin maliyeti çok düşüktü, başustamın dediği gibi, reçel bize sudan ucuza mâl oluyordu. İşçi ve köylüler Yarvinen reçellerini ekmekle yerken, öğle ve akşam yemeklerinin menüsünde çoğu zaman sadece reçel ve ekmek bulunurdu. Bu yemek tatlı, lezzetli, ucuz ve aynı zamanda da doyurucuydu.

Bir sonraki yıl ormandan toplanan ahududunun yetersiz kalması üzerine Rusya'dan ve Almanya'dan en iyi ahududu çeşitlerini ithal etmeye başladım. Ayrıca, yine Rusya'dan ünlü "Vladimir" çeşidi vişneyi ve İrlanda'dan en tatlı patates çeşitlerini getirtiyordum.

Köyleri gezerek, insanlara fide dağıtıyor, bunların nasıl ekileceği ve elde edilen mahsulün nasıl işleneceği konusunda köylüleri bilgilendiriyordum. Bütün Finlandiya benim için büyük bir vücuda dönüşmüştü: Bu vücudu oluşturan binlerce sinir, kan damarı, kas lifi sayesinde halkla iletişim kuruyordum. Kendimi tamamen işime adamıştım, bütün hayatım işimdi. Sürekli şurup, patates, ahududu ve vişne hakkında, bunların nasıl pişirilmesi gerektiği hakkında düşünüyordum. Yardımcılarım reçel ve şurup konularında birer sanatçı ve şaire dönüşmüşlerdi, her türlü iyileşmeden büyük sevinç duyuyorlardı.

Yarvinen reçellerinin her yıl daha ucuz ve kaliteli olmasına büyük önem veriyordum. Finlandiya'da, üzerinde "Yarvinen" markası bulunan teneke kutuların girmediği köylü evi neredeyse kalmamıştı. Nehir ve göllerde orman ürünleri taşıyan sallarda çalışan, aylarca ormanda yaşayarak katran toplayan işçiler için Yarvinen reçelleri temel geçim kaynağıydı.

Orman ürünleri alanında faaliyet gösteren bir İngiltere firmasının müdürü Finlandiya'daydı. İşçilerimizin yemeğini, bizim ürettiğimiz reçeli tattıktan sonra "Bu bir işçi yemeği değil, kral sofralarına layık bir yiyecek" dedi. Ürünün fiyatına inanmak bile istemedi.

"Elli bin kutu sipariş etsem, dediğiniz fiyattan verebilir misiniz?"

Düşündüm, kafamda bir hesap yaptım ve "O zaman size yüzde iki oranında indirim de yapabilirim" yanıtını verdim.

Yarvinen reçelleri önce İngiltere, ardından Danimarka, Hollanda, Belçika, Almanya, Fransa ve hatta Amerika pazarında satılmaya başlandı.

Fabrikalarımda çeşitli bölümlerin başında alanında uzman kişiler olan kimyacı bilim insanları durmaktadır. Tarım ve bağcılık alanında uzman olan üç bilim adamı Finlandiya'yı dolaşarak, patates, ahududu, vişne ve diğer meyvelerin yetiştirilmesi hakkında köylülere konferanslar veriyor. Yaz için soğutmalı, kış içinse ısıtmalı vagonlarım, yurtdışında depolarım, okyanuslarda yüzen üç adet gemim var. İtalya'nın Messina bölgesinden her sene bir gemi dolusu portakal, Singapur'dan pirinç alıyorum. Benim sayemde Finlandiya'nın sokak çocukları istedikleri kadar muz yiyebiliyorlar. Ürettiğim şurup, reçel ve komposto kutuları rom, İsveç punçu, viski, absent, siyah bira ve likör şişeleriyle başarılı bir şekilde rekabet etmekte. Halk iyi beslenmeye ve az içmeye giderek daha çok alışmakta.

Yarvinen profesörlere hitaben şunları belirtti:

"Sayın bilim adamları! Şekerin leziz bir yiyecek olmaktan öte, temel besinlerden, tok ve sağlıklı yaşam için gereken başlıca ürünlerden birisi olduğunu sizler benden daha iyi biliyorsunuz. Hem bireylerin hem de halkın karnı tok olursa, daha az içerler. Bu nedenle tatlı, her zaman için acının düşmanı olmuştur. Acı da tatlının düşmanıdır. Ayyaşlar tatlı sevmezler, tatlı seven kişiler de acı içeceklerden hoşlanmazlar.

Bu nedenle de Yarvinen'in kutu ve kavanozları ayık ve dinç bir hayatın misyonerleridir. Halka sağlık dağıtan bu kutular, aile reisleri tarafından alınıp götürüldükleri her bir işçi ve köylü ailesine bir güneş ışığı gibi mutluluk ve sevinç taşımaktadır.

Eve dönen aile reisinin elinde bu kutuları gören çocukların yüzü sevinçten aydınlanmakta, evin hanımının gözleri minnettarlık ve sevgi duygusu ile parlamaktadır çünkü kocası, emeğinin karşılığı olarak elde ettiği değerli kazancını meyhanelerde sarhoşluk getiren zehirli maddeye harcamamış, tam aksine, bu gelir sevinç ve tokluk kaynağı olarak, evin kapısından içeri girmiştir."

Yarvinen konuşmasının son bölümünde şunları söyledi:

"İşte bu nedenle depolarımda milyonlarca kavanozu, liman rıhtımlarında ise üzerinde "Yarvinen" etiketi bulunan binlerce koliyi gördüğüm zaman kalbim gurur, sevinç ve mutlulukla dolmaktadır. Kendi kendime şunu söylüyorum: bunlar benim askerlerimin – barış, halkın refahı ve ailelerin huzuru ve mutluluğu için mücadele eden askerlerin oluşturduğu ordulardır.

Hayalimde onlara hayır dua ediyorum, her bir kavanoza ayrıca dua ediyorum: İnsanların hayatına gir ve kimsenin fark etmediği "tatlı" görevini – iyilik dağıtma görevini yerine getir.

Ayrıca, uzun çalışma yıllarıma ve bütün hayatıma hayır dua ediyorum: Bu dünyada boşuna yaşamadığımı biliyorum. Hem kendi ülkemin – Finlandiya'nın, hem de başka, uzak halkların hayatına elimden geldiği kadar tatlı bir katkıda bulundum. Bütün bunlar için de kalbimde ilahi ateşin kıvılcımını uyandıran bir esere, dâhi yazarın unutulmaz kitabına borçluyum. Ayrıca, halk kitleleri arasında bilgelik ve aydınlanma tohumları saçan sizlere borçluyum. Sizler uzaklardan gelen bir profesörün içimde tesadüfen yakmış olduğu kıvılcımın sönmesine izin vermediniz, aksine bu kıvılcımı üfleyerek, parlak ve gür bir ateşe dönüşmesini sağladınız. Kalbimde yanan ışığın kaynağını sürekli beslediniz. Bunun için hepinize sonsuz teşekkür ederim. Dile getirdiğim bu minnettarlığın yapmış olduğunuz büyük kültürel faaliyetlerin karşılığında takdim edilen bir ödül olarak değil, yeni, daha kapsamlı ve daha sıkı bir çalışmaya çağrı olarak kabul edilmesini istiyorum.

Daha önce halkların tarihine dair kaynakları okudum, sonra sizlere ve birçok diğer bilim insanına sorular yönelttim, kendim uzun düşüncelere daldım. Bu düşüncelerin ardından dünyadaki birçok halkın yamyamlık durumundan henüz kurtulmadıkları, sadece insan yeme yöntemlerinin farklılaştığı sonucuna vardım. Diğer halkları ve hanedanları istila eden fatihlerden neden saygıyla bahsedildiğini anlayamıyorum. Büyük İskenderler, Hanniballar, Scipionlar, Sezarlar, Büyük Karllar, Napolyonlar,

Moltkeler, Bismarklar ve onlara benzeyen binlerce şahsiyet tarihte ne gibi iz bırakmışlar, şimdi ne yapıyorlar?

Başkalarına ait toprakları işgal ederek, bütün zenginliklerine el koyuyorlar, fakat bu toprakları işlemiyorlar. Milyonlarca kişiyi yeni tebaaları olarak hükümleri altına almalarına rağmen, bu insanları kendi hayatlarının ve devletin akıllı, soylu kurucuları olarak yetiştirmek akıllarından bile geçmiyor. Çok büyük devletler ortaya çıkmakta fakat halkları fakirlik ve açlıkla boğuşmaktadır. Milyonlarca insan cehaletin pençesinde, zeka ve maneviyat olarak geri kalmış durumdadır. Her tarafta ayyaşlık, hırsızlık, kaba ahlaksızlık, iğrenç küfürler, fakirlik ve karşılıklı kin duygusu kol geziyor. Ama herkes çok sakin. Tesadüfen, veraset yoluyla veya okul diploması sayesinde bu kokuşmuş bataklıktan kurtularak, temiz, rahat ve kuru bir yere tırmanmayı başaran şanslı kimseler kendi halklarını ve milyonlarca insanı karanlıktan çıkarmak için parmaklarını bile kıpırdatmıyorlar. Bu şahıslar, ayrıca, nüfusu ayyaş, cahil ve aç kitlelerden oluşan büyük devletlerin, sulu çamurdan zemin üzerinde yükselen taş kulelerden farksız olduğunu düşünmek bile istemiyorlar.

Halbuki tarih, içi havayla doldurulmuş balonu hatırlatan bu sahte kahramanlara o kadar çok ders vermiş, kafalarına sopayla vurarak canlarını o kadar yakmış ki. Elinin tek bir hareketiyle Metternich gibi kurnazların, Kont Alba gibi acımasız yırtıcıların ele geçirdiklerini, çocukların kağıttan yaptığı evler gibi, yerle bir etmiştir. Ama bu yaşananlardan kimse ders çıkarmıyor. Yeni işbaşına gelen politikacılar eskiden beri süregelen aptal, yırtıcı ve hain oyunu tekrarlayıp duruyorlar. Devletlerinin sınırlarını daha fazla genişletmek için çaba gösterirler, fakat hükmettikleri topraklarda zeka, bilgi ve halk vicdanının gelişmesine göz yumarlar.

Suomi, bizim küçük ülkemiz daha fazla büyüyüp genişleyemez. Sınırları geniş, büyük Suomi'den yana değilim ayrıca, benim asıl istediğim ülkemizin daha fazla, mümkün olduğu kadar çok sayıda büyük vatandaşa, yurttaşa sahip olmasıdır. Her defasında binlercesi olmak üzere, Suomi'mizin iki milyonluk nüfusunun tedricen gelişmiş, eğitimli, vicdanlı ve iyiliksever insanlara, hem kendi hayatlarının hem de toplum hayatının özverili kurucularına dönüşmesini istiyorum."

Yarvinen saygıyla profesörleri selamladı.

Kendisi katran toplayıcılığı ile uğraşan, üç oğlu ise Helsinki Üniversitesi'nde profesör olan yaşlı köylü Torsten – Forsten "Tanrı dediklerini gerçeğe dönüştürsün. Amin!" derken, dinleyici sıralarından da "Amin!" sesleri yükseldi.

Toplantı yöneticisi ayağa kalktı:

"Yarvinen'in bilgelik dolu, içten ve güzel konuşmasından sonra herhangi bir ilave söze gerek olmadığı kanısındayım. Bu konuşma halkın alt kesimlerinin yukarıdakilere seslenerek, 'Gelin ve bizleri eğitin!' diyen haykırışının yankısıdır."

Bir tören havasında geçen toplantıyla ilgili haberler Finlandiya'nın hemen hemen bütün gazetelerinde çıkarken, Yarvinen'in konuşması bütünüyle, eksiksiz olarak yayınlandı. O zaman günün olayı diye değerlendirilen konuşma uzun süre her tarafta tartışıldı ve yüzlerce kişiyi halk kitlelerinin aydınlanması için mücadele eden gönüllüler ordusuna katılmaya teşvik etti.

Birkaç şehirde zengin tüccarlar mevcut evlerini halk üniversitesine bağışlarken, bazıları bu amaçla yeni binalar inşa etti. Birçok öğretmen, hakim, avukat, papaz ve doktor, her akşam oturup kağıt oynayarak veya bira içerek vakit geçirdikleri için kendi kendilerinden utandılar. Yeniden kitaplara sarılan bu insanlar, daha sonra halkı aydınlatmak üzere, okumaya ve bilgilerini artırmaya başladılar.

O dönem diğerlerinin arasından sıyrılan birkaç yetenekli konuşmacı yeni bir çalışma alanının ortaya çıkmasından dolayı çok memnunlardı. Kendileri bu duyguları aşağıdaki sözlerle dile getiriyorlardı:

"Hayat daha renkli, daha neşeli ve mantıklı bir hal aldı. Sanki kısa bir süre önce uyanmış gibiyiz."

Bütün parti, eğlence ve toplantılarda küçük meblağlarda da olsa, para toplanırdı. Daha sonra bu paralarla en iyi kitaplar alınarak, küçük kütüphaneler oluşturulur ve ülkenin en ücra bölgelerine gönderilirdi. Konular belirlenir, bu konularda yazılacak en iyi kitaplar için ödüller tesis edilir ve kitaplarını yayınlatmak isteyen yazarlara destek sağlanırdı. Bu kitaplar daha sonra uygun fiyattan halka sunulurdu.

Snelman hayatının son yıllarında arkadaşlarına sevinç içerisinde şunları söylüyordu:

"Biliyor musunuz, Finlandiya'mızın benim çocukluk dönemimde nasıl bir ülke olduğunu ve günümüzde yaşadığı değişimleri gördüğüm zaman gözlerimin önüne şöyle bir manzara gelmektedir: Büyük ve eski bir ev var, hemen hemen bütün pencereleri kapalı. Dışarıdan hiçbir hayat belirtisi görülmezken, evin içerisi de karanlık, rutubetli, sıkıcı ve havasız. Büyük bir mezar-evi hatırlatan binanın iç karartıcı bir görünüşü var. Fakat bir gün genç, hayat dolu ve güçlü insanlar geldiler, neşe içinde, aydınlık yüzlerindeki akıllı ifadeyle işe koyuldular. Panjurları ve perdeleri kaldırarak, pencereleri açtılar. Odalar güneş ışığı, temiz hava ve canlı çiçeklerin kokusuyla doldu, evin içindeki her şey canlandı ve neşelendi. Evin dış görünüşü de gençleşti. Önceleri hayaletten korkar gibi bu evden korkan ve yanından bile geçmek istemeyen insanlar bu kez yaklaşarak, hayranlıkla seyrediyorlardı."

Snelman sözlerini noktaladı:

"Bu tür mucizevi dönüşümün her bir ülkede ve vilayette, hatta en ücra yerlerde dahi yaşanması mümkündür. Sadece sihirli ellere, ileri görüşlü, büyük yürekli insanlara, yorulmadan çalışan kültür emekçilerine ihtiyaç var.

12
Köylüler

Snelman henüz çocukken, okul yıllarından itibaren, ülkede ve dünyada yaşanan olaylara yüzeysel, kendi deyimiyle, kölelere ve uşaklara has bir itaatkarlık ve ilgisizlikle yaklaşılmasına öfkelenmekte ve bundan büyük kaygı duymaktaydı. Okullardaki bütün tarih ders kitaplarında ve profesörlerin verdiği derslerde sadece çar ve krallardan, onların bakanlarından, soylu ailelerin mücadelesinden, kont ve generallerden, olsa olsa, sayısı yüzü geçmeyen büyük bilim adamları, tanınmış yazarlar ve dâhi ressamlardan bahsedilmekteydi. Onların biyografisi anlatılmakta, savaşlar, saray entrikaları, diplomatik kurnazlıklar, ihanetler ve isyanlar hakkında bilgiler verilmekteydi.

Farklı ülkelerde milyonlarca halk kitlelerinin yüzlerce ve binlerce yıldır nasıl yaşadığını, kuşaktan kuşağa hangi değerleri aktardığını ise yüzeysel bir şekilde hatırlatmakla yetiniyor, hatta bazen bu konudan hiç bahsetmiyorlar bile.

Milyonlarca işçi ve köylü, yüzbinlerce zanaatkar ve sayıları milyonlarla ifade edilen sıradan şehir nüfusu asırlardır tarih biliminin ilgi alanından uzakta kalmış ve bu durum günümüzde de devam etmektedir.

Halk kitlelerinin zekasının geliştirilmesi, irade ve kalbinin terbiye edilmesi ve milyonlarca insanın aydınlanması konusunda birileri az da olsa kafa yormamış, halkların maddi ve manevi yaşamının iyileştirilmesinden kimse kaygı duymamış ve sorumluluk hissetmemiştir.

Ziraat, hayvancılık, tuğla yapımı, kağıt ve kumaş üretimi gibi alanlarda gelişmeye önem verilmiş, fakat milyonlarca emekçinin beyni, kalbi, sağlığı ve hayat koşullarının iyileştirilmesi gerektiğini kimse düşünmemiş ve düşünmek istememiştir.

Halkın alt kesimlerinin hayatı, maneviyatı, karakteri ve refahı gibi konular kaderine terk edilmiştir. Sanki bu meseleler kimseyle ilgili değil, sanki ebedi olarak karar alınmış:

"Bırak bildikleri gibi yaşasınlar. Herhangi iyi bir gelişme olursa, bu onlar için mutluluk ve şanstır. Ağır ve kötü sonuçlar doğuran bir hadise karşısında ise sabretsinler."

Bütün ülkelerde halk kitleleri sürekli sabretmek ve dişlerini sıkmak zorunda kalmıştır. Sabır, ihtiyaç ve yokluklar karşısında kaderine razı olmak halk kitlelerinin doğal bir görevi olarak kabul edilmeye başlanmıştır. Halkı birçok sebepten dolayı aşağılamakta ve sövmektedirler, her taraftan sürekli "Halk ayyaştır, tembeldir, çalışmak istemiyor. Halk kabadır, açgözlüdür, acımasızdır" söylentileri duyulmaktadır.

Fakat bu görüşleri dile getirenler aynı zamanda şunu da ekliyorlar: Halkın büyük olduğu bir konu yine de var – sabır. Aç kalmasına, üşümesine ve pislik içinde yaşamasına rağmen, dişlerini sıkıyor, kimseye kin duymadan sabrediyor.

Herkes halkın sabrını takdir ederek, hayranlığını dile getiriyor ve hatta duygulanıyordu. Halkın dayanma gücünü dini bir vecibeye dönüştüren bu kişiler İsa'nın öğretisini de sabır dini olarak görmeye başladılar.

Snelman sabrın inanç mertebesine yükseltilmesinden öfke

duyuyor ve buna çok içerliyordu. Kızgınlığının hedefi hem üst tabakalar hem de halkın kendisiydi. Üst sınıflara, kendileri için talep ederek aldıkları çeşitli özgürlükleri, refahı ve rahat hayatı halktan sakındıkları, halka en ağır, onur kırıcı ve zorlu ihtiyaçlar karşısında bile sabretmesi gerektiğini söyledikleri için kızıyordu.

Halk kitlelerine ise sabrından dolayı kızgınlık duyuyordu. Halkın zeka açısından uyuşuk bir durumda olmasına, içinde bulunduğu sefalete, ayyaşlık ve fakirliğe, hukuksuzluğa, kaba cehalete ve gerek maddi gerekse de manevi açıdan kötü bir hayat sürmesine aldırmadan, bunu olağan bir durummuş gibi kabullenmesine içerliyordu.

Sinirli olduğu anlarda kendi kendine söylenerek, şunları dile getiriyordu:

"Milyonlarca insan iki ayaklı domuzlar gibi pislik içinde, cahil ve şehvet düşkünü olarak yaşamakta. Tek düşündükleri şey midelerini doldurmak. Fakat bu durumun suçlusu kendileri mi? Hayır, içinde bulundukları durum halk kitlelerinin talihsizliğidir" diyerek halka karşı yöneltttiği ithamları az da olsa yumuşatıyordu.

Bu konudaki düşüncelerini daha iyi ortaya koyabilmek için bahçeyle ormanı kıyaslıyordu. Bahçenin her tarafında kum dökülmüş temiz, kuru ve hoş patikalar bulunur. Patikalar boyunca çiçekler, meyve ağaçları ve çalılar ekilir. Çayırlarda biten otlar düzenli olarak biçilmekte, akşamları sulanmaktadır. Köşelerde etrafı güller ve salkım bitkileri ile sarılmış pergolalar var. Fıskiyelerden su akmakta, orada burada heykeller göze çarpmaktadır. Ağaçların gölgelediği yolların kenarlarında rahat banklar bulunmaktadır. Her bir ağaç ve çiçek, en küçük ayrıntısına kadar düşünülmüş ve dikkatli bir çalışmanın izlerini taşımaktadır.

Ormanda ise farklı bir manzara hakimdir. Her şey bakımsız ve kendi başına bırakılmış, kaderine terk edilmiştir. Ağaçlar ve çalılar tohumlar nereye düştüyse, oracıkta biterek büyür. Yer yer geçilmez fundalıklara rastlanmaktadır. Fırtınanın devirdiği ağaçlar düştükleri yerde kalarak, çürümekte. Yol ve çığırlar birbirine karışmış ve düzensizdir, bu yolları temizleyip düzenleyecek kimse yoktur.

Bahçe halkın üst kesimlerini temsil etmektedir. Aklın kültürü, rahat bir yaşam, sanattan zevk almak, sağlık ve hijyen konularına önem vermek – bütün bu ve diğer konular sadece onları ilgilendirir.

Halk ormanında ise daha çok doğanın yaşam koşulları geçerlidir. Onu sadece yaşayan bir orman, gerekli bir canlı malzeme olarak gördükleri için koruyup muhafaza ediyorlar. Halbuki, halk kitlelerini temsil eden milyonlarca insan canlı bahçede yaşayan insanlardan farklı değildir.

Onlar da doğuştan kendilerine bahşedilen zekaya sahiptirler.

Aynı derecede becerikli ve yeteneklidirler.

Bu kişiler de en yüksek manevi gelişme seviyesine ulaşabilirler.

Snelman geniş halk kitlelerinin; işçiler, köylüler ve sıradan kent nüfusunun aydınlanması ve çok yönlü terbiyesini hayatının başlıca amacı ve temel görevi olarak benimsemişti.

Kendisi Finlandiya'da aydınlanma hareketinin öncülüğünü üstlendi. Her tarafta konuştuğu insanlara tekrar tekrar şunu söylüyordu:

"Ülke nüfusunun büyük bölümünün cahil ve kaba olduğunu görmek ve buna tahammül etmek utanç verici bir durum. Kendisi eğitimli olan ve kültür güneşinin ışığıyla aydınlanan herkes bu durumdan sorumludur. Devlet üst katlarında geniş pencereli ve yüksek tavanlı büyük, ışıklı odaların, alt bölümlerinde ise penceresiz, kasvetli, dar ve nemli bodrum katlarının yer aldığı bir kule değildir.

Halkın büyük bölümünün eğitimsiz olması devlet eliyle yapılan bir kötülüktür. Bu durum kendi kendini talan etme, yıkıma uğratma ve aşağılamadır. İlkel halkların fakirlik ve yok olma tehlikesi ile karşı karşıya kalmalarının nedeni sahip oldukları toprakların zenginliklerinden faydalanmamalarıdır."

Snelman sözlerini şöyle sürdürmekte:

"En büyük ilkellik – ülkede yaşayan her bir insanın sahip olduğu fiziksel, manevi ve zihinsel yeteneklerden faydalanamamak, bunu istememek ve bu konuda başarısız olmaktır.

Milyonlarca hektar iyi ve değerli ormanlık alanımız bulunduğunu varsayalım. Kimse korumazsa ve düzenleyip temizlemezse, bu ormanın bize ne faydası olabilir ki! Fırtınanın yerle bir ettiği dev ağaçlar çürümeye başlar ve çürük dallar yağmur suyunu emerek, ormanın bataklığa – bir sıtma hastalığı kaynağına dönüşmesine yol açar. Değerli inşaat malzemesi yerine çürük bataklık pisliği ortaya çıkar. Yüzlerce kilometre mesafede canlılar sağlıklı orman havasını değil, hastalık taşıyan kirli havayı solumak zorunda kalır. Kısacası, büyük bir iyilik yapılabilecekken, korkunç bir kötülük doğar."

"Anlayın, lütfen, bir şeyi anlayın." Snelman ısrarla tekrarlıyordu. "Ülkede yaşayan sağlıklı, yetişkin her birey birer emekçi ve büyük bir değerdir. Hiç olmazsa parasal değer olarak hesaplayın, ülkedeki her insanı yedirip beslemenin nasıl bir maddi yük getirdiğini, bunun için ne kadar para harcandığını düşünün! Bu insanları canlı, yapıcı ve iyiliksever bir güç olarak yetiştirdiğiniz takdirde halk için ne kadar faydalı olacaklarını anlamaya çalışın!"

Ülkede, halk kitleleri gerektiği gibi eğitildiği takdirde, birer sağlıklı emekçi olarak topluma hizmet edebilecek kaç ayyaş bulunduğunu tahmin edin. Ülkemizdeki cahillerin, tembellerin, nihayet, suçluların sayısını belirlemeye çalışın. Şahsiyetin şekillenmeye başladığı çocukluk ve gençlik yıllarında bu insanlar hayatın karanlık ormanlarında yalnız başına bırakılmışlar; halbuki, o dönem kendilerine düzgün bir eğitim verilseydi, birçoğu vatanın değerli evlatları olarak yetişecekti."

Benzer konulardan bahsederken Snelman Avrupa seyahatlerinden birinde başından geçen ilginç bir olayı anlatmaktadır. Kendisi Berlin'de ünlü bir Avusturyalı yazarla karşılaşır. Gerçek bir Slav olan yazar bütün yazılarını sadece Almanca yazmaktadır. Yetenekli bir sofist olarak, yıllar boyunca başarıyla kaleme aldığı sayısız gazete makaleleri ve politik konulardaki parlak risalelerinde, Alman Avusturyası'nın Güney Slavları, başka deyişle, Çekler ve Slovaklar, Galiçya'da yaşayan Polonyalılar, Voevodina Sırpları, Hırvatlar ve Slovenler üzerinde gerek kültürel gerekse de siyasi açıdan hakimiyet kurma hakkına sahip olduğu tezini ispatlamaya çalışmaktadır.

Bu dönek şahsın Slavlarla ilgili yazdıklarına örnek olarak, aşağıdaki satırlar gösterilebilir:

"Slavlar – yumuşak ve kadınsı bir ırktır, düş kurmayı seven ve hayalperest insanlardır. Fakat bu şair ruhlu bir hayalperestlik değildir. Doğuştan tembeldirler. Asırlarca Türklerin hakimiyeti altında, bir köle gibi yaşadıkları dönemde emeğe nefret duygusu iliklerine kadar işlemiştir. Slavlar serseri ve aylaklar topluluğudur. Başarısız oldukları zaman insan haysiyetini aşağılayan ve kültürlü bir Avrupalının kendine reva görmeyeceği bir ortamda – fakirlik ve pislik içinde yaşamayı tercih etmektedirler.

Ticaret ve politika başta olmak üzere çeşitli alanlarda başarı elde ettiklerinde ise vicdansız, yalancı, para için her şeyi yapabilen yırtıcı ve dolandırıcı oldukları ortada. Tatlı kazanç elde etmeye hevesli, kısa sürede ve kolaylıkla biriktirdikleri paraları harcama konusunda ise düşüncesiz ve savurgandırlar. Bu insanların akıllı ve sert disiplinli Alman kültürüne ihtiyaçları var.

Slavlar – uzun, sıkı ve yumuşak tüylü, fakat pis kokulu ve kirli bir koyun derisine benzerler. Bu deriyi Alman bir kürkçüye teslim etmek lazım, o zaman güzel ve kalın bir kürke dönüşebilir."

Dönek yazar çok yetenekli birisiydi, iyi ve çok yönlü bir eğitim almıştı. Başlıca Avrupa dillerinin hepsini biliyordu. Bütün ülkelerin çeşitli dönemlerde yaşamış yazarlarının eserlerinden çok sayıda felsefi, tarihi ve edebi içerikli alıntının yer aldığı yazılarının üslubu basit, rahat, eğlenceli ve zekiceydi. Fakat bütün bu yazılar dürüstlükten uzaktı, çünkü Avusturya otoriteleri tarafından ödenen bol miktarda paranın karşılığında yazılıyordu.

Kendisi aslında kötü kalpli bir insan değildi. Düşüncesiz ve sefih birisi olduğunu söylemek daha doğru olacaktı. Hızlı bir hayatı vardı, kumar oynamaktan ve pahalı hayat kadınlarından hoşlanırdı. Bütün bu ihtiyaçların karşılanması için çok para gerekiyordu.

Sahip olduğu tartışılmaz büyük yeteneği ve mükemmel eğitimi sayesinde, namusuyla çalışarak iyi kazanç elde edebilirdi. Fakat bunun için insanın ateşli bir ruha, manevi ve zihni temizlik ve güzelliğe ve idealist bir yapıya ihtiyacı vardı.

Dönek yazar bu değerlerin hepsine yabancıydı. Avusturya'daki üniversitede okuduğu yıllar Metternich'in bunaltıcı muhafazakar politikalarının zirvede olduğu döneme denk gelmektedir. Bizans sarayındaki harem ağası ile Türk paşasının melezinin Avrupa'da bakanlık konumuna yükselmiş bir türü olan yaşlı saray tilkisi Metternich, şahsi iktidarını güçlendirmek ve servetine servet katmak amacıyla yürüttüğü politikaların tümünü Avrupa halklarının ahlaki değerlerinin bilerek ve isteyerek yok edilmesine dayandırmaktaydı. İnsanları kendi tarafına çekmenin tek bir yolunu biliyordu – rüşvet. Her birisi birer rüşvet uzmanı olan özel sekreterleri vardı. Kendi konularında yetenek sahibi olan bu sekreterler kimi, neyi ve ne zaman satın alabileceklerini çok iyi biliyorlardı.

Kısa sürede ve kolay yoldan zenginleşme hırsı ve yaygın hale gelen para için her şeyi yapma dürtüsü Metternich döneminin dini olmuştu. Toplumda manevi oksijen eksikliği vardı, aydın kesimlerin bile önemli bir bölümü "Metternichçilik" adlı karbonmonoksit gazı ile zehirlenmişti. Manevi değerler konusunda genellikle hassas olan genç nesil de bu ortamda manevi olarak çökmüş gibiydi, ilkesiz ve idealsiz yetişiyordu.

Topluma rehberlik edebilecek büyük idealler; temiz ışık kaynakları; kutsal değerler; kahraman önderler – bunların hiçbiri yoktu.

Bizim dönek yazarımız böylesine boğucu ve bunaltıcı bir manevi muhitte yetişmişti. Kendisi sanki maneviyat duygusundan tamamen yoksundu. Her türlü idealist yaklaşım ve davranışı gülünç, yapmacık ve samimiyetten uzak buluyordu. Hayatta doğruyu ve güzelliği arama çabalarını "Schillercilik" olarak adlandıran yazar, bu yöndeki girişimleri alaycı bir kinle karşılıyor ve gülüyordu.

Kendisi yıllar geçtikçe daha alaycı bir kişiliğe büründü. Görünüşe bakılırsa, bir Slav olan yazar Almanların hoşuna gitmek için Slav halklarının ruhuna, aklına ve özgürlüğüne hakaret etmekten gerçek anlamda zevk alıyordu. Zararlı ve kötü niyetli edebi çalışmalarını, kendisinin utanmadan söylediği gibi, "hakkını vererek ve dürüstçe" yapıyordu.

Yurtsever Slavların gözlerinin içine bakarak, arsız arsız gülen dönek yazar düşüncelerini şu şekilde dile getiriyordu:

"Almanlar bana iyi para veriyorlar, ben de onlar için iyi yazılar yazıyorum. Benden ne istiyorsunuz? Floransa ve

Venedik'te Donatello ve Verraccio adlı iki büyük İtalyan heykeltıraş tarafından yapılan ünlü heykel çalışmalarını gördünüz mü? Venedik ve Floransa bu heykelleri paralı askerlerden oluşan birliklerin komutanları için yaptırmışlar. Söz konusu şehirler bu iki komutana büyük paralar öderken, onlar da kendi işverenlerine dürüstçe, iyi bir şekilde hizmet etmişler. Floransa ve Venedik'in düşmanlarıyla kahramanca savaşarak, bu şehirlere önemli katkıda bulunmuşlar. Ve İtalya'da yer alan bu iki büyük cumhuriyet de kendi kahramanlarının – paralı askerler ordusu komutanlarının heykelini dikmiştir.

Eğer Milano, Ceneviz, Pisa, Verona veya Roma bu komutanlara daha fazla para ödeselerdi, kendileri aynı kahramanlıkla Milano'ya, Ceneviz'e veya Roma'ya da hizmet ederlerdi."

Dönek yazar kendi kardeşleri olan Slavlara utanmadan şöyle diyordu:

"Ben de para karşılığı yazan bir edebiyat askeriyim. Bana hayatım boyunca Almanların verdiği kadar, hatta daha yüksek bir yıllık ücret öderseniz, ben de sizin için savaşırım. Yapamaz mısınız? Ayrıca, istemiyorsunuz da... O zaman indireceğim darbelere hazırlıklı olun ve kendinizi savunun, eskrimde güçlü ve çevik rakiplerle karşılaşmaktan hoşlanırım."

Slavlar bu "edebiyat yılanından" nefret ederken, Almanlar "büyük yazar" ve "cesur Slav filozofu"nu öve öve bitiremiyorlardı.

Snelman Berlin'deyken, tesadüfen bu dönek yazar da oradaydı. Finlandiya'da yaşayan Snelman bu yazarın edebi faaliyeti hakkında hiçbir şey bilmiyordu, hatta adını bile duymamıştı. Burada, Berlin'de, Almanların tabiriyle "iki misafir kültür havarisinin" – bir Slav'ın ve bir Finlandiyalının şerefine ziyafet düzenlenmişti.

Ziyafetin bitimine yakın, misafirlerin çoğu gittikten sonra

Snelman Slav "kültür havarisini" bir köşeye çekti ve küçük ülkelerde yürütülen kültürel çalışmaların amaçları konusunda kendisiyle uzun bir sohbete koyuldu.

"Açık konuşalım" dedi Snelman. "Almanlar kalplerinin derinliklerinde bizlerden – Finlandiyalılar ve Slavlardan nefret ediyorlar. Geçmişe bakıldığında haklılar da, fakat gelecek için böyle diyemeyiz. Biz Finlandiyalılar ve özellikle de siz Slavlar geleceğin büyük güçleriyiz. Onlar sürülmüş topraksa, bizler el değmemiş, derin ve bereketli "çernozem"* toprağıyız. Sadece çalışmamız lazım. Bizler – genç halklar, Almanlar, Fransızlar ve İngilizlere göre iki, üç, hatta on kat daha fazla çalışmalıyız. Önce onlara yetişmeli, daha sonra da onları geçmeliyiz!"

Snelman coşkuyla devam etti:

"Bir gün mutlaka bu ülkeleri geçeceğiz! Sadece şehirli nüfusun eğitimiyle sınırlı kalmayacağız. Köylerde bir tek ilkokul ve perişan durumdaki kütüphanelerle yetinmeyeceğiz. Her bir köylünün, balıkçının ve katran toplayıcısının evini bilginin ışığıyla aydınlatacağız. Küçük çocukları terbiye ederek, güçlü, gelişmiş ve gururlu bir yeni nesil yetiştireceğiz."

Snelman, karşısındakinin ateşli bir "Slav kültür havarisi" olduğunu sanarak, sevdiği konuyla ilgili düşüncelerini uzun uzun ve coşkuyla anlatmaya devam etti.

Avusturyalı dönek, başlangıçta Snelman'ı gözlerinde herkesin görmeye alışık olduğu kinli tebessümle dinlerken, "İşte, sıkıcı, aptal insanlardan bir tane daha!" diye aklından geçiriyordu. Sohbeti yarıda kesip Snelman'dan uzaklaşmak için bahane ararken, bir süre geçtikten sonra Snelman'ın söyledikleri ve kalbinde yanan ateş dönek yazarımızın da yüreğine sirayet ederek, orada-

*"Çernozem" Türkçe "kara toprak" anlamına gelmektedir. Koyu renkli ve yüksek verimli bir toprak tipi olup, Rusya'nın güney bölgelerinde çok yaygındır. (Çev. N.)

ki buzları eritmeye başladı. Bir şişe konyak istedi ve büyük bir kadehe koyarak açgözlülükle içmeye başladı. Her zamanki gibi kendini konuya kaptıran Snelman ise karşısındakinin kısa sürede bir şişe içkiyi bitirdiğinin farkına bile varmadı.

Zil zurna sarhoş olan Avusturyalı yazar birden yerinden kalktı ve koca bir ayı gibi ağır ağır yürüyerek, Finliye yaklaştı:

"Yeter, değerli Snelman! Büyük kalbinizdeki kutsal ateşi daha fazla tüketmeyin, onu halkınız için saklayın. Şanslı bir insansınız, sizin gibi şahsiyetler yetiştirmiş halkınız da şanslıdır. Yarın sabah evinize gideceksiniz, bu iyi bir şey. Sizinle ilk kez burada karşılaştık, daha önce ne siz beni tanıyordunuz ne de ben sizi tanıyordum. Bu da iyi bir şeydir. Daha doğrusu, sizin beni önceden tanımıyor olmanıza ve şimdi de hakkımda hiçbir şey bilmediğinize seviniyorum. Fakat sizinle tanışmanın benim için iyi bir şey olup olmadığına karar veremiyorum. Saygıdeğer Snelman, Siz nereden geldiniz birdenbire, hem de böyle – alışılmamış bir tarzda, kaya gibi... Ve ben size neden şimdi, bu kadar geç rastladım?"

Saatin sesi gece yarısına işaret ediyordu.

"Bugün için değil, hayatım açısından geç kaldığımı söylüyorum." Snelman'ın sohbet ettiği kişi derin bir nefes aldı. "Eğer gençliğimde Snelman'la karşılaşsaydım, kendisini dinleme fırsatım olsaydı, hem ben hem de temsil ettiğim kuşak çok farklı insanlar olurduk. Fakat şimdi her şey için geç kaldık, çok geç kaldık. Uyku zamanı artık. Bizim aramızda, değerli Snelman, komik, bir o kadar da korkunç bir yanlış anlaşılma var. Elinizi bana verin."

Snelman elini uzattı, adam beklenmedik bir şekilde tuttuğu bu eli öptü.

"Ne yapıyorsunuz?" Snelman elini çekti.

"Boş verin." Avusturyalı yazar mutsuz bir yüz ifadesiyle

yanıt verdi. "Sizin elinizi öpmüyorum, insanın kalbine nüfus eden Snelman ruhunun elini öpüyorum. Yüreğimin içinde ölen merhumun elini öpüyorum ben."

"Anlamadım." Snelman şaşkınlıkla yanıt verdi.

"Anlamanız da gerekmiyor," diyen sarhoş adam gülümsedi. "Ayrıca, anlayamazsınız da. İsterseniz, taşıdığım Slav ruhunun bir yansıması, özelliği olarak kabul edin."

"Ertesi sabah Suomi'ye dönen Snelman 15-20 gün sonra Viyana'dan bir mektup aldı. Garip bir mektuptu, yazan kişinin ismi belirtilmemişti. Mektup beş cümleden oluşmaktaydı:

"Siz benim kalbimi altüst ettiniz. Kendime yeni bir hayat kuramam. Eskisi gibi de yaşayamam. Dikkatsizliğim yüzünden, sanki bir kaza sonucu kendimi öldürüyorum. Köpek gibi yaşayan birisi aynı şekilde ölmeyi de hak ediyor."

El yazısı tanıdık değildi, Snelman hiçbir şey anlamadı. Son bir ayda çıkan Viyana gazetelerini araştırdı ve şöyle bir habere rastladı:

"Feci kaza: Ağır kaybımız. Dikkatsizlik sonucu kendisini ağır yaralayan ünlü Slav yazar, büyük ve cesur fikir adamı, bilinci tamamen yerinde ve büyük bir huzur içinde hayata gözlerini yumdu."

Merhumun kimliği ile ilgili bir araştırma yapan Snelman, Berlin'deki ziyafet sırasında yaşanan el öpme olayının ve kaza ile gelen ölümün ne demek olduğunu anladı. Yazarın sözlerini hatırladı:

"Eğer gençliğimde Snelman gibi insanlarla karşılaşarak, kendilerini dinlemiş olsaydım, hem ben hem de temsil ettiğim kuşak çok farklı insanlar olurduk. Snelmanlar neden bize dönüp bir şeyler söylemediler?"

Snelman bu kederli olayı anlatırken, kendisine sık sık şu soru sorulurdu:

"Bu yazar hangi halkın temsilcisiydi – Çek mi, Polonyalı mı, Sırp mı yoksa Hırvat mı? Adı neydi?"

Yumuşak bir insan olan Snelman'ın bu soruya tepkisi sert olurdu:

"Çok gereksiz bir merak bu, neden bunları bilmek istiyorsunuz? İnsan büyük bir günah işledi, ama karşılığında kendi kendini en ağır bir şekilde cezalandırdı – hayatını sona erdirdi. İsmini tekrar anarak, ruhunu rahatsız etmeye ne lüzum var? Burada dikkat edilmesi gereken husus başka: Karşımızda büyük yeteneğe, üstün zekaya, zengin ve nadir rastlanan bilgi birikimine ve parlak edebi istidada sahip bir insan portresi var.

Fakat ne yazık ki, bu insan hayatını boşa harcamış, ahlaksız, şehvet düşkünü, kumarbaz, para karşılığı, ısmarlama yazılar yazan ve halkının şerefini satan birisi olarak yaşamıştır.

Halbuki, gerekli terbiyeyi alsaydı, daha gençken kendisine hayatı geçici zevkler uğruna harcamanın yanlışlığı ve asıl sevinç kaynağının halk kitlelerinin zekasını ve kalbini aydınlatmak olduğu anlatılsaydı, halkı için çalışan bir kültür havarisi olabilirdi."

Snelman sözlerini şöyle sürdürdü:

"Ve bu şahıs üniversite ortamında yetişmiş bir bilim insanı ve edebiyat bilginidir, başkentte yaşamaktadır. Sizler ne istiyorsunuz? Okuldan ve kitaptan yoksun, sağlıklı, neşeli ve güzel bir hayatın kurucusu olmaya çağıran bir tek akıllı ve canlı söz dahi işitmeyen halk kitlelerinden ne isteyebilirsiniz? Onlardan ne gibi beklentileriniz var? Milyonlarca insan fiziki, manevi ve zihni açıdan çürümeye terk edilmiştir. Kimse de bu çürük kokusunu duymuyor, çünkü devamlı soluduğu bu kokuya alışmış herkes. İnsanlar sürekli iç içe yaşadıkları bu duruma alışmışlar, bunun olması gereken ve olağan bir şey olduğunu düşünüyorlar.

Böyle olmak zorunda mı?

Milyonlarca insan derin, akıllara durgunluk veren bir yoksulluk içinde doğarak yaşamakta ve ölmekte. Bu böyle mi olmalı? Birçoğu doğuştan zeki olan milyonlarca insanın hayatı akılsız hayvanlardan farksız. Milyonlarca kardeşiniz kaba, acımasız ve ahlaksız bir ruha sahip. Bütün bunlar kader midir? Yüzlerce aşağılayıcı ve onur kırıcı "böyle mi olmalı" sorusundan utanç duyuyor musunuz? Toplumun bütün kesimlerine sirayet eden utanç verici aptallık ve umursamazlık da kader olarak mı görülmeli?"

Benzer durumlarda Snelman'ın büyük bir ilhamla yaptığı coşkulu konuşmalar ilahi mesajı ileten peygamberlerin çağrıları ile karşılaştırılabilir. Kınayan ve cezalandıran bu konuşmalar, ateşli bir kamçı darbesi gibi, akılsız kafalara ve bozulmuş yüreklere iniyordu. Bu konuşmalar en tembel ve derin uykuya dalmış akılları bile uyandırarak, canlı kalplerdeki enerjiyi harekete geçiriyordu.

Doktorlar, köylerde görev yapan papazlar, halk öğretmenleri ve bölge memurları halk kitlelerinin yaşamını çeşitli yönleriyle araştırmaya başladılar. Basında – gazetelerde, dergilerde ve bazı kitaplarda halkın hayatını anlatan ve günlük yaşantısı hakkında bilgiler içeren kapsamlı yazılar yayınlanmaktaydı.

Bu yayınlar arasında, adları "Köy Doktorunun Anıları" ve "Köy Papazının Notları" olan iki kitap özellikle dikkat çekmekteydi.

Söz konusu kitaplar hem basında hem de eleştirmenler arasında gerçek bir fırtına etkisi yarattı. Kitaplara hayran olan ve övgüler yağdıran bazı kesimler düşüncelerini şu şekilde ifade ediyordu:

"Halkının durumunu düşünen ve kalbinde acı hisseden bütün eğitimli insanların her iki kitabı da okuması gerekmektedir. Kitaplar kör olmuş gözlere ışık vermekte, ruhunu henüz tamamen kaybetmemiş her bir insanın yüzünün derin utanç duygusu ile kızarmasına neden olmaktadır."

Kitaplardan hoşnut olmayan diğer bir kısım ise yazarlara ateş püskürmekteydi. "Halkın yüz karası" dedikleri yazarları taş yağmuruna tutmaya hazır olan bu şahıslar şunu söylüyorlardı:

"Her iki kitap baştan sona kadar Fin halkına yönelik hakaret ve yalan bilgilerle dolu. Hayatın gerçekleri ters yüz edilerek çarpıtılmış, her şey tıpkı bir karikatürdeki gibi abartılı biçimde tasvir edilmiş."

İlk değerlendirmenin daha adil olduğu şüphe götürmez. Kitaplarla ilgili öfke dolu düşünceler sözde yurtseverler tarafından dile getirilmekteydi. Bu insanlar için "vatan sevgisi" kavramı, kaba ve çirkin bile olsa, onlara ait olan değerleri yüceltmek ve bunların en iyi ve en doğru olduğunu kendini beğenmiş bir şekilde kabul etmekle eş anlamlıdır. Tehlikeleri görmemek için kafalarını çöldeki deve kuşu gibi kuma gömmüşler. Birileri kafalarını kumdan çıkarmaya çalıştığında çok kızıyorlar.

Yukarıda adı geçen iki kitap ortaya çıktığında da durum böyle oldu. Birisi doktor, diğeri ise papaz olan yazarlar kitaplarının her sayfasından yüksek sesle Fin halkının üst kesimlerine sesleniyorlardı:

"Uyanın! Halkınızı kurtarmak için çalışmaya başlayın. Ülkenizin nüfusunun dörtte üçü korkunç şartlarda yaşamakta. Köylüler ve işçiler giderek yok olmakta, fiziki ve manevi açıdan yozlaşmaktadırlar."

Her ikisi birer yetenekli yazar olan doktor ve papazın söyledikleri uydurma değildi. Kendilerinin sadece belli konuları ele almak veya birilerinin sinirini bozmak gibi niyetleri de yoktu.

Onlar sadece kendi bölgelerinde yaşayan halkın günlük hayatını resmetmişlerdi, hem de hiçbir ayrıntıyı kaçırmadan, sakince. Ortaya hakikaten de korkunç, insanı hayrete düşüren bir manzara çıkmıştı. Birçok okuyucu duygu ve düşüncelerini "Bir buçuk milyon kardeşimizin bu şartlarda yaşamasına nasıl tahammül ediyoruz? İnsan kendisini, bu büyük toplumsal kötülüğü yapanlara ses çıkarmayarak, aslında onlara yardım eden ve işlenen bu suça karışan bir günahkar gibi hissediyor" sözleri ile dile getiriyordu.

Okuyucuların diğer bir kısmı ise dehşet içerisinde soruyordu:

"İnsanlar bu hayata nasıl dayanıyorlar? Kimdir onlar – bir aziz mi yoksa aptal iki ayaklı hayvan mı? Bu hayat Dante'nin tasvir ettiği cehennem manzarasından daha korkunçtur. Nitekim Dante'nin cehenneminde insanlar işledikleri günahlardan dolayı azap çekiyorlar. Bu insanların yaşadığı ıstırabın sebebi nedir o zaman? Nihayet, Dante cehenneminde yaşanan dehşet gerçek değil, baştan sona dâhi yazarın hayal gücünün ürünüdür. Burada tasvir edilen korkunç ıstıraplar ise gerçektir."

"Köy Doktorunun Anıları" kitabının yazarı göreve başladığı ilk günden itibaren yaşadıklarını kaleme almıştır. Tıp fakültesini bitirerek, nasıl ve hangi planlarla görev yerine geldiğinden bahsetmektedir. Kendisi hayatın şımarttığı şanslı insanlardan değildir, çocukluğu ve gençliği büyük yokluklar içinde geçmiştir. Küçük bir şehirde ayakkabı tamircisi bir babanın oğlu olarak dünyaya gelen doktor, hayatın herkese gülümsemediğini kendi yaşamında edindiği tecrübeden biliyordu, fakat burada gördükleri onu bile şaşkına çevirmişti.

Görev bölgesini dolaştığı zaman kendisini korkunç bir rüyada, bir kabusun içinde hissediyordu. Aklına gelen ilk şey mağara insanlarının yaşadığı tarih öncesi döneme gönderildiği idi.

Kendi görev bölgesinin belki de acı bir istisna, bir tesadüf olduğunu düşünerek, komşu bölgelere gitti. Fakat oralarda da durum aynıydı, bazı yerlerde hatta daha kötüydü. Her tarafta mağara insanlarının yaşadığı dönemi andıran görüntülerle karşılaşıyordu.

Kayalık bölgelerde kaba bir şekilde yontularak, üst üste yerleştirilen taş yığınları barınak olarak kullanılmaktaydı. Kapılar alçak, pencereler küçüktü. Çerçeveler çok ince ve duvara iyi oturmadığı için rüzgarın önünü kesememekte, yağmur ve kar içeri dolmaktaydı.

Pencere sayısı azdı, cam yerine bez parçaları, yağa batırılmış kağıt, nadiren ise köpüklü naylon kullanılmaktaydı. Birçok durumda ise pencere yeri boştu.

Sanki bir kuralmış gibi, hiçbir yerde soba borusu yoktu. Taş ve balçıktan yapılmış üstü açık sobalardan çıkan duman yerden tavana dek bütün eve yayılarak, en son çatıdaki delikten dışarı çıkıyordu. İnsanlar gözlerini yakan dumanda boğuluyordu, herkes is ve kurum içindeydi.

Çalışırken, yemek yerken ve uyurken insanların üzerinde hep aynı kıyafetler olurdu. Yıllarca banyo yapmaz, hiçbir zaman çamaşır yıkamazlardı. Vücutlarını parazitler kaplamıştı, herkes trahom hastasıydı. Sık sık soğuk algınlığına yakalanan insanlarda bu hastalık giderek vereme dönüşmekteydi.

Tuvaletler su kaynaklarının hemen yanında bulunmaktaydı. Su mikrop doluydu, bu nedenle sarıhumma kol geziyordu.

Çocuklar arasında dizanteri, difteri, kızıl ve çiçek hastalıkları çok yaygındı, binlerce çocuk bu hastalıklardan ölüyordu. Halkın neredeyse tamamı hastaydı. Kötü beslenen insanlar arasında engellilerin sayısı artıyordu. Herkes korkunç bir şekilde içki içiyordu. Çok sayıda sağır ve dilsiz, kamburu çıkmış, kör, akıl hastası, elleri ve ayakları tutmayan insan vardı. Cüzamlılara bile rastlanıyordu.

Kitabın yazarı olan doktor şunları kaleme almıştı:

"İnsan köye gitmeye korkuyor. Kendi adıma, bütün insanlık, toplum ve sözde uygarlık adına utanıyorum. İster istemez düşünmeye başlıyorsun: uzak ve yüksek bir yerlerde tiyatro, müzik, ressamlar ve yazarlar, parlamentolar ve bilim akademileri varken, burada milyonlarca insan cehennem azabı çekiyor.

Bir kulübeye giriyorsun, kızıl hastalığına yakalanmış üç çocuk toprak zeminde yatıyor. Doğum sancısı çeken anneleri de çocuklarının yanına uzanmış. Sarhoş ve umutsuz baba bir köşede oturuyor. Kendisine "Utanmıyor musun? Evinde bu kadar acı yaşanırken, sen ayyaş gibi içmişsin!" dediğinizde mırıldanarak, "Sen de burada yaşarsan, içmeyi bırak, boğulursun. Bizim gibi hayatı olan insanların içmemesi mümkün mü?" diye cevap veriyor.

Diğer kulübede karşınıza farklı bir manzara çıkıyor. Kan öksüren anne verem hastalığının son aşamasını yaşıyor, halsizlikten başını bile kaldıramadan yerde yatıyor. Sarıhumma hastası baba bilinçsizce sayıklıyor. İkisi de toprak zeminde, bir yığın bezin üzerine uzanmışlar, evde karyola yok. Anne ve babanın yanında emekleyen iki küçük kız çocuğunun birisi bir, diğeri ise iki yaşında. Çocuklar canlı iskeleti andırıyor.

Komşular birbirlerini umursamıyorlar. Alışmışlar, ayrıca, herkesin kendine yetecek kadar derdi zaten var.

Herhangi bir yerde çiçek veya sarıhumma salgını baş gösterdiği zaman yönetim salgınla mücadele amacıyla iki üç doktor görevlendiriyor. İnsanlar buna öfkeli bir halde tepki gösteriyorlar:

"Hangi aşılardan, dezenfeksiyondan bahsediyorsunuz? Hastalıkları Tanrı gönderiyor. Ayrıca, çocukları tedavi etmeyin, bırakın ölsünler. Böylece, aç insan sayısı daha az olur. Siz büyüklere yardımcı olun, bizleri tedavi edin."

Neredeyse her kulübede frengi, verem, göz iltihabı, dropsi, kanser vs. hastalıklardan mustarip olan insanlara rastlanabilir.

Önce umutsuzluğa kapılıyorsun, daha sonra ise yorgunluk ve derin bir umursamazlık duygusu baş gösteriyor. Doğurmakta olan kadının yanında oturan sarhoş kocasının dediği gibi, insan şuurunu kaybedene kadar içmek veya kendini boğmak istiyor.

Doktor şehirlerde yaşayan halka, politikacılara, bilim ve sanatla iştigal eden şahıslara ve basına hitaben şunları dile getiriyordu:

"Baylar! Körebe oynamaktan ne zaman vazgeçeceksiniz? Vatanseverliği, halk sevgisini, kültürel gelişime sağladığınız katkıyı bağırarak anlatıyorsunuz. Kendiniz halk ve vatan için, kültür adına ne yaptınız, söyler misiniz? Bazıları utanmadan, inatla ve haince bir arsızlıkla bu "değerli vatanı" talan ediyor, "sevgili halkını" soyup soğana çeviriyor. Diğerleri bürolarda, yayınevlerinde aylak aylak vakit öldürüyor, okul ve üniversitelerde memur olarak çalışıyor. Ve bütün bunlar olurken, "sevgili halkı" temsil eden milyonlarca insan maddi manevi çöküşe sürükleniyor, sakat kalıyor, içip kendini kaybediyor, kalpleri kin ve öfke doluyor. Halkın temel değerleri giderek yok oluyor.

Henüz geç değilken, halkı ve ülkeyi bu durumdan kurtarın. Halk kitlelerinin arasına katılın, hastalıklarını iyileştirin, onları eğitin ve terbiye edin.

İnsanlara ev yapmayı ve evin içinde düzen sağlamayı öğretin. Toprağı daha verimli nasıl işleyebileceklerini gösterin. Milyonlarca insana hijyen, güneş, temiz hava, ışık, kuru ve sıcak yuva sağlayın. Halka insan gibi yaşamayı öğretin, insan haysiyetine yakışır bir hayat kurma olanağı sağlayın, bu konuda yardımcı olun."

Doktor kitabın son bölümlerinde şunları yazıyordu:

"Devlet büyük bir aile, halk kitleleri ise sizin kardeşlerinizdir. Onların korkunç şartlarda yaşaması nüfusun üst kesimlerini oluşturanlar açısından bir utanç kaynağı ve bir suçtur. Unutmayın: Halk uzun süre sabredebilir, ama her şeyin bir sonu vardır. Zincirlerinden kurtulmak isteyen halk kitleleri bir gün kendini kaybedebilir. İşin bu noktaya varmasına izin vermeyin!"

Edebiyat çevrelerinde kitapla ilgili tartışmalar hayli uzun sürdü. Fakat kitap toplumsal görevini başarıyla yerine getirdi ve büyük gelişmelere vesile oldu. Finlandiya'nın her tarafındaki tıp toplulukları meslektaşlarının yazmış olduğu kitabı sayfa sayfa okuyup, dikkatle tartışmaya başladılar.

Bölge yöneticileri ve toplum önderleri bir araya gelerek, kitapta ele alınan onlarca sorunu çözüme kavuşturdu. Çeşitli bölgelerde yapılan çalışmalarla ilgili raporlar kamuoyuna duyuruluyor, makaleler yayınlanıyor ve insanlar bilgilendiriliyordu. Daha önce kimsenin hakkında düşünmek dahi istemediği ve dile getirmediği bir konu – halkın kökleşerek, müzmin hale gelmiş öfkesi, toplumun gözleri önünde açıkça tartışılmaya başlanmıştı.

Parti kavgalarını ve şahsi entrikaları bir tarafa bırakarak, halk sağlığının korunması ve toplumsal yaraların sarılması konularına eğilmek bir zarurete dönüşmüştü. Ülkede kaç verem hastasının bulunduğu ve hem hastanın kendisi hem de yakınlarının ıstırap çekmesine neden olan bu hastalıktan her yıl kaç hastanın hayatını kaybettiği rakamlarla ortaya kondu.

Sıtma ve trahomaya yakalanan insanların; bakımsızlık ve bulaşıcı hastalıklardan ölen çocukların; bir yılda diş ağrısından mustarip olan hastaların; dili tutulan, kör olan ve diğer nedenlerden dolayı sakat kalan kişilerin sayıları belirlendi. Bir yılda ülkede içkiye ne kadar para harcandığı hesaplandı, sarhoş vaziyette işlenen çeşitli suçların (kavga, yaralama, cinayet, kundaklama, ırza geçme ve hırsızlık gibi) sayısı saptandı.

Ortaya çıkan rakamlar korkunçtu. Bağırarak gerçekleri insanların yüzüne vuran, çekiç darbeleri gibi kafalara inen bu veriler, sorumluların halkın içinde bulunduğu durumdan utanç duymasına vesile oldu. Rakamlar olumsuzluklara karşı mücadele etmenin gerekliliğini haykırıyordu.

Hükümetin, vilayet yönetimlerinin ve toplum örgütlerinin ortak çabaları sonucu çeşitli alanlarda uzman olan doktorlardan müteşekkil gezici sağlık ekipleri oluşturuldu. Diş hekimlerinden, göz, kulak, çocuk ve kadın hastalıkları alanında uzman olan doktorlardan kurulu bu ekipler köyleri dolaşarak insanları tedavi ediyor, gözleri, kulakları ve dişleri temiz ve sağlıklı tutmak için yapılması gerekenleri anlatıyor, kadın ve çocuk sağlığı konusunda bilgi veriyorlardı. Çocukların, erkek ve kadınların hayatını ve sağlığını parasal değerlerle ifade etmek suretiyle, çocukları büyütmenin maliyetini, hastalık ve ölüm nedeniyle söz konusu olan maddi kaybı ortaya koyuyorlardı.

Köylüler insan hayatının ekonomik değerini daha iyi anlamaya başladılar. Kendilerine şu telkin ediliyordu:

"Birilerinin çalmaması veya kaybolmaması için paranızı muhafaza ediyorsunuz. Çocuklarını, karını ve kendini en değerli, canlı para olarak düşün. Onları koru, harcayarak bitirme, aksine, artırmaya çalış."

Köylerin çoğunda sobalı ve duman borulu, geniş pencereli ve çift çerçeveli örnek köylü evleri inşa edildi.

Çok uygun fiyata köylülere ev yapacak işçi kooperatifleri kuruldu. Hükümet, yeni inşaatlar için gereken cam, menteşe, hazır kapı ve çerçeveler, ev eşyaları ve diğer malzemelerin köylü toplulukları aracılığıyla ve en uygun fiyatlardan temin edilmesini sağlamak amacıyla, birçok yerde inşaat malzemeleri deposu açtı.

5-10 sene sonra birçok köyün çehresi değişti. Evler, hayvanların barındığı ahırlar olmaktan çıkarak, insan yaşamı için elverişli mekanlara dönüştü.

Köylüler daha iyi ve kalın giyinmeye başladılar. Ülkenin en dürüst insanları arasından seçilmiş toplum görevlilerinin gözetiminde özel atölyelerde binlerce kalın elbise, palto, binlerce çift ayakkabı ve çamaşır üretiliyordu. En kaliteli ve dayanıklı malzemelerden imal edilen bu ürünler ülkenin her tarafına dağıtılarak, üretim maliyetine tekabül eden çok düşük fiyattan halka sunuluyordu.

İnsanların dış görünüşü de değişirken, herkes daha neşeli olmuş ve bayram havasına bürünmüştü. Yamalardan görünmez hale gelmiş çirkin, kirli paçavralara, sonbahar ve kış mevsimlerinde soğuktan titreyen çıplak vücutlara artık rastlanmıyordu. Aynı anda öksürük, grip, bronşit ve nezle gibi hastalıklar da yok olmuş, verem kurbanlarının sayısı yarıya düşmüştü.

Çocuk ölümleri azalmış, trahoma yok edilmişti. Birçok yerde halk böyle bir hastalığın varlığını unutmuştu bile.

Kadınlar daha sağlıklı olmuş, yeni doğan çocuk sayısı artmıştı. Artık bebekler daha iri ve sağlıklı olarak doğuyordu.

Ülkede çalışabilir nüfusun sayısı artmış, insanlar daha fazla üreterek, daha iyi beslenmeye başlamıştı.

Doktor hayata gözlerini yumduğu zaman cenaze törenine yüzlerce köyün temsilcisi katılmıştı. Gençler arasından seçilen bu temsilciler iri cüsseli, geniş omuzlu, kabarık göğüslü, kırmızı yanaklı, el ve ayakları güçlü ve sağlıklı insanlardan oluşmaktaydı.

"Halk doktorunun" cenazesini omuzlarına alarak, kentin bir ucundan diğer ucuna kadar taşıdılar. Yüzlerce genç köylüden oluşan bu devler alayı asker yürüyüşü gibi düzenli bir yürüyüşle ve sağlam adımlarla kentin sokaklarından geçerken halk sevinç içerisinde şunları söylüyordu:

"Bu delikanlılar canlı bir çam ormanına benziyorlar! İnsandan çok canlı bir gemi direğini hatırlatıyorlar!"

Merhumun cenazesinin mezara indirildiği sırada, köylü gençlerden birisi öne çıktı:

"Biz buraya kırlardan, tarla ve ormanlardan geldik. Gelirken mezarına koymak için sıradan çiçek ve çelenk de getirmedik. Eli boş geldik, çünkü köylerimiz seni son yolculuğuna uğurlamak için Suomi'mizde oluşturduğun bahçede yetişen canlı çiçekler olan bizleri gönderdi. Huzur içinde yat, büyük halk bahçıvanı! Senin iyi niyetli, bilgelik dolu emeğini saygıyla anıyoruz. Sen gerçek anlamda bir halk tabibiydin, yüzbinlerce köylünün sağlığına kavuşmasını sağladın. Halkın damarlarına taze, temiz kan enjekte ettin, kaslarımızı bir halat gibi örerek, güçlendirdin. Vatana güçlü ve sağlıklı bir nesil, bizlere ise emek sevinci bahşettin.

Kadirşinas halk sana bir anıt dikmek istiyor. Sen bunu hak ediyorsun, ama senin için yapılacak en iyi anıt bizleriz. Bizler halk yaşamının eseri, aynı zamanda da bu hayatın yaratıcılarıyız. Yeni ve sağlıklı genç neslin temsilcisi olan bizler birer canlı anıt olarak, Fin aydınlarına vatana ve halka nasıl hizmet edilmesi gerektiğini hatırlatacağız. Zaman geçtikçe, senin ismin sağlıklı bir hayat bahşettiğin halkın aklında ve kalbinde daha derin ve ışıklı bir iz bırakacaktır. Sen bir Sezar veya bir Napolyon olmadın, avuç içi kadar bile olsa, başkalarına ait toprak ele geçirmedin. Bir damla bile kan akıtmadın, fakat vatana binlerce sağlam, güçlü ve faydalı çalışkan el kazandırdın. Halkının hayatı için mücadele eden büyük fatih, selam olsun sana!"

13
Papaz McDonald

Papaz McDonald'ın kitabının doğurduğu etki daha güçlüydü. Birkaç yıl boyunca bütün ülkede bu kitaptan bahsedildi. Genç papazlar ve ilahiyat öğrencileri kitabı kendileri için bir rehber olarak görürken, ateistler ve dinle ilgili olmayan diğer insanlar da eseri büyük bir ilgiyle okuyarak, anlamaya çalışıyorlardı. Kitap, "Güneş Kitabı" ismiyle anılmaya başlandı.

Yazarın kendisi de kitabı kadar ilgi çekmekteydi. Fin halkının manevi gelişimini ve Fin ruhban sınıfının faaliyetlerini derinden etkileyen kitabın yazarı papaz McDonald aslen İsveçli olup, Finlandiya'daki en ünlü İsveç asilzade ailelerinden birisine mensuptu.

Ataları Protestanların Katolikler tarafından takip edildiği ve mezhep çatışmalarının yoğunlaştığı dönemde İskoçya'dan göç etmişlerdi. Asilzade McDonald ailesi İskoçya'da her zaman koyu dindarlığı ve dini değerlere büyük önem vermesiyle biliniyordu. Ailede erkek çocuklardan birisinin mutlaka din adamı olması gerektiği kuralı vardı. McDonald ailesinden yetişen din adamları her zaman İskoçya'da kilisenin en iyi hizmetkarları oldular. Fakat kendileri aynı zamanda Papa'nın ve İngiltere'deki Papa kardinallerinin şüpheliler listesinde yer alıyorlardı.

McDonald soyadını taşıyan papazlar yüksek eğitim seviyesi ve bilgi birikimi ile diğer din adamlarından seçiliyordu. Kutsal kitabı çok iyi biliyorlardı. Mükemmel hatip ve ateşli vaiz olan bu şahıslar kusursuz bir ahlaka sahiptiler. Kendileri sadece vaftiz, nikah veya defin gibi kilise ayin ve törenlerini yerine getirmekle kalmayıp, aynı zamanda cemaatin manevi terbiyesi görevini de üstlenmişlerdi.

Kendileri her zaman ülkedeki Katolik din adamlarının faaliyetsizliği ve memurları hatırlatan umursamazlığına karşı mücadele ediyor, onları "halkın kanını emen parazit", "tembel köleler topluluğu", "küçük kilise esnafı" gibi isimlerle anıyorlardı. Kilise öğretilerinin arındırılarak, daha sağlıklı ve günlük hayatta uygulanabilir hale getirilmesi gerektiğini söyleyen reform yanlısı bilim adamlarına ilgi gösteriyor, bazen de onlarla arkadaşlık kuruyorlardı.

Lutherci reform dalgası İskoçya'ya ulaştığında McDonald ailesinin bütün fertleri Protestan kilisesi saflarına geçtiler. Kendisi koyu bir Katolik olan kraliçe Maria Stuart Luther yandaşlarını takip ettiği için ülkeden kaçmak zorunda kalan McDonaldlar Kral Gustav Adolf'un ülkesine yerleştiler.

McDonaldlar, sahip oldukları yüksek manevi değerler ve o zamanlar çok az görülen ileri eğitim düzeyi sayesinde, yeni vatanlarında da etkili insanlar olarak tanındılar. Krallar onları sever, birçok İsveç asilzadesi ise kendilerine imrenirdi.

Finlandiya'ya yerleşen McDonald ailesi kaba, ahlaksız ve soyguncu İsveç soyluları arasında farklılıklarıyla öne çıkıyordu. Finlilerle yakın ilişkiler kurdular, bu halkı sevdiler ve kendilerini sevdirmeyi başardılar. En ücra ormanlık bölgelerde bile halk McDonaldlar'ı tanıyor ve kendilerinden sevgiyle "bizim McDonaldlar" diye bahsediyordu.

McDonaldlar Lutherci olduktan sonra da koyu dindarlıklarını muhafaza ettiler. Ayrıca, ailedeki erkek çocuklardan birisinin din adamı olması şeklindeki eski aile geleneğini de sürdürdüler.

Luca McDonald, böylece, Snelman'ın yaşadığı dönemde papaz oldu. Kendisi İsveççe ve Fince dışında, Almanca, Fransızca ve İngilizce de biliyordu. Daha sonra Rusça da öğrenen Luca McDonald iki Alman üniversitesinden doktora derecesi almıştı. Felsefe ve ekonomi bilimlerine hakimdi, ayrıca, astronomi ve jeolojiye ilgi duyuyordu.

Kendisine Helsinki Üniversitesi İlahiyat Fakültesi'nde profesörlük önerildi ve ardından Halk Meclisi'ne seçileceği vaat edildi. Bu teklifleri geri çeviren Luca McDonald kesin bir dille bir köyde papaz olmak istediğini belirtti.

"Ne yaptığınızı hiç düşündünüz mü?" diye kendisine soruyorlardı. "Parlak kariyerinizi başlamadan bitiriyorsunuz!"

Luca McDonald acı bir tebessümle şu yanıtı verdi:

"Kariyer meraklısı papazların sayısı, ben olmasam da, az değil zaten. Ayrıca, kilise kariyer yapılacak bir yer değil ki. Kilisenin havarilere ve havarilerin yaptığı hizmetlere ihtiyacı var. Politikacı ve demagog papazlar hem kilisenin hem de halkın vücudunda kanayan bir yaradır. Benim hayalimdeki 'kariyer' unutulmuş, kaba, zavallı Fin halkının hizmetkarı haline gelmektir."

"Fakat düşünün, siz – Kont unvanına sahip bir asilzade, yüksek kültürlü bir şahsiyet – neden köye gitmek isteyesiniz? Zira orası zeka, maneviyat ve fiziki koşullar açısından bir bataklıktır, köye giderseniz, yarı hayvan hayatı yaşamak zorunda kalırsınız."

"İşte bundan dolayı köye gitmek istiyorum. Hasta insanların doktora ihtiyacı var, halk ise bizim sandığımızdan daha hasta durumda. Bütün baharı ve yazı sırtımda bir çantayla Finlandiya'yı dolaşarak geçirdim, halkla beraber hanlarda konakladım, yiyip içtim. Nehirlerde sallara tomruk yükleyen, ağaçlardan katran toplayan insanlarla birlikte ormanda yaktığımız ateşin başında sabahladım. Zengin köylerimizde yapılan düğünlere katıldım ve şunu gördüm: Bu köylerde yaşayan ve hayvancılıkla uğraşan insanlar öküz gibi şişman ve iri cüsseli olsalar da, maneviyat konusunda hayvanlardan farksızlar. Açıkça söylemek istiyorum: Halkımızın bu durumunu görünce dehşete kapıldım.

"Kendi adıma, bütün eğitimli insanlar adına, uygarlığımız adına utanıyorum. Halkın büyük çoğunluğunun iktisadi, manevi ve zihinsel açıdan korkunç durumda olduğunu gören, fakat halk kitlelerinin içinde bulunduğu dehşetli durumu, insanların çektiği ıstırabı ve bütün alanlarda yaşanan çöküşü doğal, olağan ve olması gereken bir şey gibi değerlendiren çeşitli mezheplere mensup binlerce Hristiyan din adamı ve piskopos adına utanç duyuyorum."

"Susmam mümkün değil," diyen Luca McDonald devam ediyordu. "Haykırarak ve tehlike çanları çalarak yöneticilerin, yazarların, bilim insanlarının ve özellikle de ruhban kesimlerin uyumakta olan düşünce ve vicdanlarını uyandırmak zorundayım. Hepsi ölüm uykusuna yatmış gibi derin, haince bir uykuya dalmış. Bu halka karşı ihanettir."

Luca McDonald'ın kitabı sızlayan bir vicdanın sesi, bir yardım çığlığıydı sanki.

Ateşli ve canlı bir üslupla yazılan kitap edebi bakımdan da yüksek değere sahip olup, halk kitlelerinin hayatları boyunca azap çektiği, öfke saçtığı, alkolden zehirlenerek sersemlediği, iğrenç sözler sarf ettiği, kendisine ve çocuklarına lanetler yağdırarak küfrettiği bir yer olan canlı Dante cehenneminde yaşanan dehşeti yansıtan olağanüstü sahneler içermekteydi.

Kitabın önsözünde Luca McDonald, gençliğinde miço

olarak görev yaptığı gemiyle Batı Afrika sahillerine yaptığı seyahat sırasında karşılaştığı, ilkel olarak tabir edilen yerlilerin hayatıyla ilgili izlenimlerini anlatmaktadır:

"O zaman bu ilkel Afrikalılar bana insana benzeyen hayvanlar gibi görünmüştü. O zaman kalbimde kendilerine karşı merhametten çok, nefret duygusu uyandığını sanıyorum. Kültürel anlamda bu ilkel yerlilerden ne kadar ileride olduğumuzu düşünerek gururlanıyordum."

"Şimdi ise böyle düşünmüyorum," diye Luca McDonald hüzünlü bir şekilde sözlerini sürdürdü. "İlkel Afrika kabilelerine kendi halkımdan daha fazla saygı duyduğum hissi zaman geçtikçe güçlenmekte. Bizim insanlarımızın daha kaba, daha eğitimsiz ve manevi değerlerden daha fazla uzaklaşmış olduğunu düşünüyorum."

Luca McDonald halkın gündelik hayatını büyük bir ustalıkla anlatmaktadır. Yazar, okuyucuyu köylülerin kulübeleri, işçilerin atölyeleri ve evleri, hanlar, panayırlar ve pazarlarda gezintiye çıkarmaktadır. Açgözlülük, yalancılık, hırsızlık, vicdansızlık, acımasızlık, kendini beğenmişlik, ayyaşlık, kavgacılık, çocuk ve kadınların maruz kaldığı şiddet toplumda sık sık karşılaşılan olaylardır.

Ve bütün bunlar sanki olağan şeylerdir. İnsanların doğuştan öfkeli olmasından değil, sürekli bir şeylere muhtaç ve fakir hayat sürmelerinden doğan öfke duygusunun sonucudur bunlar. İnsanlar doğuştan öfkeli, kötü kalpli ve kusurlu değiller, sadece baskı altında, sindirilmiş durumdadırlar. İhtiyaç ve yoksulluktan, ağır çalışma koşullarından, toplumun diğer kesimleri tarafından hor görülmek ve ihmal edilmekten mustariptirler. Kalplerini dolduran kin ve öfkeyi daha zayıf bireylere yöneltmek, hırslarını onlardan çıkarmak için fırsat kollamaktadırlar.

Kısa süreliğine de olsa her şeyi unutmak isterler, bu nedenle de kendilerini içkiye verirler. Ağır koşullarda çalışarak elde ettikleri birkaç kuruşu anlamsız bir şekilde harcayıp bitirirler. Hayvanlara has kaba içgüdülerle yaşarlar. Her türlü iyiliğe ve yüce emellere yabancıdırlar, vicdan, doğruluk, maneviyat, Tanrı gibi kavramlar hakkında hiç düşünmezler.

"Ben Çin'de de bulundum. Onların hayatı ve maneviyatını yakından gözlemledim. İlginç, esrarengiz ve aynı zamanda da korkunç bir halktır Çinliler!

İnsanlar günlük hayatlarında ateisttirler. İnanç olarak ateist değiller aslında, Tanrı'nın fikirlerini inkar etmiyorlar; çok fazla Tanrıları var ve onlara tapıyorlar. Fakat ilahi duygudan yoksunlar, kalplerinde Tanrı'ya ihtiyaç hissetmiyorlar. İyi yapılmış makineyi andırıyorlar. Buharla, elektrikle, rüzgarla, kısacası, her şeyle çalışıyorlar, ama ruhun verdiği bir güçle çalışmaları söz konusu değil.

Vatanlarını seviyorlar, fakat bu hayvanlara has bir sevgi, İstanbul'daki sokak köpeklerinin kendi sokaklarını sevmesine benzer. Bu sevgi bir kurdun ormandaki inine duyduğu sevgi gibidir.

Kendi aileleri ve halklarını da aynı hayvani duygularla seviyorlar. Fakat bu hislerin tümü kaba ve içgüdüseldir, doğanın çağrısına verilen bir yanıt gibidir. Hiçbir şeyde ruh ve maneviyat izi yoktur."

L. McDonald yazısını şöyle sürdürmektedir:

"Bizim halkımızı oluşturan yüzbinler de günlük hayatlarında benzer şekilde ateisttirler. Tanrı'yı ve dini temelde inkar ettiklerini söylemek doğru olmayacaktır. İşin aslı şu ki, insanlar Tanrı hakkında düşünmüyor ve ondan bahsetmiyorlar, Tanrı'nın ve dinin günlük yaşamlarında herhangi bir rolü yoktur. Herkes onları Hıristiyan olarak kabul ediyor, kendileri de böyle düşünüyorlar.

Kurumuş nehirler de böyledir, uzun süre susuz olsalar da, "nehir" diye anılmaktadırlar. Bizim "kuru" insanlarımız da bu nehirlere benzerler. Bizimkiler Tanrısız, dinsiz, onlara ihtiyaç duymayan insanlardır. En hayret edilecek konu ise yüzlerce mabedin varlığıdır. Ayrıca, yenileri inşa ediliyor. Bu kiliselerde binlerce papaz görev yapıyor, her bayramda ayinler icra ediliyor. İnsanlar vaftiz ediliyor, nikahlanıyor, Tanrı'ya dualar ediliyor. Fakat bunların hepsi boşuna yapılıyor.

Yaşlı kadınlar dışında kiliselere hemen hemen kimse gitmiyor. Kilise ayinlerine herhangi bir önem verilmiyor, papazlar politikayla uğraşıyor. Sık sık ellerinde silah, parti propagandası yapıyorlar. Bazıları ticaret yapıyor, hızar atölyeleri, tuğla fabrikaları var. Birçok din adamı ise kendi ürettiği yüzlerce ve binlerce fıçı birayı ve arpa votkasını halka satmakla meşgul.

Kimse de buna şaşırmıyor. İnsanlar, din adamlarının hangi yoldan gitmeleri gerektiğini unutmuş gibiler. Papazların temel görevinin halkın din ve maneviyat ışığında terbiye edilmesi, inananların kalbinin ve vicdanının yüce duygularla aydınlatılması olduğunu kimse hatırlamıyor."

"Biliyor musunuz?" L. McDonald kızgın bir gülüşle devam ediyor, "Bizim mabetlerimizi, din adamlarımızı, kalın ve sıkıcı ilmihal kitaplarımızı düşündüğüm zaman, gözlerimin önüne yüzlerce su değirmeni gelmektedir. Salların veya sandalların üzerinde duran küçük kulübelerin içinde değirmen taşları var. Bu taşlar büyük ve kalın kalaslar yardımıyla dev değirmen çarkına bağlanmıştır.

Hızla akan su değirmen çarkını döndürürken, çark da kendisine bağlanmış değirmen taşlarını hareket ettirmektedir. Fakat kimse bu taşların üzerine tahıl dökmüyor, değirmene yaklaşan yok. Boş, unutulmuş değirmen gereksiz yere çalışıp duruyor.

"Fin din adamları bana, anlattığım boş, terk edilmiş ve kimseye faydası olmayan değirmeni hatırlatmaktadır. Çark dönüyor, değirmen taşları gıcırdayarak hareket ediyor, fakat ortada un yok, çünkü kimse taşların üzerine tahıl atmıyor."

McDonald sözlerini şöyle sürdürüyordu:

"Mukayese için daha farklı, günümüz Finlandiya'sından bir örnek vermek istiyorum. Bizde fırın ve pastanelerin kapısına tabela yerine ekmek rengine boyanmış tahta kraker figürü, salam imal edip satan dükkanların kapısına ise tahtadan yapılmış but figürü asarlar. Görünüş olarak gerçek ekmekten veya buttan farksızdırlar, fakat bu figürler ağaçtan yapılmıştır, onları yemek mümkün değil. Onlar yiyecek değil, sadece birer tabeladır.

"Düşünün," McDonald hüzünle haykırıyordu. "Bütün bunları kimi kastederek söylüyoruz? Bizim Fin kilisesini, onun hizmetkarlarını! Boş değirmen! Kuru, cansız ağaç parçası! Tahta tabela!"

McDonald kızgın bir ifadeyle sözlerine devam ediyordu:

"Bu söylediklerimin ardından binlerce ikiyüzlü kilise mensubunun 'bu kiliseye karşı hakarettir, ruhban sınıfını aşağılamadır, dinin yok edilmesidir' diyerek gürültü koparacağını biliyorum.

Yalancılar sizi! Ben kiliseye hakaret etmiyorum, sizlerin ibadethanelerimizi takatsiz bıraktığınızı ve felce uğrattığınızı görerek, kahroluyorum. Ruhban sınıfını suçlamıyorum, ben aslında Tanrı'nın canlı ruhunun taşıyıcısı olan gerçek din adamları arayışındayım. Ben onlara sesleniyorum, topluma, gençlere yüzümü dönerek, yalvarıyorum:

Tahılı insanlardan esirgemeyin, gerekirse, kendiniz tahıl olun ve onların boşa dönmesine izin vermeyin. Mabctlerin sunağını kaplamış tozu ve örümcek ağını slip temizleyin. Memur zihniyetine sahip kuralcıları, politik kariyer hedefleyen ve pazarcı esnafı zihniyetine sahip olan şahısların din hizmetinden men edilmesini sağlayın. Halkın yüreğindeki sönmüş inanç ateşini tekrar alevlendirin. Milyonlarca insanın kaşarlanarak sertleşmiş kalbindeki Tanrı'yı uyandırın."

McDonald şöyle yazıyordu:

"Din, kitaplarda yer alan soyut kurallarla gösterişli ve güzel ayinlerin karışımından ibaret değildir. Ayinler vücuttaki elbise gibidir, vücudun elbiseye olduğu gibi, ayinlere de ihtiyacı vardır, fakat onlar bir vücut değildir. Gerek ayinler gerekse de inanç düsturları ve dini doktrinler temel ve esas olarak kabul edilmemelidir.

Öncelikli husus, İnancın varlığıdır. Onun tanımı ve dayandığı kurallar ikinci dereceli konulardır. Halkta inanç duygusunu uyandırın. Yeme, içme, nefes alma ve diğer fertlerle iletişim kurma ihtiyacı duyan insanlarda Tanrı'ya ihtiyaç hissinin de canlanmasını sağlayın.

Liselerde öğrenciler imtihanlar bittikten sonra bir araya gelerek, ders kitaplarını özel bir törenle yakıyorlar. Neden acaba, bunun anlamı nedir?

Çünkü ruhen ölü okullarımız öğrencilerin beynini canlı düşünceler yerine kuru ve sıkıcı okul kurallarının cansız tozuyla doldurmaktadır. Okullar öğrencilerde bilgilenme arzusu uyandıramamakta ve bilimsellik yaklaşımını geliştirememektedir. Okulun temel görevi öğrencilerin bilimi anlamaları ve ona değer vermelerini sağlamaktır. Fakat okul bu görevini yerine getiremiyor.

Bilimsellik olmadan, bilim sevgisi ve bilgilenme arzusu olmadan ne bilim gelişir ne de bilgili insanlar ortaya çıkar.

Aynen bunun gibi, sanatsallık ve sanat duygusu gelişmezse, güzelliğe ihtiyaç duyulmazsa sanat da olmaz.

Önce bilimsellik, sonra bilim.

Önce sanatsallık, sonra sanat.

Sanatsallık ve bilimsellik, bilgiye ve güzelliğe ulaşma arzusu bir zemin, bilim ve sanat ise bu zeminde yeşererek büyüyen ve gelişen çiçeklerdir."

McDonald yazısını aşağıdaki cümlelerle sürdürüyordu:

"Din açısından da aynı şey geçerlidir. Önce dindarlık, yani duygular, daha sonra ise dinin kendisi, başka deyişle, bu duyguların tezahürü ve tanımı ön plana çıkar. Ayrıca, dinin özü çeşitli ayinlerde, kurallarda ve davranış biçimlerinde saklı değil. Bu da gereklidir, bütün bunlar derin felsefi ve sanatsal anlama sahiptir.

Kimya ve fizik elektriğin, ışığın ve ısının tanımlanabilmesi için kendi formüllerini geliştirmiştir. Fakat hem ışık, hem ısı hem de hareket kuvveti elde etmemiz için öncelikli olarak elektriğe ihtiyacımız var.

Canlı elektrikle dolu olmamız lazım. Her insan canlı bir elektrik santrali gibi çalışmalıdır. Öncelikli olarak elektrik, ışık, ısı ve hareket gücü, daha sonra ise onların tanımı gelmektedir.

Din de aynen böyledir. Din, insanların kalbinde dua etme arzusu, gerçeğe erişme ihtiyacı ve sevgi duygusu uyandırmalı. Basit ve kolay yoldan zengin olma heveslisi bir insan olan vergi tahsildarı din adamına dönüşebiliyor. Bizdeki durum içler acısı ve korkunç bir alay konusudur. Bizde havari rütbesine sahip insanlar vergi tahsildarına dönüşüyor. Para biriktirmek, daha çok gelir elde etmek, aylak, tembel ve karnı tok yaşamak dışında kendilerini hiçbir şey ilgilendirmiyor. Yaptıkları konuşmaların halkı hiç etkilememesine, hatta kendilerini kimsenin dinlemek istememesine şaşırmamak lazım. Kendileri insanların kalbinde inanç ateşi yakmaya muktedir değiller. Bunu yapmak istemiyorlar ve yapmıyorlar.

Onlar dini cansız dogmalar yığınına, yüzlerce kural, başlık ve önermelerden oluşan inanç gramerine dönüştürmüşler. Peygamberler insanlara sevmeyi öğretmiş ve sürekli "Sev, sev, sev!" diye tekrarlamışlardır. İnsanları sev! Her türlü insanı, her çeşit canlıyı, bütün dünyayı – ağacı, taşı, tarladaki kum tanesini, gökyüzündeki yıldızı sev! Her şeyi ve Her şeye Hayat Veren'i sev!

Peygamberler 'Tanrı'yı ve ona yakın olanı sev' diye öğüt veriyorlardı. Bütün ilahi emirlerin, dinlerin ve peygamberlerin öğretisinin anlamı ve özü bu sevgide saklıdır."

Luca McDonald sevginin, sıkı bağlılık duygusunun ve etrafımızdaki her şeyle birlik olmanın dindar olmamızı sağladığını durmadan tekrarlıyor, değişik yöntemlerle bu gerçeği izah ediyordu.

Luca McDonald'ın düşüncelerine karşı çıkan kişiler kendi tembellikleri, itinasız tavırları ve manevi düşkünlüklerinin yüzlerine vurulmasından hoşnutsuz biçimde, kitapta ifade edilen korkunç ve acı gerçeği görmezden geldiler ve küçük detayları, önemsiz kusurları ve eserin kendine özgü üslubunu tartışmaya başladılar. Kitabın özüne değinmeden, şekline ve içeriğine ilişkin yüzeysel değerlendirmeler yapılıyordu. Çeşitli gazete ve dergilerde, edebiyat derneklerinin toplantılarında ve özel konuşmalarda yazılıp çizilen ve dile getirilen görüşler aşağı yukarı aşağıdakilerden ibaretti:

"Kitabın ana fikri iyi oturtulmamış ve yeteri kadar işlenmemiş. Malzeme sistemli bir şekilde bir araya getirilmemiş. Çeşitli saçma düşüncelerin düzensiz yığınından ibaret. Metin tutarlı değil, onlarca değişik bölümde aynı şey tekrarlanmakta."

L. McDonald kitabına yönelik bu eleştirileri kendinden emin bir gülümsemeyle okuyor ve dinliyordu. Fakat kitabın beşinci baskısının önsözünde aşağıdakileri yazma ihtiyacı hissetmişti:

"Ben kitabımı savunmuyorum. Fakat neden böyle bir kitap yazdığımı ve yeni baskıları sırasında neden düzeltmeler yapmadığımı ortaya koymak için kitabın tarzı ve amacına dair bilgi vermek istiyorum. Ben romancı değilim, yazdığım kitap da sizlerin boş zamanlarınızda zevkle okuyacağınız türden bir kitap değil. Aslına bakarsanız, kendimi halkın veya toplumun öğretmeni olarak da görmüyorum. Ben bir haberciyim, halk kitlelerinin yetkili temsilcisiyim. Ödemediğiniz yüzlerce faturayla birlikte hayat tarafından size gönderilen biriyim.

Herkes yaşam koşullarının ağırlığından, karşılaştığı zorluklardan ve hayatın düzensizliğinden bahsedip dert yanıyor, fakat hayatı düzene sokmak ve daha yaşanılır kılmak adına kimsenin bir şeyler yaptığı yok. Sanki bizler hepimiz hayatın dışında bulunan seyircileriz, her birimizi sınırsız yetkilerle donatılmış hakimler olarak görevlendirmişler. Herkes büyük işler, büyük şahsiyetler, büyük sevinçler talep ederken, kendisini ve çevresindeki hayatı alışılmış bayağılığın, aptallığın ve hiçliğin hiç olmazsa bir milim üzerine çıkararak yükseltmek çok az kişiyi düşündürüyor. İnsanlar borçlarını ödemekten ne pahasına olursa olsun kaçan kötü niyetli borçluya benziyor.

Benim kitabım da herkesi, elinden olmasa bile, vicdanından yakalamaktadır. Taş ustasını ve bakanı, din adamını ve subayı, avukatı ve tüccarı, anne babaları ve çocukları, ayakkabı tamircisini ve ressamı, parlamento üyesini ve köy muhtarını, halk öğretmenini ve gazetelerin yazı işleri müdürünü, köylüyü ve yazarı – herkesi yakalıyor ve şunları söylüyor:

'Siz ne yapıyorsunuz? Neden hiçbir şey yapmıyorsunuz, hayatı daha yaşanabilir kılmak için neden çalışmıyorsunuz? Neden sadece bir asalak veya hayatın düzenini bozan bir soyguncu gibi yaşıyorsunuz? Hiç utanmıyor musunuz? Hayatı yeniden inşa edecek bir sanatçı olabilirdiniz, ama siz bir solucan gibi yerlerde sürünerek, dünyayı bir pislik yığınına çeviriyorsunuz.'

İşte bu nedenle benim kitabım sizlerin vadesi geçmiş senetlerinizle dolu bir çanta gibidir. Bu senetleri tahsil etmek için yorulmuyor ve acele etmiyorum, çünkü muhataplarının bazıları kaba ve cahil, diğerleri iğrenç ve terbiyesiz, başka bir kısmı tembel, geri kalanları ise vicdansız ve sahtekar.

Birilerini – tüccarı, hekimi, din adamını, kaba davranışlı memuru – elinden veya vicdanından yakaladığım zaman ise, hepsi sanki sözbirliği etmişçesine, masum çocuk tavrı sergiliyorlar. Tembel köleler bu kez kurnaz kölelere dönüşüyor. Kendilerini değil, kitabı ve onun yazarını suçluyorlar. Hoşnutsuz bir şekilde söylenmeye başlıyorlar:

'Neden sürekli bizim kusurlarımızdan, tembelliğimizden ve hayatı asalak gibi yaşamamızdan bahsedip duruyorsunuz? Durmadan berbat yaşantımızı anlatıyorsunuz. Tamam, kabul ediyoruz – bizler tembel, aptal ve karnı tok köleleriz. Fakat daha iyi olabilmek için ne yapmamız lazım? Hayatın mimarı bir sanatçı olmayı öğretin bize. Neyi ve nasıl yapmamız gerektiğini anlatın bize.'

Ne yapmamız gerekiyor?' sorusuna hayret ediyorum. İnsanlar ticaretle uğraşıyorlar, milyonlarca Ruble ciro elde ediyorlar, büyük fabrikaları, bankaları, orman işletmelerini ve diğer müesseseleri yönetiyorlar. Bu işlerle ilgili kimsenin tavsiyeye ihtiyacı yok, çünkü kendi işlerini çok iyi biliyorlar, hepsi kazanç ustası.

Diğerleri köyleri, şehirleri, vilayetleri ve ülkeleri yönetiyor ve diğer siyasi partilere mensup insanlara bağırarak şunu söylüyor: Halkın nasıl yönetilmesi gerektiğini sadece ben bilirim.

"Halk okullarında öğretmenler milyonlarca çocuğa eğitim veriyor." McDonald devam ediyordu. "Üniversitelerde profesörler binlerce öğrenciye yüzlerce kez ders anlatıyor. Papazlar vaaz veriyor, gazeteciler her gün bakanlara ve krallara halkın nasıl yönetilmesi gerektiğini izah ediyor.

Herkes akıllı ve bilge, herkes her şeyi biliyor. Fakat kendilerine 'O zaman neden bu kadar kötü koşullarda yaşıyorsunuz? Hayatın mimarı bir sanatçı olmayı neden istemiyorsunuz?' diye sorduğunuz zaman, hepsi aynı anda birer tecrübesiz çocuk gibi oluyor:

Sanatçı ve hayatın kurucuları yerine birer tembel asalak veya yırtıcı soyguncu olmamızın suçlusu biz değiliz. Bize bunları öğretmediler, siz öğretin!

"Kendilerini kimsenin eğitmediğine dair şikayetler, hayatın nasıl kurulacağının öğretilmesi ricası – bütün bunlar tembel bir öğrencinin ikiyüzlülüğü ve sinir bozucu uydurmasından başka bir şey değil." McDonald kızgın bir tavırla sözlerini sürdürüyordu. "Herkes ne yapılması gerektiğini çok iyi biliyor, fakat kimse bir şeyler yapmak istemiyor veya yapamıyor. Yapamıyorlar, çünkü bir işi becerme yetenek ve istekleri gelişmemiş, kendileri bu yönde yetiştirilmemiş ve eğitilmemiştir.

Herkes beslenmenin gerekli bir şey olduğunu biliyor, ama iştahı zayıf hastalar yemek yemiyorlar veya yetersiz besleniyorlar. İnsanların birçoğu da "iştahsızlıktan" mustariptir, hayatın kurusu olma isteğinden yoksundur. Bu kişilerin tedavi edilmesi gerekmektedir.

Nasıl ve hangi yöntemle?

Onlara yemek yemenin, başka deyişle, hayatın mimarı olmanın faydalarından bahsetmeyin, sadece, kendilerinde bunu yapma ihtiyacı uyandırın.

İçi yakıtla iyice doldurulmuş lamba 'Ne yapmam gerekiyor?' diye sormaz.

Siz de canlı lambalar olun. Yaptığınız işlerde elde ettiğiniz başarılarla ışık saçın.

Sobanın içi iyi bir yakıtla doldurulmuş ve yakılmışsa, ne yapması gerektiğini sormaz. Yaydığı ısıyla evi ve içindeki insanları ısıtır.

Soğuk yaşamımızı kalbinizin hararetiyle ısıtan canlı sobalar olun.

Benim görevim her bir insana, ne yapması gerektiğine dair kendisine özel bilgiler içeren reçeteler önermek değil. Benim vazifem bütün insanlarda istek ve arzu uyandırmaktır: En iyi gazyağıyla dolu canlı lamba, en kaliteli yakıtla dolu canlı soba olma arzusu.

Bu nedenle onlarca kez ve her defasında da farklı kelimelerle dinden bahsediyorum." L. McDonald kitabının esas konusuna dönüyordu.

"Eğer halkta, halklarda dindarlık olmaz ise ne bilim, ne felsefe, ne sanat, ne politika, ne de teknoloji insanları kötülükten, hayatın zorluklarından kurtarabilir.

Dinden değil, dindarlıktan bahsediyorum. Dinlerin sayısı fazla olabilir, nitekim, öyledir. Ama dindarlık farklı dinlere mensup insanların tamamına özgü ortak bir özelliktir.

İnsanlara sevinç bahşeden havari Franciscus Assisiensis, zengin bir Floransalının gösterişli, neşeli ve canlı yaşam tarzından vazgeçerek, sırtında sade bir rahip cübbesi ile halkın arasına karıştı. Amacı insanlarda diğer insanlara, Tanrı'ya, gökyüzündeki kırlangıca ve ormandaki kurtta sevgi duygusu uyandırmaktı.

Gökyüzündeki güneş ve yıldızlar, delikteki solucan, bir evdeki anne, bir ülkedeki bakan, tarladaki ot – bütün bunlar muazzam bir yaratıcı gücün eseri ve büyük bir ailedir. Hepsi birbirinin yakını ve dostudur. Kardeşi, arkadaşı, yardımcısı ve kader yoldaşıdır.

Ben sendeyim, sen de bendesin, biz dünyada dünya da bizdedir, hepimiz bir bütünüz. Dünyaya zarar verirsen, insanlara veya hayvanlara kötülük yaparsan, kendine zarar vermiş, kendini sakatlamış ve hayatını karartmış olursun.

Dindarlık işte budur. Her şeye ve herkese karşı hissedilen temiz, ışıklı ve yaratıcı sevgi duygusudur – dosta ve düşmana, Tanrı'ya ve bir kurbağaya, Rafael'e ve bir taş ustasına olan sevgidir."

L. McDonald kitabının son bölümlerinde şunları yazıyordu:

"Bazı halklar asırlardır, nesilden nesle geçecek şekilde, çocukluklarından itibaren insanlara eski Sparta'da olduğu gibi, kahramanlık, nefsini tutma, yaşlılara saygı gibi özellikler aşılamaktadırlar.

Diğer bir grup halk ise, en yüce duygu olarak, kendi insanlarında düşmanlara karşı kin ve nefret, kendisine saldırarak incitenlerden intikam alma hissi yerleştirmeye çalışmaktadır.

Caracalla ve Commodusar'ın Roma'nın batağa saplandığı döneme denk gelen hükümranlığı veya III. Napolyon'un iktidarı sırasında olduğuna benzer şekilde, halkların tarihinde göstermelik şatafatla iç içe geçmiş ve toplumun bütün kesimlerine sirayet eden karşılıklı talanın, bayağı ve kaba ahlaksızlığın kol gezdiği dönemler olmuştur.

Bir amaç olarak, sistemli bir şekilde kitlelere bazen yasalara saygı ve disiplinin, bazen vatanseverliğin, bazen de tahrik edici fikir ve duyguların telkin edildiği halklar olmuş.

Bireylere inisiyatif alma becerisi, güçlü akıl, irade ve sağlam karakter kazandırılmakta ve bu özellikler geliştirilmektedir.

"Fakat insan ruhunun temeli, insanı ve halkları harekete geçiren başlıca unsur olarak dindarlığın sistemli, bilimsel yöntemlerle nerede, hangi ülkede ve ne zaman önemsenerek, desteklendiğini söyler misiniz?" L. McDonald kederle soruyordu. "Tazıları, yarış atlarını besliyorlar, yalakalığı, siyasi nefreti, partiler arası mücadeleyi, halk kitlelerinin kandırılmasını destekleyip teşvik ediyorlar. Komünizmin önderleri proletaryada mülkiyet sahiplerine karşı nefreti körüklüyorlar.

Yüzlerce, binlerce farklı kültür alanı! Hayvan ve hayvanlık kültürü dahil! Bir tek dindarlık kültüründen, insanlarda bu kültürün yerleşmesi gerekliliğinden bahsedilmiyor.

"Dünyanın her tarafında insanlara ve halka dindarlık kültürü yerine yüzlerce dinin çeşitli ayin ve dogmalarına körü körüne riayet etme ve tapınma düşüncesi empoze edilmektedir." L. McDonald haykırıyordu. "Ne düşünüyorsunuz, sizce bunu söylemek yeterli midir? Tıpkı ünlü bir merhumu tabuta koyar gibi, daha sonra Bilimler Akademisi kütüphanesinin raflarına kaldırılacak olan binlerce sayfalık bir felsefi eser mi yazmak gerekir? Zira ben olmasam da, bilge geçinen, fakat bilgelikle ilgisi olmayan, anlattıkları doğru dürüst anlaşılmayan kişilerin sayısı onlarcadır. Mezar anıtlarından hoşlanıyorsanız, mezarlığa gidin. Ben ölülere değil, dirilere geldim, kendilerini ölümün ve toplumsal çöküşün pençesinden kurtularak, manevi uyanışa yelken açmaya çağırıyorum.

Sizleri aydınlık bir Paskalya törenine davet ediyorum! Büyük bir şairin yeryüzündeki kederi unutturan sevgi dolu, neşeli şarkısını birlikte söylemeye çağırıyorum. Sevincin yaratıcıları, gelin ve mutluluk şerbetini için! Bir güneş gibi hayatı aydınlatın, neşe saçın!"

L. McDonald kitabın beşinci baskısına yazdığı önsözün son bölümlerinde şunları ifade ediyordu:

"Çok eskiden, Akdeniz'de hakimiyet kurmak için Roma ile Kartaca arasında yaşanan savaş sırasında Roma'nın büyüklüğünün sert bekçisi Katon her fırsatta aynı şeyi durmadan tekrar ediyordu:

'Kartaca yerle bir edilmeli!'

Senato'da yeni ele geçirilen topraklardaki boş arazilerin paylaşımı, herhangi bir komşu ülkeye karşı savaş açılması veya bir ülkeyle ittifak kurulması, halk kahramanlarının ödüllendirilmesi gibi konular görüşülürken, en son söz alan Katon şunu söyledi:

'Bütün bunlar çok iyi, verdiğiniz kararlar da akıllıca. Fakat başlıca konu bu değil. Size şunu söylüyorum: Öncelikli olarak düşmanımız Kartaca'nın direnişini kırmamız ve gücünü yok etmemiz lazım. Kartaca'yı yok edin.'

Katon, düşüncesini Roma'yı yönetenlerin hepsine kabul ettirene kadar çabaladı. Sonunda Kartaca yerle bir edildi ve Roma denizlerin tek hakimi oldu.

Ben de ısrarla aynı şeyi tekrarlıyorum. Başlıca düşüncemi, sizlerden ne istediğimi yüz kere tekrarlamaya hazırım: asalak, hayatı tahrip eden değil, onu inşa eden ve güzelleştiren insanlar olmaya gayret edin."

Bunları bilmek yeterli değil, akılda tutmak ve her zaman hatırlamak lazım. Hayatı inşa etmeyi bir ihtiyaç olarak görmek ve görev addetmek, bunu yaparken sevinç duymak çok önemlidir. Romatizma veya diğer bir hastalığa yakalanmış insanı vücudunu merhemle ovarak tedavi ederler. Hastanın el, ayak, omuz veya göğüs bölgesine merhemi yumuşak bir şekilde sürmekle yetinmezler, merhemle hasta bölgeyi ovalarlar. Uzun süre, defalarca, merhem etkisini gösterene kadar, gerekirse onlarca, yüzlerce kez bu işlemi tekrarlarlar.

Ben de düşünce, duygu ve çağrılarımı derinlere nüfuz edecek şekilde benliğinize yediriyorum. Rüzgarlı bir havada sigara veya puro içerken, yakana kadar bazen üç, beş veya on kibrit harcamak zorunda kalıyorsunuz. Her türlü tahribatın rüzgarı altında kaldığınız yetmiyormuş gibi, içinde yaşadığımız dünyanın ateş yakmanın zor olduğu derin ve sulak bir bataklığı hatırlattığı bir ortamda beyninizi ve iradenizi tek seferde ateşleyerek, canlandırmamı nasıl isteyebilirsiniz."

L. McDonald önsözü aşağıdaki cümlelerle bitiriyordu:

"Bu nedenle, bana atfettiğiniz ve eleştirdiğiniz sistemsizlik aslında benim sistemimdir, kendime özgü bir pedagojik yöntemdir. Metindeki tekrarlar ise aynı noktaya sürekli temas etme gereksiniminden kaynaklanmaktadır. Köy muhtarı, vergisini zamanında ödemeyen bir mükellefe 'Şu kadar borcun var, ödemen gerekiyor' sözlerini bir kere söylemekle yetinmiyor.

On kez, yirmi kez, kendisine her rastladığında vergisini aksatan şahsı 'Borcunu ne zaman ödeyeceksin? Çoktan ödemen gerekirdi' diyerek azarlıyor.

Ben de kitabımın her sayfasının, her bölümünün sonunda okuyucularıma şunları hatırlatmak istiyorum:

Hayatı inşa etmeye ne zaman başlayacağız? Sayın bay ve bayanlar, hayatınızın borcunu ne zaman ödeyeceksiniz?"

* * *

L. McDonald kitabını aşağıdaki güzel hikayeyle bitirmektedir:

İki ruh karşılaşır: Kötülüğü, ölümü, şiddeti ve yalanı temsil eden Kötü Ruh ve doğruyu, iyiliği, neşeyi ve hayatı simgeleyen İyi Ruh. Kimin daha güçlü olduğu konusunda tartışmaya başlarlar. Tartışmanın fitilini Kötü Ruh ateşler. Kaba ve alaycı bir gülüşle doğru, iyilik, hayat ve neşe dolu İyi Ruh'a sataşmaya başlar:

"Sıkıcı bir gölge gibi yeryüzünde ne dolaşıp duruyorsun? İnsanları bezdiriyorsun, her zaman içinde bulundukları ve bundan sonra da bulunacakları durumu – hayvan gibi yaşamaktan duydukları sevinç ve memnuniyeti engellemeye çalışıyorsun. İnsanlar ve halklar konuşan hayvanlar olmak istiyorlarsa, bırak olsunlar. Eğitilmiş hayvanlar olmayı arzu ediyorlarsa, kendilerini rahat bırak. Her halükarda, onları değiştiremezsin, yeni insan olmalarını sağlayamazsın. Onlar sana ait değiller, onlar benim sürümün hayvanlarıdır. Neye ihtiyaç duydukları-nı, nasıl etki altına alınmaları ve yönetilmeleri gerektiğini iyi biliyorum. Onlar da beni dinliyor ve arkamdan geliyorlar. İnsanlar üzerinde hakimiyet kurma mücadelesinde ben senden daha güçlüyüm. Binlerce yıldır kendilerine kaç tane aziz, peygamber ve iyilik timsali bilge gönderdiğini hatırla. Onların hepsi bana karşı mücadele etmişler. Peki, bu mücadele nasıl sonuçlandı? Onların ve senin, sizin yenilginizle.

Ben yeryüzüne gelen ilk iki insanı – Adem ve Havva'yı – Tanrı'nın yolundan saptırdım." Kötü Ruh kendinden emin bir tavırla anlatmaya başladı:

"Benim Kabil'im senin Habil'ini öldürdü.

Benim Delilah'ım senin Samson'unun gözlerini kör etti.

Benim kahinlerim senin peygamberlerini öldürdü.

Sahip olduğum güç sayesinde Sokrates'in zindanda zehirlenmesini sağladım.

İsa'yı Golgotha'da ben çarmıha gerdirdim.

Benim isteğim ve irademle binlerce en iyi adamın Roma'nın sirk meydanlarında hayatını kaybetti.

Jan Hus'u diri diri ateşte yakan eller benim ellerimdi.

Dini engizisyonun pençesine ben attım. Avrupa ülkelerinin politikalarının baskı ve yalan üzerine kurulmasını sağladım. Özgürlük savaşçılarını cellata dönüştürdüm ve iktidar aracı olarak da ellerine giyotini verdim.

İsa'nın çöldeki düşüncelerini hatırlıyor musun? O zaman ben de kırk gün İsa'yla beraber, çok yakınında çölde bulundum. O zaman kendisine şunu söyledim:

'Kendini kandırma, hayallere de kapılma! Yeryüzündeki

insanlardan Tanrı'nın Krallığı'na layık evlatlar yetiştireceğini sanma. Onların ihtiyacı olan şey idealler, ilahi gerçekler ve yüksek fikirler değil, onları ilgilendiren tek şey karınlarının tok olması, tembelce huzur ve hayvani tatmindir. Midelerini doldurmaları için yiyecek, bedensel zevkler ve gözlerine hoş gelen gösteriler sunduğun zaman onlar senindir. İster çöle ister dağa git, peşinden gelecekler. Seni kralları olarak kabul edecek, senin için yaşayacak ve ölecekler."

"O beni dinlemek bile istemedi," Kötü Ruh kinli bir gülümsemeyle devam etti. "O zaman ben O'na başka bir öneride bulundum:

'İnsanların ruhunu bir tas mercimek çorbası karşılığında satın almak istemiyor musun? Onları midelerine değil, kalplerine girerek mi etkilemek istiyorsun? O zaman onları şaşırt! Sahip olduğun mucizevi güçlerle gözlerini kamaştır, akıllarını ve kalplerini esir al. Senin yüce bir varlık olduğunu kabul ederek, kör ve itaatkar bir köle gibi peşinden gelsinler."

"Yine 'Hayır' dedi!" Kötü Ruh kin ve nefretle gülümsüyordu. "Görüyor musun, insanların karın tokluğuna O'nun tarafına geçmelerini, köle gibi eğilerek, biat etmelerini kabullenmek istemedi. Bu yeryüzü böceklerinin bilinçli bir şekilde, özgür iradeleri ile bizzat itibara kavuşmalarını arzu etti.

Bunun üzerine, O'na üçüncü bir tavsiyede bulundum:

'Peki! İnsanların kendilerini yüce ve itibarlı hissetmelerini mi arzu ediyorsun? Kendi irade ve güçleriyle diğerlerini şaşırtarak, hayrete düşürmelerini mi istiyorsun, amacın bu mudur? O zaman Roma'ya ve Romalılara bir bak. Roma'nın iradesi dünyadaki diğer halklar için bir kanundur. Her bir Romalı gururla şöyle der: "civis romanus Sum", yani "Ben Roma vatandaşıyım." Kimse Roma vatandaşını aşağılamaya cesaret edemez, Roma – dünyanın hakimi ve yöneticisidir.'

"Dinle beni diyordum O'na. Benim tavsiyelerimi dinle, benim yolumdan git, o zaman Roma'dan daha güçlü olursun. Roma senin hizmetçin, kölen olacaktır. Bütün dünya senin egemenliğin altında olacak. Senin krallığın hüküm sürecek!"

"Şeytan'ın kurallarının geçerli olacağı bir krallık mı?" İyi Ruh nazikçe bir tebessümle ve keskin bakışlarla Kötü Ruh'un gözlerinin içine baktı.

Diğer ruh gözlerini kaçırarak, tutarsız bir şekilde homurdandı:

"Ne olacak böyle olursa? İsim onun olacak nasılsa, onun iktidarı!"

"Ama ruh senin olacak!" İyi Ruh tekrar kibarca gülümsedi.

"O da bana böyle cevap verdi ve beni öfkeyle kendisinden uzaklaştırdı. Ama benim ruhumun onun ruhundan daha güçlü olduğu ortaya çıktı." Kötü Ruh habis bir ifadeyle konuşmasını sürdürdü. "Golgotha'da da zafer benim tarafımdaydı."

"Her zaman ve her yerde galip ben oldum, bugün de benim. Bundan sonra hep ben kazanacağım." Kötü Ruh kinli bir coşkuyla esip gürlüyordu.

"Siz inşa ettiniz, bense yıkıyorum. Siz doğruluk ve sevgi tohumları saçıyorsunuz, bense sizin tarlalarınızı çiğneyerek harap ediyorum.

Sizler binbir eziyetle, uzun süre çabalayarak aydınlık ideallerinizin ateşini yakıyorsunuz, bense tek bir tükürükle bu alevleri söndürüyorum, onları kötü kokulu dumana, ise çeviriyorum. Genç erkekler ve kızların aşk çiçeklerini şehvet çamuruna gömüyorum, özgürlükten başıboşluk, iktidardan ise şiddet ve terör doğmasını sağlıyorum. Sevgi öğretisini insanlar arasında inanç farklılığına dayalı nefretin sebebine dönüştürdüm, halklar arasındaki kardeşliğin yerini karşılıklı savaşların almasına vesile oldum.

Ben; dünyanın hakimiyim! Ben; insanlığın efendisiyim! İnsanlar da halklar da benim ruhumla yaşıyorlar!" Kötü Ruh mağrur bir edayla İyi Ruh'un yüzüne karşı haykırdı.

İyi Ruh bütün bunlara sadece aydınlık bir gülümsemeyle karşılık verdi. Sanki içindeki neşe dolu ışıkla Kötü Ruh'un karanlık yüzünü aydınlatmak istiyordu.

"Neden susuyorsun?" Kötü Ruh sinirli bir şekilde sordu. "Söyleyecek bir şeyin yok mu? İtiraz edemiyor musun yoksa? Benim zaferimi kabulleniyor musun?"

"Senin zaferin mi? Sen gerçekten galip geldiğini mi sanıyorsun? Tanrı'yı ve dünyada büyük, kutsal olan ne varsa, hepsini yendiğini mi düşünüyorsun?"

"Elbette!" Kötü Ruh gururla bağırdı.

"Benim bedbaht düşmanım, zavallı ışık karşıtı! Ahlakı bozulmuş, kaba ve aptal erkek çocuğu gibi, büyük bir borudan gökyüzüne iğrenç kokulu, yoğun tütün dumanı üflemekle güneşin ışığını yok ettiğini sanıyorsun! Senin Tanrı, iyilik ve hayattaki hakikatler üzerindeki zaferin de buna benziyor! İsa'yı Golgotha'da öldürdüğünü mü söylüyorsun? Ama Golgotha Haçı kendini insanlık için feda etmenin, iyiliğin kötülük üzerindeki zaferinin simgesine dönüştü. Binlerce insan hakikat uğruna ölümü ve işkenceyi bu haç adına göze almış ve şimdi de almaktadır. Hus'un yandığı ateşin alevi milyonlarca insanı hakikate götüren yolu aydınlatmıştır. Sen büyük fikirlerin taşıyıcısı olan insanları öldürdün ve öldürmeye devam ediyorsun, fakat bu fikirlerin kendisini öldürmeye gücün yetmedi ve hiçbir zaman da yetmeyecek. Şehitlerin kanı toprağa saçılmış yeni, aydınlık düşünce tohumlarının daha gür çıkmasını sağlayacaktır. İşlediğin cinayetler düşünce şehitleri doğurmakta, birçok insanı iyilik ve hakikate götüren büyük fikirlere yaklaştırmaktadır."

"O zaman ben de bu yeni fikirleri kirletir, gerçek anlamlarından saptırırım." Kötü Ruh diğer ruhun sözünü kesti.

"Kirletmeye çalışsan da, bunu yapacak güce sahip değilsin. Sen farklı yerlerde ışık saçan alevleri söndürürsün, fakat ateşi ve ışığı öldüremezsin, buna gücün yetmez."

"Ben güçlüyüm, gücün kendisiyim! Öldürebilirim, öldürürüm de! Dünyada aydınlık ne varsa, hepsini öldürürüm, yok ederim!" Kötü Ruh hiddetle bağırdı.

"Bu şekilde, konuşarak tartışmayalım." İyi Ruh düşmanını durdurdu, "Gücümüzü işte sınayalım."

"Nasıl?"

"Bir meşale alalım ve onu meydanın ortasına dikelim."

"Sonra?" Kötü Ruh sabırsızlandı.

"Ben göğsüme vuracağım." İyi Ruh sözlerini sürdürdü. "Oradan kıvılcım çıkacak ve meşaleyi tutuşturacak. Meşale uzun süre parlak bir alevle yanarak, insanlara karanlıkta yol gösterecek. Sen benzer bir şey yapabilir misin?"

"Ah senin şu bitmek bilmeyen yakma, ateşleme çabaların!" Kötü Ruh nefretle gülmeye başladı. "Her şeyi sen ateşliyorsun, insanların aklını, vicdanını, ruhunu canlandırıyorsun. Kahramanlığa, insanların itibarına oynuyorsun! Aptalca hayaller bunlar!"

"Neden?" İyi Ruh yine gülümsedi.

"Çünkü insanlar kahraman değildir. Onlar toprak denilen büyük bir pislik yığınının içindeki solucanlardır. Her türlü ışıktan nefret eden köstebeklerdir, çünkü ışık gözlerini acıtır. İnsanlar tatlı yalanlardan hoşlanırlar. Krallar, bakanlar ve bütün diğer yöneticiler pohpohlanmayı severler. Bu kişiler kaba, zalim ve yırtıcıdırlar, tembel erkek arılara benzerler, ama halkın, kendilerini iyiliksever, bilge ve halkın babası olarak görmesinden hoşlanırlar.

Milyonlarca insan aslında akıl ve maneviyat yönünden çok ilkel. Midelerini doldurmak için yaşarlar. Çalışmaktan nefret ederler. Benciller, ahlaksızlar, manen temiz değiller ama onları akıllı, eğitimli, kusursuz yaşam mimarları olarak kabul etmek hoşlarına gidiyor.

Halklar iki ayaklı hayvan sürüsüdür. Çalışıyorlarsa da, bunu sopa korkusuyla, tıpkı köleler gibi, yöneticilerin zorlamasıyla veya ihtiyaç yüzünden yapıyorlar. Bu iki ayaklı hayvanlar kaba ve acımasızdırlar. Köpekler gibi devamlı birbirlerini kemirip dururlar. Birbirinin elinden almak istedikleri bir parça toprak yüzünden kavga ederler. Farklı inançlara sahip oldukları için; Tanrı ve O'nun kanunları ile ilgili sürülerden birisinin sahip olduğu anlayışın diğer sürü tarafından kabul edilmemesinden dolayı birbirlerini yerler. Farklı kavimlere ve soylara mensup olmaları, harflerin yazılışındaki farklılıklar bile kavga nedeni olabilir.

Konuşan koyunlar, öküzler ve kurtlardan oluşan bu sürülerin hepsi, kendilerinin Tanrı tarafından insanlığın kurtuluşu için görevlendirilmiş tek kavim olarak kabul edilmelerinden hoşlanırlar." Kötü Ruh kinli bir gülüşle söyledi. "Her bir sürü, kendisini dünyanın en yetenekli, en kültürlü ve en asil halkı olarak görüyor ve bundan emin."

Hepsi kaba. Herkese kaba davranırlar – başka halklara, kendi halkından olan insanlara, aile bireylerine, karılarına, kocalarına ve çocuklarına. Kendilerinden üst kademede bulunanlara güler yüz göstererek övgüler dizerken, alt kademedekilere küstahça ve saygısızca davranırlar.

Yalancıdırlar, dürüstlükten uzaktırlar. Hayatları yalan üzerine kuruludur, yalansız yaşayabileceklerini düşünemezler bile. Onların ticareti hırsızlıktır. Siyaseti alışveriştir. Her şeyin alınıp satılması temel politikalarıdır. Düşünce, söz, iş, namus, vatan, kendi tanrıları – hepsi iyi bir bedel karşılığında satılıktır.

Hepsi güzel kıyafetler giyerler: Ruhun asaleti, büyük fikirler, kahramanlık, insanların kardeşliği, vatana ve insanlığa sevgi gibi konulardan bahsetmeyi severler."

Binlerce geri kafalı kitap kurdu asırlardır insanlık tarihinin anlamı ve doğası üzerine kafa yormaktadır." Kötü Ruh iğneleyici bir şekilde devam etti. "Halbuki, hayatın anlamı ve düzeni basit ve açıktır. Kişilerin, halkların ve bütün insanlığın hayatı farklı büyüklükteki maskeli balolar gibidir. Balodaki kostümlere bakıyorsun, her tarafta bilge filozofları, kahraman şövalyeleri, kral ve sultanları, imparatorları, rahipleri, zeka, güzellik, müzik tanrıçalarını, bazen de şiirin, gerçeğin ve dehanın kendisini görüyorsun. Fakat bunların hepsi sadece kostümdür; tanrıça, kral ve bilge kostümlerinin altında ise aşçı kadın, pazarcı esnafı, kendini beğenmiş aptal ve basit dolandırıcılar var."

Kötü Ruh nefretle İyi Ruhun gözlerinin içine baktı:

"Ey saf, hayalperest arkadaşım, bütün hayat koca bir panayır tiyatrosudur. Burada her şey sahtedir: Ayna yerine teneke levhalar, mermer yerine boyanmış kağıtlar, pırlanta yerine ise renkli cam parçaları kullanılmaktadır.

Ve sen burayı aydınlatmak istiyorsun, öyle mi? Neden? Çirkin suratlardan güzel maskeleri çekip çıkarmak için mi? İnsanları rahat bırak, aptallar bilge, köleler ise dünyanın efendileri olduklarını düşünmeye devam etsinler. Sen elindeki 'ışık meşaleleriyle' bilge fikirlerin ve vicdanın ışığını yayan meşalelerinle sadece hayatımızdaki neşeyi kaçırıyorsun. İnsanların ve halkların kendilerini tatmin etme duygusunu yok ediyorsun. Bu meşale yakma 'hokkabazlığına' son ver. Onlar bu dünyada kimseye lazım değiller, ayrıca bir faydaları da yok." Kötü Ruh güldü.

"Seni kurnaz ruh!" Bu sefer de İyi Ruh gülmeye başladı. "İki azılı düşman olsak da, senin kendine has, kurnaz bir mantığa sahip olduğunu söylemeliyim. Her şeyi eğri gösteren bir ayna gibisin. Kim bilir, kaç insanı bu aynanla kandırdın! Doğuştan iyi kalpli olan kaç genci kendi yamuk aynanla umutsuzluğa sürükledin! İnsanlara karşı güvenlerini, hayatın yücelik ve güzelliğine, iyiliğin ve doğrunun gücüne olan inançlarını yok ederek, onları intihara zorladın! Onlar hayatın mimarları olabilirlerdi, fakat sen kendi aynanla hepsini en acı sona – harabeler arasında kaybolmaya – mahkum ettin."

"Gördün mü, gördün mü?" Kötü Ruh kinli bir sevinçle yanıt verdi. "Senin kurucu ve mimarlarını kendi eserim olan harabelere gömdüğümü kabul ediyorsun! Demek ki, ben senden güçlüyüm! Senin inşa ettiğin her şeyi yıkıyorum!"

"Gürültü yapma, Kötü Ruh." İyi Ruh sakince söyledi. "Sözlerini kuru bir çöp gibi gözlerime sokma. Bütün bunlar senin demagoji yapma ve kitleleri kandırma alışkanlığından kaynaklanıyor. Karanlığı öven felsefeni uzun uzun anlatırken sözünü kesmeden seni dinledim. Sen de benim, senin tabirinle 'saf' felsefemi sonuna kadar dinle. Ben senin gücünü inkar etmiyorum, böyle yaparak kendimi ve peşimden sürüklediğim insanları kandırmıyorum. Sahip olduğun güç, daha doğrusu, güçler, büyük ve çok yönlü. Çok sayıda genç idealisti öldürmüş olduğunu ve öldürmeye devam ettiğini zaten kabul ettim. Fakat sen onları, elindeki güç karşı konulamaz olduğu için değil, kurbanlarının genç zekası henüz olgunlaşmadığı, mantıklı düşünme ve davranma yetenekleri zayıf olduğu için öldürebiliyorsun.

Sen benim azılı düşmanımsın, kağıt oyunundaki hilebazlar gibi tartışmalarda tehlikeli bir rakipsin. Yürüttüğün mantığın, tıpkı hilebaz rakibin el hareketleri gibi, dikkatli ve tecrübeli gözlerle takip edilmesi gerekir, aksi takdirde hemen oyunbozanlık yaparsın."

"O zaman, birer dâhi oldukları herkes tarafından kabul edilen Septikler ve Pesimistler de sana göre hilebaz ve insanları kandıran dolandırıcılardır, öyle mi?" Kötü Ruh mağrur bir şekilde itiraz etti. "Demek ki, Voltaire de, Rabelais de, dâhi Swift de, eski çağlarda yaşamış Petronius ve Lukretius de, Sokrates'in güçlü bir ruha sahip rakipleri Gorgeous ve Aristophanes de, günümüz düşünürleri Leopardi ve Schopenhauer da birer aşağılık demagog, fikir hilebazı ve yalancıdır, bunu mu söylemek istiyorsun? Zavallı, basit yaratık seni! Safça iyiliğin hizmetkarı olan sizler itiraz etmek yerine sadece birilerine sövmeyi beceriyorsunuz. Küçük çocukların etrafa taş ve çamur topağı fırlatması gibi, siz de aşağılayıcı sıfatlar kullanarak, diğerlerine taş atıyorsunuz."

"Biliyor musun, seninle tartışmak hoşuma bile gidiyor." İyi Ruh tekrar gülmeye başladı. "Hem kelimeler hem de fikirlerle çok ustaca oynuyorsun. Kartları hiç çaktırmadan karıştırıyorsun, hilebazlık konusunda kimse seninle yarışamaz."

"Nasıl yani, ne demek istiyorsun?" diye sordu Kötü Ruh şaşkınlıkla.

"İşte bu senin zayıf tarafın," dedi iyi Ruh. "Yalan söylediğini, kartları karıştırdığını biliyorsun, fakat bunu belli etmemeye çalışıyorsun. Tekrar ediyorum, ben bütün konularda senden daha güçlüyüm. Ayrıca, isimlerini saydığın şahısları kendine yakın görmeye hakkın yok. Büyük Yunan Septikleri en az senin kadar iyi biliyorum. Gorgias, Prodicus ve Protagoras gibi sofistleri tanıyorum. Eski Roma Septiklerini, örneğin, Lukretius ve Petronius'u da biliyorum. Ayrıca, Rabelais, Swift, Voltaire gibi şahsiyetlerden de haberdarım. Görüşlerinin temelini Omnia Dubitanda Sunt, yani 'Her şeyden kuşku duymak lazım' ilkesinin oluşturduğu Descartes'ın felsefesini de biliyorum."

"Görüyor musun, işte bu: Kuşku duymak, her şeyden kuşku duymak, hiçbir şeye inanmamak lazım. O zaman gerçek diye bir şey de yok. Kuşkusuz gerçeklik yok," diye bağırdı yeniden Kötü Ruh.

"Çocuk gibi davranma, beni de çocuk yerine koyma," diyen İyi Ruh yine düşmanını durdurdu. "Septikler inkarcı değiller, ayrıca, 'kuşku duymak' kabul etmemek, her şeyi inkar etmek anlamına da gelmiyor. Kuşku duymak körü körüne, gözü kapalı şekilde ve konuyu incelemeden, doğrudan inkar etmek, kabullenmemek demek değildir.

Tarihi belgeler ve hukuki evrakların gerçekliği hep kontrol edilir. Şahitlerin verdiği bilgilerin doğru olup olmadığı her zaman araştırılır. Süt ve ekmek satıcılarının dürüstlüğü denetlenir, altının gerçek altın olup olmadığı dikkatle incelenir. Bu yoklamaların ardından insanların ve eşyaların gerekli özelliklere sahip olduğuna dair şüphe ortaya çıkmazsa, o zaman bunlar bir tarafa atılmaz ve kabul edilir.

Descartes da her şeyin inkar edilmesini değil, çok ciddi şekilde yoklandıktan sonra kabul edilmesi gerektiğini söylüyor. Kendisi 'saf' doğrulara, 'temiz' iyiliğe ve 'pür' mantığa değer vermekte, ister bilinçli isterse de bilinçsiz, her türlü yalana karşı çıkmaktadır.

"Fakat Gorgias, Prodicus, Protagoras..." diyen Kötü Ruh ısrarını sürdürdü. "Bunlar hiçbir şeyi gerçeklik olarak kabul etmiyorlardı. Kendileri dünyada pozitif ve kuşku doğurmayacak gerçeklerin bulunmadığını, her şeyin göreceli olduğunu ifade ediyorlardı."

"Onların döneminde insanlar gökyüzünde uçamıyorlardı," diye itiraz etti İyi Ruh. "Sadece kuşlar ve haşereler uçabiliyorlardı. Şimdi ise insanlar yeryüzünün olduğu gibi, göklerin de hakimidirler. Bu durumda, birer filozof ve mantık insanı olan Gorgias ve Prodicus şunu söylerdi: 'Günümüzde ve daha öncesinde insanlar herkes için inandırıcı olacak mutlak gerçeği henüz bulamadılar.' Fakat bu, insanlığın gerçeğe hiçbir zaman ulaşamayacağı anlamına gelmez. Halklar ve insanlar yerin derinliklerindeki tüm altınları, tüm kömürü ve petrolü henüz keşfedemediler. Doğa kanunlarının anlamını ve hayatın bilinmeyen yönlerini izah edecek değerlendirmeler ve doğada bulunan güçlerden yararlanmayı mümkün kılacak yöntemler de bulamadılar.

Bulunmamış, keşfedilmemiş birçok şey var. Fakat insanlar bundan dolayı umutsuzluğa kapılmadılar, şevklerini yitirmediler. Aksine, bilgiyi de arkalarına alarak, daha tutarlı bir biçimde arayışlarını sürdürdüler. Bunun sonucu olarak, her geçen gün yeni zenginlikler keşfedilmektedir: Toprağın zenginliği, zeka, bilgi ve gerçekliğin, insan kalbinin zenginlikleri. İnsanlar her geçen gün bu servetleri daha iyi değerlendirmeyi ve onlardan etkin bir şekilde faydalanmayı öğreniyorlar. Benim yaktığım ışıklar – aklın ışığı, bilgi ve vicdanın ışığı – giderek daha çok yerde ortaya çıkmakta ve daha parlak yanmaktadır.

Görüyor musun, Kötü Ruh, benim ışığım yavaşça, ama durmadan, devamlı olarak dünyayı, hayatı ve insanlığı aydınlatmaya devam ediyor, senin karanlığını kovarak dağıtıyor."

"İyi kovuyor, tabii, iyi dağıtıyor!" diye cevapladı Kötü Ruh neşeli ve kendini beğenmiş bir gülümsemeyle. "Hicivci Juvenalis, komedi yazarı Aristophanes, bütün zamanların ve ülkelerin sana sadık moralistleri, neşeli Rabelais, acımasız Swift ve alaycı Voltaire insanların aptallığı, soysuzluğu, adiliği ve yalancılığından duydukları öfke ve hayal kırıklığını her fırsatta, çok çeşitli yollarla dile getiriyorlar. İnsanların durumuna hem üzülüyor hem de onlarla dalga geçiyorlar. İnsanları ayıplıyor, aynı zamanda kendileri de onlar adına utanç duyuyorlar. İnsanlığı kınıyor ve ondan nefret ediyorlar. Sen ise meşalelerinin tutuştuğunu, yaktığın ışıkların yanmaya devam ettiğini söyleyip duruyorsun."

"Elbette," diye itiraz etti İyi Ruh kendinden emin bir ifadeyle. "Sen, kurnaz ruh, başkalarının kartlarını kullanarak benimle oyun oynamak istiyorsun. Ne Juvenalisler, ne Molieréler, ne Swiftler, ne Voltaireler, ne öfkeli Catonlar, ne de kaba ve kirlenmiş ruhları acımasızca suçlayan peygamberler, aslında senin arkadaşların. Onlar benim işçilerim, benim meşalelerimdir. Onlar halklara ve insanlara has olan yalancılık, kötülük, kabalık ve adilik gibi sıfatları ifşa ediyorlar. Fakat onların bu tavrı, kötülüğe karşı duydukları nefret şunu açıkça ortaya koymaktadır: Dünya iyilik ve doğruluğun berrak nuru ile henüz tamamen aydınlanmamış olsa bile, çeşitli noktalarında yanan parlak ışıkların sayısı giderek artmaktadır. Ve bu ışıklar insanlara hayatlarının çeşitli alanlarındaki iğrençliği ve bozulmuşluğu göstermektedir.

Yeryüzünde doğruluk, bilgelik ve sevginin zafer kazanacağı güneşli günlere daha çok var, fakat insanlığın üzerine senin soğuk ve arsız karanlığının çöktüğü korkunç gece yok olmuştur, ey Kötü Ruh! Gökyüzünde binlerce parlak yıldız var, ayrıca, uzaklarda bir yerlerde gökyüzünün kenarı pembeleşmiş ve yavaş yavaş da olsa, şafak söktüğü görülebilmektedir."

"Şafak, karanlık gökyüzü, yıldızlar, Kötü Ruh. Bütün bunlar eski, bayat şiirden başka bir şey değil. Gençlerin kandırılarak, tuzağa düşürülmesi için uydurulmuş fantezilerdir. Ben şiirden değil, nesirden yanayım; hayallere değil, fiili olarak mevcut olana, gerçekliğe önem veririm. Hayatı olduğu gibi kabul ediyorum, hayat ise, nasıl anlatsam... Bir defa, hayat senin meşalen değil! Hayat bana ait olan büyük bir çöp çukurudur. Bunu ben söylemiyorum, Leopardi, Schopenhauer ve pesimist filozoflar söylüyor. Zaman geçtikçe hem insanların hem de hayatın giderek daha berbat hale geldiğini binyıllardır tekrarlayıp duran senin yüzlerce moralistin, Savanoral gibi yüzlerce farklı şahıs dile getiriyor bunu. Onlar ki, ben değiller, kötülük ve yalanın ruhu değiller. Onlar birer bilge, kilisenin direği, doğruluk arayışında olan düşünce devi ve dâhidir."

"Yine hile yapıyor, kartları karıştırıyorsun," diyerek güldü İyi Ruh. "Büyük olan hiçbir şeyi tanımıyorsun, hiçbir şeye inanmıyor, kimseye saygı duymuyorsun. Fakat azıcık bile olsun incitileceğini gördüğün zaman başkalarının omuzları arkasına saklanıyor, onların nüfuzundan faydalanmaya çalışıyorsun."

"Ne olmuş saklanıyorsam! Başkalarının nüfuzundan istifade ediyorsam, ne var bunda," diyen Kötü Ruh sinirlendi. "Onlar en azından etkili insanlar, otoriteleri var. Dünyanın doğanın kör güçlerinin yaptığı kaba ve aptalca bir şaka, yeryüzünün ve insanların ise Tanrı'nın yüz karası olduğunu ve kendilerini kaçınılmaz kötü sonun beklediğini söylüyorlar. Sen de bana değil, onlara laf yetiştir. Zira dile getirdikleri şeyler bilgece düşüncenin vardığı sonuçlar, erdemli ve inançlı kişilerin dünyanın sonu hakkında dile getirdiği kehanetlerdir."

"Yorulmadın mı henüz? Yine oyun mu oynuyorsun?" İyi Ruh gülümseyerek karşılık verdi. "Tamam, öyle olsun, oyuna devam edelim. Tavşanın nasıl bir kuyruğu var, hatırlıyor musun?"

"Tavşan kuyruğunun konumuzla ne ilgisi var?" Kötü Ruh alındı.

"İlgisi şu." İyi Ruh gülümsemeye devam etti. "Senin mantığın, aklın ve kurnazlığın bana tavşan kuyruğunu hatırlatıyor.

Kaplanın, aslanın, atın veya ineğin kuyruğu var, bu hayvanların kuyrukları uzundur. Bir de tavşan kuyruğu var. Bu da kuyruktur, fakat kısa ve çok küçüktür, yok gibidir, kuyruğa benzer bir şeydir.

Birçok insanın düşüncesi, aklı, yetenekleri, vicdanı ve sevgisi de, tıpkı tavşan kuyruğu gibi, kısa ve küçük olur.

Bilgelik ve dâhilik de kısa ve yeteri büyüklüğe ulaşmamış olabilir. Bazı insanlar miyop, bazıları ise hipermetroptur. Akıl ve hatta bilgelik de böyledir. Büyük ve geniş akla sahip insanların yanı sıra, zeki, fakat bu özellikleri tek yönlü ve dar çerçevede gelişmiş insanlar da mevcuttur, tıpkı dar bir kalbe ve bu kalbe sığacak kadar küçük sevgiye, kısacık vicdana sahip insanlar gibi. İnsanlar kendileri için hırsızlık yapmaz, adice davranışlara tenezzül etmez, sineği bile öldürmezler, fakat üyesi oldukları partinin başarısı için, mensubu oldukları sınıfının çıkarları veya kendi düşünceleri uğruna, "vatanın bekası" için yalan da söyler, dolandırıcılık da yapar, adi davranışlarda da bulunur, işkence eder ve hatta öldürür de. Sahip oldukları dürüstlük, vicdan ve sevgi sadece kendi kişisel faaliyetleri çerçevesinde yeterlidir. Daha büyük işler için yeterli vicdana sahip değiller. Fransız Devrimi'nin kahramanı, yolsuzluğa karşı yılmaz savaşçı Robespierre bu tür kısa ve gelişmemiş akla ve ruha sahipti. Kilisenin ciddi mizaçlı hizmetkarı Loyola da aklı ve ruhu kısa kalmış şahsiyetlerdendi. Hizipçilik yapan bütün siyaset, din, edebiyat ve sanat insanları da dar alınlı ve dar göğüslü kişilerdir ve bundan sonra da böyle olacaklardır. İnsanların işlediği günahlardan dolayı dünyanın sonunun geleceğini iddia eden büyük filozoflar ve derin inanca sahip Savanarollar bu tür kısa kalmış, tek yönlü düşünen bilgelerdir.

Pesimist filozoflar da, öfke peygamberi Savanarollar da insanlığın ve yeryüzünün hayatında tek bir olguyu görmüş ve görmeye devam etmektedirler. Bu olgu kaostur.

Fakat kendileri miyop oldukları için, bu kaos ortamında bile yaratıcılık ve uyum ruhunun mevcut olduğunu göremiyorlar. Bizim dünyamız koca bir atölyedir; insanlar, halklar ise bu atölyenin ressamları, mimarlarıdır."

"Ne mimarlar ama! Afrika'nın vahşi yamyamları, Roma'nın gaddar Caracallaları, 'Tanrı'nın kamçısı' Attila, İsa'nın dünyadaki temsilcisi olan aşağılık Borgia..."

"Bütün bunlar kaosun evlatlarıdır ve kaosun gücünü temsil ederler." İyi Ruh sakince itiraz etti "Kaosun gücü dehşetli kasırgalar, fırtınalar, zelzeleler ve su baskınları gibidir. Uyumun ve yaratıcılığın gücü ise..."

"Zelzeleleri durduracak, öyle mi?" Kötü Ruh alaycı bir şekilde araya girdi.

"Belki de," diye yanıtladı İyi Ruh. "Bir zamanlar bütün dünya erimiş, kızgın bir atmosferden ibaretti. Bugün ise dünyamız fokurdayan, kaynar bir kütle değildir. Kainattaki uyum sayesinde sert bir zırhla, bir kabukla kaplanmıştır. Yer kabuğunda ise hayat kaynıyor: Tarlalar yeşeriyor, bahçeler çiçek açıyor, şehirler kuruluyor, Michelangelolar Yasa Koyucu Musa'nın heykelini yapıyor, Beethovenler 'Kahramanlık Senfonisi'ni besteliyor. Doğanın fokurdayan güçleri – kaynayan lav yığınları ve gaz kütleleri – ise yerin derinliklerine hapsedilmiştir."

"İşte o derinliklerden bile dünyayı titreterek, çürük bez parçası gibi parçalayabiliyorlar ama." Kötü Ruh alay etmeyi sürdürdü.

"Tıpkı hapsedildiği zindandan firar eden mahpus gibi," diye yanıtladı İyi Ruh.

"Fakat şu bir gerçek: Siz şehirler inşa ediyorsunuz, binlerce yıl çabalayarak, toprakları daha iyi ve verimli hale getiriyorsunuz, ama birden lavlar dışarı çıkıyor, gazlar fışkırıyor ve her şey mahvoluyor. Kaos zafer kazanıyor."

"Kısmen... Kısmen ve geçici olarak!"

"Nasıl yani geçici olarak?" Kötü Ruh şaşırmıştı.

"İnsan zekası lavları ve depremleri kontrolü altına alana kadar."

"Anlamadım." Kötü Ruh hayrete düşmüştü.

"Bunu anlamak hem kolay hem de zordur," diyen İyi Ruh düşünceli görünüyordu. "Paratonerin ne olduğunu biliyorsun. İnsan zekası elektriğin yıkıcı gücünü dizginlemiş, bir süvarinin kendi atını yönlendirdiği gibi, insanoğlu da yıldırımı istediği şekilde yönlendirmiştir.

Paratoneri bulan insanlar bir gün doluyu, karı, yağmuru ve fırtınayı kontrol etmeye olanak sağlayan aletler de yapacaklar. Sıcak ve kuraktan kavrulan çöllere yağmur yağdırmanın yolunu bulacaklar. Bugün makinaların kazanlarında buhar basıncını veya elektrik devrelerinde akımın gücünü kontrol ettikleri gibi, farklı ülkelerde hava sıcaklığını istedikleri gibi değiştirme olanağı elde edecekler. İnsanlar zelzelelerin sebebini ortaya çıkararak, bunları önlemenin yollarını bulacaklardır."

"Bunların hepsi fantezi!" dedi Kötü Ruh nefretle.

"Neden fantezi olsun?" İyi Ruh coşkuyla devam etti. "Veba, kolera, çiçek gibi hastalıklar bir zamanlar halklar için en büyük felaket kaynağıydı, bütün bir vilayetin halkı bazen salgın sonucu yok oluyordu. Günümüzde bu felaketlerin izi dahi kalmış mı? Tıpkı kuduz bir hayvan gibi, tırnakları çekilmiş, dişleri ve boynuzları kırılarak, kontrol altına alınmışlar. Sıtma ve difteri yok edilmiş, diğer hastalıkların getirdiği felaketler azaltılmış."

Kötü Ruh yine karşısındakinin sözünü kesti. "Ama insanlar eski zamanlarda olduğu gibi, bugün de hastalanıyor, aç kalıyor, ıstırap çekiyorlar. Milyonlarca insan doğduğu günü ve saati lanetle anıyor."

"Çünkü iyilik ve doğruluğun canlı meşalelerinin sayısı ve bunların yaydığı ışık henüz yeteri kadar fazla değil. Hayatın kurucusu olacak ve dünyadaki uyumu muhafaza edecek insan sayısı az. Bahar geldiği zaman taze otların kar ve buz altından çıkması gibi, aydınlık fikirler, duygular ve hoşgörü de yavaş yavaş ve ilk başlarda güçlükle de olsa, bitmek üzere olan kaosun çatlakları arasından baş göstermektedir."

"Başka deyişle, benim temsil ettiğim, sahibi olduğum kaos ve sebep olduğum yıkım daha güçlü ve etkilidir," diye ısrarla tekrarladı Kötü Ruh.

"Bu kadar tartışma ve sözlü kavga yeter," diyen İyi Ruh tartışmayı bitirmek istiyordu. "Bu durum giderek sıkıcı olmaya başlıyor. Benim yaktığım meşaleyi görüyor musun? Kimin güçlü olduğu konusunda benim yanıtım işte budur. Benim kıvılcımımdan alev doğar."

"Benim cevabım da işte budur!" Kötü Ruh bu sözlerle birlikte üfledi ve meşale söndü. "Senin alevlerine ne yaptığımı görüyor musun? Üflüyorum, alevler sönüyor ve senin ışığın da yok oluyor."

İyi Ruh hiçbir şey söylemeden, göğsüne ikinci kez vurdu. Öncekinden daha parlak bir kıvılcım sıçrayarak, meşaleyi yeniden tutuşturdu.

Kötü Ruh bu kez de üfleyerek ateşi söndürdü ve etraf yine karanlığa büründü.

İyi Ruh göğsüne üçüncü kez vurdu, meşale öncekilerden daha parlak bir alevle yanmaya başladı. Kötü Ruh üçüncü defa üfleyip ateşi söndürdü.

Bu durum dört, beş, on, otuz, yüz kere tekrarlandı. Her defasında İyi Ruh meşaleyi tutuşturarak, öncekilerden daha parlak bir alevle yanmasını sağlıyor, Kötü Ruh ise söndürmeye devam ediyordu. Fakat ateşi söndürebilmek için giderek daha fazla üflemesi gerekiyordu. Ateşin yüzüncü kez yanmasından sonra parlak alevi söndürmek isteyen Kötü Ruh'un yanakları patlayacakmış gibi şişti, gözleri kanla doldu. Alnındaki damarlar kabardı, yüzünden terler boşaldı.

İyi Ruh bedeninden yüz birinci, yüz ikinci, yüz üçüncü kıvılcımı çıkardı.

Kötü Ruh ise hâlâ söndürmeye devam ediyordu. Önce gülüyordu, daha sonra ise sinirlenmeye başladı. Fırtına gibi şiddetli üflemeyle yetinmiyor, meşaleye tükürüyordu da. Yüzünü İyi Ruh'a dönerek, kinli bir sesle bağırıyordu:

"Bu aptalca ve gereksiz işe son ver! Yaktığın alevleri anında söndürüyorum zaten, devam etmenin ne anlamı var?"

Giderek coşan İyi Ruh'un gözleri daha çok parlamaya başladı. Sanki kendisi de alev almış, yanıyordu. Parmaklarından kıvılcımlar saçılıyor, omuzlarının her hareketinden sonra oluşan kıvılcım demeti her tarafa dağılarak, onlarca, daha sonra ise yüzlerce yeni alev kaynağı yaratıyordu.

Kötü Ruh kasırga gibi dönüp duruyor, sinirden bağırıyordu. Öyle şiddetle üflüyordu ki, sadece alevleri söndürmekle yetinmiyor, aynı zamanda yanan meşaleleri de kırarak parçalara ayırıyordu. Kin ve yıkım ihtirası ve aydınlık her şeyi yok etme arzusu kendisini deliye çevirmişti. Bağırarak şunları söylüyordu:

"Işığa ölüm! Alevlere ölüm! Yıldızları, Ayı ve Güneşi de söndüreceğim! Dünya ve bütün kainat benim karanlık krallığımın hükmü altına girecek! Çekil yolumdan, aptal yaratık! Kendi zamanını ve gücünü boşa harcama!"

İyi Ruh altı yüzüncü, yedi yüzüncü kez yeni yeni meşaleler yakıyordu. Bininci meşaleyi yaktıktan sonra düşmanına dönerek, seslendi:

"Sen karanlıksın, ölüm ve yıkımsın. Senin amacın hayat ve iyilik ateşini söndürmek; bu senin için sevinç kaynağıdır. Söndür o zaman! Madem söndürücü olmaya karar verdin, söndür! Bense hayatın taşıyıcısı, onun yaratıcısıyım. Ben ışığın, ateşin, doğruluğun ve sevincin kendisiyim. Ben hayat tohumları saçıyorum, parlak ışıklar yakıyorum. Seninle olan mücadelemiz, ey Kötü Ruh, bugün başlamadı, bugün de bitmeyecek. Karanlık işlerine devam et: Işıkları söndür, hayat meşalelerini kır, parçala! Ben ve silah arkadaşlarımsa aydınlık görevimizi yapmayı sürdüreceğiz."

İyi Ruh yeni bir güçle göğsüne bir kez daha vurdu. Sanki yeryüzü inledi, sedası uzak dağlara kadar ulaştı ve gürültüyle yankılandı, bahar mevsiminde çakan şimşeklerin neşeli gürültüsü gibi onlarca kez dalgalanarak yayıldı.

İyi Ruh'un göğsünden, gözlerinden, dudaklarının arasından, öne uzattığı ellerinden, başındaki her saç telinin dibinden bu kez kıvılcım değil, parlak yıldırımlar saçıldı. Her taraf ışıkla doldu, etraftaki her şey bir anlık aydınlığa büründü. Kötü Ruh alevlerin hepsini söndürmek ve İyi Ruh'u yeryüzünden silmek için bütün havayı içine çekmek istedi. O kadar gerildi ki, her tarafı kıpkırmızı kesildi. Demirci körüğü gibi şişti ve kin dolu bir acz içinde yere düştü. Gücü kalmadığı için daha fazla üfleyemedi, sadece şu sözleri fısıldayabildi:

"Haklısın. Bizim mücadelemiz ebedidir. Seninle daha sonra görüşeceğiz."

İyi Ruh'un yaktığı ışıklar yanmaya devam ediyordu. Giderek pembe bir renk alan gökyüzü daha sonra ateş kırmızısı, ardından parlak altın rengine büründü. Bulutsuz gökyüzüne güneş doğuyordu.

* * *

L. McDonald son olarak şunları söylemişti:

"Bu efsanenin anlamı şudur: Hayat kurmak amacıyla yapılan bütün işler, maalesef, karanlık ve yıkıcı güçlere karşı verilen mücadele nedeniyle çoğu zaman daha da zorlaşmaktadır."

L. McDonald, Babil Sürgünü sona erdikten sonra Yahudilerin, Kudüs'ü ve Kudüs tapınağını nasıl inşa ettiklerine ilişkin bir hikaye anlatmaktadır:

"Ülkeleri düşmanlar tarafından korkunç bir hezimete uğratılan Yahudiler geri döndüklerinde başkentlerinin ve buradaki kutsal mekanların harabeye döndüğünü gördüler. Yıkılan binaların yeniden inşa edilmesi gerekirdi, fakat her taraf düşman kaynıyordu. Düşmanlar çalışmalarına engel oluyor, Yahudilerin yapma fırsatı buldukları her şeyi tekrar yıkıyorlardı. O zaman Yahudiler ellerinde kazma ve kürek, sırtlarında da mızrak ve okla çalışıyorlardı. Birileri kendilerine saldırarak, çalışmalarını engellemeye kalktığında, küreği bırakıp ellerine mızrak alır ve düşmanı püskürtürlerdi.

Fikir ve düşünce emekçilerinin toplum tarafından anlayış görmesi bugün de nadir rastlanan bir durumdur. Hiçbir yeteneği olmayan sahtekarlar, kendini beğenmiş basit tipler ve yırtıcı asalaklar, halk ve toplum için faydalı olan her türlü büyük girişime – politikaya, basına ve toplumsal faaliyetlere utanmadan, vicdansızca ve hiçbir şeyden çekinmeden sızmak, bu çalışmalarda yer almak isterler. Onlar politikayı ve halkın hayatının iyileştirilmesi için yapılan çalışmaları vurgun, haksız zenginleşme ve kişisel yükselme aracı olarak kullanırlar. Kilise, okul ve devlet daireleri onlar için ücret karşılığı aylaklık yapabildikleri yer anlamına gelmektedir. Bulundukları yerlerde hayatın mimarı ve halkın hizmetkarı olmak yerine, zamanlarını tembellik yaparak geçiriyorlar.

Çeşitli toplum kuruluşlarında ve kültür alanında faaliyet gösteren örgütlere girerek, sıradan kendini beğenmişlik duygularını tatmin etmenin yollarını ararlar. Fahri görevler elde ederek, bazen de haksız kazanç sağlarlar, ama çalışmak istemezler. En kötüsü ise, halkın ve toplumun bekası için fedakarca ve gönülden çalışmak isteyenlerin tekerine çomak sokarlar. Düşünce insanlarının etrafında entrika ağı örer, onlara iftira atar ve popüler olmaya çalışmakla suçlarlar.

Bütün bela bu da değil. Halkı soyan ve hayatını karartan bu vicdansız ve yırtıcı parazitler çoğu zaman daha korkunç kötülükler de yapıyorlar. Bazen kurnazlık yoluyla veya kandırarak, bazen rüşvet ve tehdit vasıtasıyla, bazen arsız yalanlarla, bazen de açık şiddete başvurarak halkın zekasını ve iradesini yok ediyor, toplumun vicdanını zehirliyor, gençlerin ideallerini ve savundukları idealist düşünceleri yıkmak için ellerinden geleni yapıyorlar. Çevrelerine manevi karanlık tohumları saçıyor, kin duygusunun yaygınlaşmasına, insanların ıstırap ve kederinin artmasına neden oluyorlar.

Aslında hepsi karanlığın gönüllü ve çoğu zaman da hevesli uşaklarıdır. Hepsi buz gibi soğuk ve arsız, kalp, vicdan ve utanma duygusundan yoksun kişilerdir. Onlar hayatın parlak ışıklarını söndürmekle meşguller. Kendileri ile mücadele etmek, hatta çoğu zaman tartışmak bile kolay değildir. Bu kişilerin kendilerine has, şeytani ve dışarıdan inandırıcı görünen mantık sistemi var.

Kenardan bakana çekici gelen psikolojiye sahipler. Yalan, egoizm ve şiddete dayalı kendi felsefeleri, lastik gibi çektikçe uzayan maneviyatları var. Hatta kendi dinleri bile var – korku ve rüşvet dini.

Bu şahıslarla mücadele etmek çocuk oyuncağı değil. Kolay ve hoş bir spor da değil. Bu işte başarılı olmak için ateşli bir coşku, inatçı bir direnç, güçlü ve yenilmez irade ve nihayet, kendi ideallerine sıkı bağlılık ve sadakat sahip olunması gereken en önemli şeylerdir.

'Senin işin, Kötü Ruh, söndürmektir,' diye sesleniyordu İyi Ruh, düşmanına. 'O zaman durma, söndür!' Bense hayat ışıkları: Düşünce, vicdan, iyilik ışıkları taşıyorum. Ben yakıyorum ve yanıyorum, hiçbir zaman da sönmeyeceğim."

Size – hayatın mimarlarına sesleniyorum: Siz de hiçbir zaman sönmeyin. Kendiniz de yanın, başkalarının da yanmasını sağlayın. Kuruculuk görevinizi ister köyde ister şehirde, parlamentoda, orduda, Eğitim Bakanlığı'nda veya herhangi başka yerde, kısacası, nerede yaparsanız yapın, ama bulunduğunuz her yerde yanmaya devam edin! Ani bir şekilde, bir günlüğüne, bir haftalığına veya bir aylığına bir tutuşup bir sönmeyin, sürekli yanın! Yanın ve başkalarının da yanmasını sağlayın.

Yolunuza engeller çıkacak, başarısızlıklar olacak, düşmanlarınız, yaptığınız işe karşı gelenler bazen zafer elde edecekler, ama siz sönmeyin. Ümitsizliğe kapılmayın! Hiçbir zaman ellerinizi indirerek vazgeçmeyin!

Başarısız olduğunuzda veya önünüze engeller çıktığında "Biz denedik, başlattık, mücadele ettik, ama destekleyen olmadı. Her adımımızı attığımızda engellerle karşılaştık, düşmanlık gördük" şeklinde konuşmayın. Hiçbir zaman böyle konuşmayın. Karanlığın kötü ruhu söndürüyorsa, siz tekrar yakın. Işık bir kere sönerse, siz ikinci kere yakın, üçüncü, beşinci, yedinci, yüzüncü, bininci kez yakmaya devam edin."

L. McDonald kitabını aşağıdaki coşku dolu sözlerle bitiriyordu:

"Yakmaktan yorulmayın! Etrafınız tamamen aydınlanana kadar kendiniz yanın, başkalarının da yanması için çaba gösterin. Yürüyeceğiniz yol dikenlidir, hemen başarılı olmaya şartlanmayın. Takdir ve anlayış beklediğiniz bir anda sizinle alay edebilirler. Onur ve şöhret yerine iftira ve nefretle, yardım yerine gizli entrikalar ve hatta açık savaşla karşılaşabilirsiniz.

Onlarca, yüzlerce ve binlerce karanlık güç aydınlık emellerinizi söndürmek için çaba gösterecek ve söndürecektir de, ama siz yanmaya devam edin. Yanın ve diğerlerini de ateşleyin!"

* * *

L. McDonald'ın kitabı, "Köy Doktorunun Anıları" kitabına göre daha fazla ses getirdi ve tartışıldı. Bu kitap halkın zekasına ve vicdanına hitap ediyor, herkese şu soruyu soruyordu:

"Siz kimsiniz: sanatçı ve hayatın mimarları mı, aptal, tembel solucanlar mı, yoksa bütün iyi şeyleri yıkan, yerle bir eden yırtıcı mı?"

Birçok kişi kızgındı, McDonald'a ve onun kitabına karşı büyük öfke duyuyorlardı. Zira McDonald'ın, kitabında onlardan bahsettiğini düşünüyorlardı. Kitap onları can evinden vuruyor, utanç boyunduruğu gibi iç yüzlerini teşhir ediyordu. Kitabın yaktığı ışığı söndürmek ve kirletmek için çaba göstermeye başladılar, adice iftiralar ve yalanlar uydurdular. Bu kişiler kitap hakkında şunları söylüyorlardı:

"Bu kitap Fin halkına karşı hakarettir. McDonald kendisi İsveçlidir, ayrıca Kont unvanına sahip bir asilzadedir. Biz Finlandiyalılardan nefret eder. Kendisinin Finlandiyalılar hakkında benzer şeyler yazmaya hakkı yok."

Siyaset spekülatörlerinin, her türlü parazitlerin, okullarda, bürolarda ve kilisede yuvalanmış kalpsiz formalistlerin konuşma ve makalelerinde dile getirdikleri bu iftira ve ithamlar karanlık güçlerin sesidir.

Canlı bir ruha sahip insanlar ise, aksine McDonald'ın kitabının sıcak ve aydınlık fikirlerle dolu olduğunu savunuyorlardı:

"L. McDonald'ın Finlandiyalı değil, İsveçli olmasının

ne önemi var! Ülkemiz Finlandiya onun da vatanı olmuş, o da yeteneğini, emeğini ve sıcak kalbinin ateşini Fin halkına hizmet için adamıştır. Biz Finlandiyalıların manevi uykuda olması, ayrıca Fin yazarlardan hiçbirinin bu konuyu düşünmemesi ve buna dair tek bir satır dahi yazmamış olması onun suçu değil."

Diğerlerinin görüşleriyse şu şekildeydi:

"Bir zamanlar Finlandiyalılar İsveç hakimiyeti altında yaşarken, İsveçlilerin bizleri bilerek ve isteyerek manevi uyku halinde tuttuklarını söyleyip şikayet ederdik. Şimdi ise iyiliksever bir İsveçli, belki de Finlandiyalıların bir zamanlar İsveç baskısı altında yaşamış olmasından duyduğu utanç ve acının etkisiyle, bize sesleniyor:

"Uyanın! Zeka ve vicdanınızın ışığını yakın! Fin halkı – üzerini kaplayan balçık tabakasından henüz arındırılmamış ve usta bir sanatçı tarafından işlenmeyi bekleyen çok değerli bir elmastır."

Karanlık güçler ise dini duyguları kuvvetlendiren ve insanları aydınlatan bu kitabın alevini üfleyerek, çıkardığı kıvılcımı ve yaktığı ışığı söndürmek istiyorlar.

Lise ve üniversite gençliği, halk öğretmenleri ve köy papazları, okuma yazma bilen işçiler ve köylüler, memurlar ve tüccarlar L. McDonald'ın kitabını satın alıyor, birkaç kişi akşamları bir araya gelerek, kitabı yüksek sesle okuyorlardı. Roman okur gibi aralıksız değil, bölüm bölüm, kısım kısım okuyarak, kendi aralarında uzun uzun ve ateşli bir şekilde tartışıyorlardı.

Kitap Suomi'nin her tarafında binlerce ileri görüşlü insanın düşüncelerinin canlanmasını sağladı. Hayatın kurucusu olmak isteyen kişilerin vicdanını uyandırdı. Binlerce ani ve iyiniyetli girişimin doğarak, hayata geçirilmesine vesile oldu.

Fin halkına yüzlerce yetenekli, çalışkan, fedakar ve idealist hayat mimarı kazandırdı.

L. McDonald'ın vatanında, atalarına ait toprakların en uç noktasında, adaların bittiği yerde, denizin üzerinde yükselen kayanın zirvesinde anıtı dikilmiş. Kayanın en uç kısmında granitten yapılmış çok güzel bir kule var. Hava karardığı zaman kulenin tepesindeki lamba parlak bir ışıkla yanmaya başlar. Bu kule "McDonald Feneri" adıyla bilinmektedir.

Fakat papaz McDonald, ayrıca öğretmen Snelman, tüccarlar Yarvinen, Tomas Gulbe ve Ukkonen için en iyi anıt, nüfus olarak küçük, fakat halkının sahip olduğu kültür ruhu bakımından büyük ve güçlü yeni Finlandiya'nın kendisidir.

Toplumsal açıdan önem taşıyan büyük bir binanın yapım planı hazırlanırken çeşitli stiller tartışılır: Rokoko stili, Rönesans stili, Yunan – Roma Stili, Bizans Stili, Gotik stil vs.

Halkı birleştirerek, karşısında yeni hayatın ufuklarını açan bir devletin yapısı ve bu yapının işleyişi alanında çalışmalar yapılırken de halk kitlelerinin eğitimi ve ülkenin kültürel gelişimine dair çeşitli plan ve stillerin dikkatle ve bin ölçüp bir biçilerek incelenmesi gerekmektedir.

Bu noktada, halkın ve toplumun kültürel gelişimi alanında "Fin Stiline" kısaca da olsa göz atmanın yararlı olacağını düşünüyorum.

Büyük Slav zekası ve ruhunun özünü teşkil eden aklımızın gücü ve kalbimizin hassaslığının, bu değerli ve asil fakat henüz ham olan malzemenin işlenerek cilalanması için hepimiz elimizden geldiği kadar katkıda bulunalım.

Kendimize ve halk kitlelerine çalışkanlık, azim ve disiplin, güçlü irade aşılayalım, bu özelliklere sahip nesiller yetiştirelim.

Slavlara has aşırılık, disiplinsizlik ve tutarsızlık gibi toplumsal zaafları zamanımızı, gücümüzü ve kaynaklarımızı idareli kullanmak suretiyle tedavi edelim.

Slav kalbinde var olan, fakat yeteri kadar gelişmemiş, çoğu zaman ise gizli kalmış insanlara, doğaya, ışıklı ve güzel olan her şeye karşı sonsuz sevgi hissini derinleştirelim.

Antik Yunanistan'ın zenginliği sadece mermer yatakları ile sınırlı değildi. Bu halk aynı zamanda heykel sanatını zirveye taşıdı ve dâhi heykeltıraşlar yetiştirdi.

Doğa, biz Slavlara akıl, sanatçı yeteneği, geniş bir kalp ve hassas, duygusal vicdan gibi büyük ve güçlü manevi değerler bahşetmiştir. İşte bu nedenle bizler hayatın kurucuları ve büyük Slav kültürünün yaratıcıları olabiliriz ve olmalıyız.

Grigoriy Petrov
Pançevo, 28 Aralık 1923

SONSÖZ

Grigoriy Petrov'un, Finlandiya hakkında yazdığı kitap artık seksen yıldır dünyanın çeşitli ülkelcrinde devamlı yayımlanmakta. Kitap Bulgarca, Türkçe, Sırpça, Fince ve Arapça dillerinde yayımlandı ve sadece yazarın yurttaşları değil birçok ülke kitabı okuma fırsatı bulabildi. Daha beş sene öncesine kadar Petrov'un kitabı hangi dilde – Rusça veya Sırpça – yazdığını bile bilmiyorduk ve hatta elyazmalarının nerede olduğu bile bizim için bir bilmeceydi. Sadece birtakım şanslı olaylar zinciri ve birçok insanın karşılıksız yardımı sonucu bu kitap ortaya çıktı.

Her şeyin başlangıcı, aşağıda adı geçen Pekka Kauppala ile oldu. O, Petrov'un kitabına "âşık olmuştu" ve her daim Petrov'un elyazmalarının peşindeydi. Bu araştırmalar onu Yugoslavya'ya kadar götürdü ve burada ona bir Sırp yayın grubu olan Matita yardımcı oldu. Pekka Kauppala buranın arşivinde yazarın belgelerine rastladı ve en önemlisi de topluluğun çalışanları sayesinde, ölümüne kadar (2002) Münih'te yaşayan, Petrov'un kızı Maria Grigoryevna Petrova'yı buldu. Maria Grigoryevna'yla görüşme şansımız oldu. Birçok kez babası hakkında konuştuk, ondan birçok yazılı belge ve fotoğraf aldık, fakat elyazmalarının yerini bilmiyordu.

Elyazmalarının bulunmasında önemli rolü Yuvaskul şehrindeki üniversitede öğretim görevlisi olan ve Bulgar-Fin bağlantıları ile ilgilenen Liliya Siiberg oynadı. Birçok belgenin Petrov'un arkadaşı olan Dinya Bojkov'un torununda, Bulgaristan'da olduğunu ondan öğrendik. Belgelerin arasında "Beyaz Zambaklar Ülkesinde" elyazmaları bulundu. Finlandiya eğitim bakanlığı bize Bulgaristan'a gidebilmemiz ve elyazmalarını alabilmemiz için maddi yardımda bulundu ve bu şekilde kitabın yayımlanabilmesi için bir fırsat oluştu.

Eğer Rusya ve Doğu Avrupa Enstitüsü'nün ve dekanın, Valdemar Melankov'un, maddi ve manevi destekleri olmasaydı, hem bu elyazmalarının hazırlanması hem de kitabın yayınlanması daha uzun yıllar sürebilirdi. Kitabın yayımlanmasında büyük emeği geçenlerden biri de Yugoslavya'daki Rus mültecilerin kuşağından olan yazar, tercüman ve mühendis Aleksey Borisoviç Arsenyev'dir. O elyazmalarının eksik yerlerini ilk kez yayımlanan Sırpça-Hırvatça kitaptan tercüme etmiştir. Elyazmalarının hazırlanmasında ayrıca Doktor Miroslav Yovanoviç'in, Profesör Slavenko Terjit'in ve Mimar Bratislav Toşkoviç'in ve kitabı ilk kez okuyup eleştirenlerin, Rusya, Doğu Avrupa ve St. Petersburg Enstitüsü'nün öğretim üyelerinin de emeği çok büyük. Bütün bu insanlara en içten duygularımızla teşekkür ediyoruz.

* * *

Bu kitap çeşitli ülkelerdeki insanların ilgisi ve yardımı sayesinde yayımlanmıştır. Okurla vedalaşırken, bir kez daha bu kitabın ilginç olayına dönmek istiyoruz. Seksen yıl boyunca neden bu kitap durmadan yayımlanıyor? Bu Kitabın Türkiye'de, Bulgaristan'da ve Yugoslavya'daki başarısı neye bağlıdır? Çünkü Finlandiya'da ün kazanmış Petrov tarafından yayımlanan bu kitap birçok şaşırtıcı soruyu gündeme getirdi:

"Petrov şunları ve şunları nereden aldı?", "Snelman böyle konuşmuyordu!", "Yarvinen veya Gulbe tam olarak kimlerdi?" Fakat kitabın en çok başarı yakaladığı ülke olan Türkiye'de, olaya çok farklı bakıyorlardı. Türkçe yayınların birkaçında sonsöz olarak şunlar yazılmış: "Kitabın esas değeri Finlandiya'yı anlatmasından kaynaklanmıyor. Değeri, bu kitap sayesinde Türk milleti olarak nasıl göründüğümüzü ve geleceğimizin nasıl olacağını anlayabilmemizi sağlamasındandır."

Kitap hakkında daha geniş bir haberi, 1928'de, Atatürk'ün yaptığı reformlardan önce bir gazeteci yazdı: "Sanki bu iki milyonluk Fin halkı bizlerin, onun ağabeylerinin yolunu basitleştirmek, gittiğimiz yolda emin adımlarla ve şüphesiz yürüyebilmek için bir deney yaptı. Bu sadece bir örnek değildir. Bu ayrıca bizim de kazanacağımızın kanıtıdır."

Türkiye de, diğer Balkan ülkeleri gibi "Beyaz Zambaklar"a hayran kalmıştı. Kitap öncelikle halka, başka halkın dönemlerinden yararlanarak, kendini bulmaya, tarihi olaylarda kendi önemini belirlemeye yardımcı oluyordu. Ve tabii bu durumda da yardıma bir efsane koştu. Fakat Petrov'un Finlandiya hakkındaki efsanevi eseri, bu eserin hiç tarihi köken taşımadığı anlamına gelmiyor. Sadece olaylar şekil değiştirmiş, karakterler işlenmiş ve sonuçta tarihi olayların özünü sunmuş okura. Petrov'un ana fikrinin ispatını, ünlü Alman sosyoloji ve gelişim teorileri uzmanı Diter Senghaaz'ın "Avrupa'dan Öğrenmek" adlı yazısında görüyoruz. Senghaaz şöyle yazıyor: "Finlilerin 19. ve 20. yüzyıldaki gelişimi, Avrupa'daki gelişim kırılmasının en iyi örneklerinden biridir ve bunun sonucunda Avrupa'nın en fakir ülkelerinden biri zengin ve sosyal yönden korunmuş bir ülke haline geliyor."

Şuna dikkat edelim ki, Senghaaz'ın bilimsel iltifatı, Finlandiya tarafından aynı Petrov'un masalı gibi göz ardı edildi.

Tarihi gerçek ve masal arasındaki ilişki hakkında Romen-Amerikan sosyolog Mirça Eliada ise şöyle diyordu:

"Önemli olan tarihteki detaylar ve onların kesin aksi değil, çünkü bunlar resmi kapatıyorlar. Önemli olan tarihin masala dönüşmesidir... Ve sonuçta "Beyaz Zambaklar"ın esas karakteri Snelman, gerçek Yuhanna Snelman'a benziyor mu veya belki de bu Petrov'un kendisidir, veya belki de Mustafa Kemal Atatürk'tür? Muhtemelen önemli olan şudur, bu kahraman kitapta karşılaştığımız diğer kahramanlar gibi renkli, inandırıcı, canlandırıcı bir resim halini alıyor. Milletin kalkındığı ve bütün halkın hayalinin gerçeğe dönüştüğü resim.

PEKKA KAUPPALA
MARINA VITUHNOVSKAYA
20.01.2003